연산의 아들,

이황

김팔발의 난

연산의 아들,

이황

김팔발의 난

강기희 장편소설

달아실

‘김팔발’은 왜 난을 일으켰나?

작가의 말_개정판

이 소설이 최초 출간된 시기는 2012년 12월, 햇수로 9년 전이었다. 연산 시대를 소설로 써보리라 작심한 것은 그보다 한참 앞섰으나 집필 기간은 지금도 감옥을 들락거리며 재판받고 있는 이명박이 대통령을 하고 있던 시절이었다. 너도나도 부자가 되고 싶어 하는 그 시절, 이명박은 그런 사람들의 심리를 잘 꿰뚫었고 거짓말이었지만 모두를 잘살게 해주겠다는 약속도 했다. 사람들은 그의 말을 철석같이 믿었고 그는 선거에서 압승하면서 대한민국 제17대 대통령이 되었다.

지금 생각해도 어이가 없던 그 시절, 나는 5백 년 전의 인물인 조선국 10대 왕 이융에 주목했다. 역사적으로 패륜아요, 폭군으로 평가받거나 회자되는 조선의 왕 이융. 그는 과연 역사가 정의한 것처럼 패륜아에다 폭군 정치를 펼쳤던 인물이었을까. 나는 그것이 궁금했고, 이융의 장자로 세자였던 이황이 폐세자 되어 정선으로 유배 온 역사적 사실도 내겐 흥미로웠다. 『연산군일기』에 기술된 역사를 정사로 볼 것인가는 논외라 치더라도 연산의 후대 평가는 가혹하리만치 냉혹하여 나는 행간에 숨은 당시의 역사를 복원해보리라 작심했다. 하여 소설도 폐주 '연산군'이 아닌 조선의 왕 '이융'과 폐세자 이황을 중심으로 반란 세력과의 관계를 비중 있게 다루어보았다.

소설이 출간되고 독자들은 '연산군의 재평가'에 대해 후한 점수를 주었다. 연산군을 다시 알게 되었다는 이도 있었고, 자신도 연산이 패륜아에다 폭군은 아닐 것이라고 생각한다는 이도 있었다. 사극에 자주 출연했던 한 배우는 드라마로 만들었으면 좋겠다며 책을 구입해 연출자들에게 돌리기도 했다. 작가인 나는 '연산의 항변-나, 연산이오!'라는 1인 가면극을 만들어 대중들 앞에서 몇 차례 공연을 하기도 했는데, 그 역시 반응이 좋았다.

그랬던 소설이 절판되었고, 이번에 다시 눈 밝은 출판사 달아실에서 복간된다. 소설이 절판된 채 사장되기엔 아깝다는 이야기일 테니 작가 입장에서 보면 기쁜 일이고, 독자에겐 '대왕을 꿈꾼 조선의 왕 이융'을 다시 평가해볼 수 있는 기회가 생긴 셈이다.

조선의 왕 이융, 부디 그대가 꿈꾸었던 조선의 왕으로 다시 태어나시라.

2020년 4월 21일

사북항쟁 40주년 기념일에

강기희 씀

작가의 말

조선조 여러 왕 중에서 우리에게 가장 널리 알려진 왕이 있다면 세종과 연산이다. 그중 세종은 역사적 스승으로 추앙받고 있으나 연산은 왕이 아니라 둘도 없는 폭군인 데다 불륜과 패륜 등을 저지른 천하의 잡놈으로 희화화되고 있다.

아무리 왕의 자리에서 쫓겨났다고 해도 연산에겐 너무도 가혹한 평가가 아닐 수 없다. 그래도 십이 년이나 조선을 통치한 왕이 아니었던가. 만약 연산의 자손들이 살아 있다면 혹은 연산에 관한 자료가 온전하게 남아 있다면 이러한 평가를 받았을까, 하는 의문이 머릿속을 떠나지 않는다.

대체 무엇이 연산을 폭군이요 패륜의 왕으로 만들었을까. 그렇게 만든 근원은 다름 아닌 조선왕조실록의 『연산군일기』일 것이다. 그렇다면 『연산군일기』는 역사적 사료라고 믿어도 될 정도로 사실을 기초로 하여 기록된 것일까. 나는 아니라고 보았다.

작가의 눈으로 본 『연산군일기』는 역사적 사실이 아니라 반란으로 권력을 잡은 박원종 등이 자신들의 알리바이를 만들기 위해 꾸며낸 책에 불과했다. 기록에는 그들이 알리바이를 맞추기 위해 연출한 흔적 또한 곳곳에 보였으나, 그 역시 엉성하기 짝이 없었다. 누가 보더라도 들통날 수 있는 알리바이가 오백 년 넘게 지속될 수 있었던 이유는 무엇이었을까. 그것은 아무래도 연산의 역사가 단절되었다는 것과 중종이 무려 삼십구 년간이나 재위했다는 것이 아닐까 싶다. 거기에 남의 이야기를 즐겨하는 호사가들의 무한 상상력도 한몫했을 테고.

『연산군일기』를 책임 편찬한 이는 성희안으로 그는 박원종 난의 주역 중 한 명이고, 중종을 임금으로 만든 일등 공신이다. 그러한 자가 전 왕의 역사를 곱게 써줄 리가 없는 것은 당연하고도 상식인 세상이다. 지난 역사가 그걸 증명하니 성희안으로서도 억울할 일은 아닐 것이다.

자신들의 치부는 감추고 없애되 임금에게는 없는 치부도 만들어내는 것이 반란 세력이 해야 할 첫 번째 덕목이라는 걸 알게 되면, 『연산군일기』를 곧이곧대로 믿는다는 게 얼마나 순진한 일인지도 알게 된다. 그럼에도 우린 『연산군일기』를 믿었고, 그 믿음을 저버리지 않았다. 우리를 그렇게 만든 것은 『연산군일기』를 더욱 극적으로 그린 박종화의 역사소설 『금삼의 피』를 필두로 신상옥과 이혁수 감독이 그린 영화 〈연산군〉이나 각종 드라마의 위력이었을 것이다. 소설이나 영화, 드라마의 단골 주인공이 되어버린 연산은 세월이 지나면서 더 잡놈이 되었으며 급기야는 괴물로 재창조되었다.

어미를 억울하게 잃은 아이가 성장해서 괴물이 되어가는 과정을 그린 『연산군일기』. 연산이 정년 괴물이었다면 그를 괴물로 만든 공모자의 세상은 조선의 또 다른 역사였을 것이다. 그러나 괴물을 낳은 역사는 철저히 은폐되어 있기에 행간에서나 찾아낼 수밖에 없었다.

강력한 통치력으로 조선을 이끄는 영웅보다는 천하의 잡놈이자 괴물이 필요했던 조선의 공모자들. 그들은 한 시대의 왕을 회복불능 상태로 만들어놓고 세세손손 기득권과 호사를 누리며 살았다.

공모자들에게 억울하게 죽어간 조선의 왕 연산과 폐세자 이황. 나는 이 소설에서 그 억울한 죽음이 역사의 물줄기를 어떻게 바꿔놓았는지 이야기하고 싶었다. 진작 망했어야 할 조선이 오백 년이나 존속될 수 있었던 이유 또한 공모자들 간의 끈끈한 연대가 있었기에 가능했다는 걸 말하고 싶었다. 더불어 연산이 어떤 연유로 임금의 자리에서 물러났는지, 그의 철학과 사상은 어떠했는지, 조선의 공모자들이 기득권을 유지하기 위해 어떤 임금을 필요로 했는지도 세상에 말하고 싶었다.

2012년 겨울

붉은 숲에서 강기희

차례

반역

“박원종, 이자가 기어코 반란을! 궐문! 궐문은 어찌되었느냐?”

임금 이융이 대전에 들며 소리쳤다.

“전하, 걱정 마옵소서. 갑사甲士들이 단단히 지키고 있어 궐문은 아직 열리지 않았다고 하옵니다.”

대전 내관이 머리를 조아리며 아뢰었다.

“다행이로구나. 저들이 임금으로 옹립하려는 자가 대체 누구라 하더냐?”

그렇게 묻는 이융李㦕(폐위 후 연산군)의 입술이 가늘게 떨렸다.

“진성 대군 이역(사후 중종)이라 하옵니다.”

입직 승지 윤장尹璋이 기어들어가는 목소리로 답했다.

“진성? 그 말이 사실이오?”

이융이 놀란 표정을 지으며 윤장에게 물었다.

“전하, 어느 안전이라고 거짓을 고하겠나이까.”

승지 윤장은 고신拷訊을 앞둔 죄인이라도 된 듯 몸을 부르르 떨었다.

“진성이라…… 옥좌에 임금이 아니라 허수아비를 앉힐 작정이로군.”

"아직 확실하지 않으니 신들이 더 자세하게 알아보겠나이다."

승지 윤장과 조계형曺繼衡, 이우李堣 등은 그렇게 얼버무리고는 앞서거니 뒤서거니 인정전을 나섰다.

"전하, 박원종과 성희안, 유순정 무리가 이끈 반역패당의 기세가 간단치 않사옵니다. 이미 많은 자들이 궁궐을 빠져나갔사옵니다. 윤장을 비롯한 승지들도 돌아오지 않을 것이옵니다. 한시가 급하옵니다. 전하께서도 어서 자리를 피해 옥체를 보존하셔야 하옵니다!"

수직 내관이 머리를 조아리며 왕의 거둥을 거듭 청했다. 반역패당이 돈화문 앞에 진을 친 지도 두 시진時辰이 지났고, 시간 또한 인시寅時를 지나 묘시卯時로 향하고 있었다. 음력 구월이 되어 밤이 길어졌다고는 하나 날은 곧 밝을 것이었다. 궁문이 열리기 전에 어떡하든 창덕궁을 빠져나가야만 했다. 수직 내관은 경복궁으로 갈수만 있다면 궁궐 수비대인 오위도총부五衛都摠府를 움직여 반역의 무리를 진압할 수 있을 것이라 생각했다.

"경복궁으로 간들 무슨 수가 있겠느냐. 도총관, 도총관 민효증閔孝曾을 불러 저들을 막으라 하라!"

"도총관 민효증이 보이지 않은 지 오래되었사옵니다. 아마……."

"알겠다, 알겠어. 벌써 궐 밖으로 도망을 쳤다는 게지."

이융은 씁쓸한 듯 헛웃음을 지었다. 온 하늘 밑이 임금의 땅이라 했거늘, 어찌된 일인지 조선 천지간에 자신의 몸 하나 의탁할 곳이 없었다. 그런데 하물며 자순 대비(후에 정현 왕후)가 있는 경복궁이라니, 경복궁으로의 거둥은 아니 될 일이었다.

자순 대비는 선왕인 성종의 계비로 왕실 최고 어른이었다. 서른셋에 대비가 된 자순 대비의 지금 나이가 마흔다섯이니 임금 이융보다는 열네 살이 많았다. 지난 세월 이융은 자순 대비를 생모처럼 극진히 모셨다. 임금이 되고 나이가 들었다고 하여 그 효심이 달라질 리도 없었다. 그랬는데 반란의 무리가 자순 대비의 친자인 진성 대군 이역을 임금으로 만들겠다며 궁으로 몰려온 것이었다. 이러한 사정을 알고서 어떻게 경복궁으로 거둥을 한다는 말인가. 그럴 수는 없는 노릇이었다. 박원종이 반역을 일으켰다면 자순 대비와 경복궁 또한 이미 저들의 손아귀에 넘어가지 않았겠는가.

조선 개국 이후 선왕의 적통을 이어받은 원자로 태어나 왕세자 교육을 온전하게 받고 임금의 자리에 오른 이는 오직 이융 자신뿐이었다. 이방석과 양녕 대군 이제, 의경 세자 이장(덕종) 등은 왕세자로 책봉되었으나 임금이 되지 못했고, 문종과 예종은 선왕이 사가에 머물던 대군 시절에 태어났으니 원자의 지위를 누려보지 못한 임금이었다. 노산군은 선왕 문종의 갑작스런 승하로 세자 교육을 마치기도 전인 열두 살의 나이에 보위에 올랐으니 그 역시 설익은 임금이었다. 그 때문이었던가. 결국 노산군은 숙부 수양 대군에 의해 임금의 자리에서 쫓겨난 후 죽임을 당해야 했다.

선왕 성종은 열두 명의 부인에게서 16남 12녀를 얻었다. 그중 첫째 아들로 태어난 이융은 자신의 힘으로 임금 자리에 올랐다. 그렇기에 선대 임금들에 비해 정통성이 있었다. 적통으로 태어나지 못한 선대 임금들은 취약한 정치적 기반을 지키기 위해서라도 외척이나 신하들에게 권력을 나누어줄 수밖에 없었다. 그 결과 신하들은 군신공치君臣共治를 넘어 왕권까지 무력화시켰다.

하지만 이융은 달랐다. 출발부터 적통으로 태어났고, 왕세자 교육도 제대로 받은 준비된 임금이었다. 상황이 그러했으니 신하들에게 권력을 나눠주며 자리를 보전받아야 할 이유도 없었다. 때문에 이융은 누구보다 자신감이 넘쳤고, 역대 어느 임금도 하지 못했던 왕권을 구축하기 위해 신권과 당당하게 맞섰다. 이융은 그 일이 조선의 임금으로서 응당 져야할 책임이고 의무라고 생각했다.

하지만 지난 십이 년간 이어진 권신들과의 대립은 고독하기 이를 데 없었다. 이융은 조선이 임금과 백성의 나라라고 여기고 있었던 반면 권신들은 조선을 자신들의 나라라고 규정짓고 있었다. 이융은 권신들의 그러한 생각에 동의할 수 없었다. 강력한 왕권만이 조선이 살고 백성이 살 것이었다. 이융은 그렇게 강화된 왕권을 바탕으로 백성들과 통通하길 원했으나 권신들은 백성과의 소통을 가로막거나 멸滅하려 했다. 그로 인해 두 번의 사화가 있었다. 무오사화와 갑자사화를 거치면서 많은 이들이 죽거나 유배를 갔다. 이제 그 대립이 끝나는가 싶었는데, 박원종을 비롯한 권신들이 반란을 일으킨 것이다. 이는 권신들이 일으킨 조선 최초의 반란이며, 자신들의 힘으로 조선의 역사를 쓰겠다는 것과 다름없는 일이었다.

"저들의 반란을 막아줄 신하가 없단 말인가……."

이융은 반역을 사전에 막지 못한 자신이 한없이 밉고 원망스러웠다.

"전하, 조금만 참으소서. 아침이 되면 충성스런 군사들과 만백성이 전하를 지켜드릴 것이옵니다."

"저 탐욕에 가득 찬 권신들의 괴성이 들리지 않느냐. 권력을 탐하는 신하는 많고 임금인 과인은 혼자이니라. 임금도 막지 못하는 반란을 백성들이 어떻게 막을 수 있단 말이냐. 저들이 궁궐까지 온 것을 보면 신수근과 신수영, 임사홍, 이들은 이미 죽임을 당했다는 게 아니더냐. 결국…… 저들에게 내가 진 것이다. 진 것이란 말이다."

이융은 궁 밖에서 들려오는 함성을 들으며 힘없이 말했다.

"전하, 심신을 굳건하게 가지셔야 하옵니다. 오늘 밤만 넘기면 오만한 저들의 목을 돈화문 앞에 걸 수 있사옵니다. 전하, 신들이 모시겠습니다. 어서 경복궁으로 거둥하소서!"

이번엔 내금위장과 겸사복장이 눈물로 청했다.

"아니다. 박원종, 성희안, 유순정, 유자광, 신윤무, 박영문 일당이 반역을 꾀했다면 오늘 밤 저들을 이겨낼 수 있는 장수는 없을 것이야. 오위도총부는 박원종과 성희안이 장악했을 것이고 군기시는 신윤무와 박영문이 장악하지 않았겠느냐."

이융은 지난 일을 후회했다. 자신이 지난해 궐 안에 입직하는 군사가 너무 많다며 오위도총부 중에서 충찬위忠贊衛, 충순위忠順衛, 별시위別侍衛 등의 군사를 돈화문敦化門 밖의 장랑長廊에 입직하도록 하라 전교를 내렸다. 또한 군기軍器는 돈화문과 요금문耀金門 밖에 따로 건물을 지어 군기시軍器寺로 쓰라 했으니 궁 밖에 있는 무기와 궁궐 수비대 모두가 반란의 무리에게 넘어갔다고 봐야 할 것이었다.

"궁에 내금위와 선전관 군사들이 남아 있으니 시간을 벌 수 있을 것이옵니다."

"아니다, 아니야. 그들의 피로 대전을 지킬 수는 없는 일이다."

"전하, 신들을 죽여주시옵소서!"

대전 내관과 궁인들이 눈물을 뿌리며 흐느꼈다.

불과 얼마 전까지만 해도 저들은 자신에게 충성 서약문인 경서문敬誓文을 지어 바치며 "신들이 살피건대, 전하께서는 성지聖智를 타고 나고 영유英猷를 홀로 운전하시어 간흉들을 씻어 없애고 풍속을 고쳐 바로잡으신 성군이십니다"라고 침이 마르도록 임금을 칭송했었다. 이제

와 생각하니 권신들의 그 말은 아첨이나 간계에 불과했다.

답답한 마음에 이융은 대전 문을 열었다. 뜰에 머물던 찬바람이 대전으로 밀려 들어왔다. 밖에는 내금위 병사들이 인정전을 에워싸고 있었고, 선잠 깬 궁인들은 무슨 일인가 싶어 이리저리 오가며 부산을 떨고 있었다. 사태를 짐작한 몇몇 관리들은 궁궐 수챗구멍을 통해 궐 밖으로 달아나기도 했다. 이융은 밤하늘을 올려다보았다. 그믐이 막 지난 터라 달은 보이지 않았고, 대신 총총한 별들이 목멱산을 중심으로 흰 띠를 이루고 있었다.

"도승지 강혼姜渾이 보고 싶구나."

강혼은 이융이 아끼는 신하였다. 그와는 군신 간의 관계보다 시를 주고받는 벗으로 지낼 때 더 편하고 좋았다. 며칠 전 이융은 강혼을 조선에서 최고 가는 인물이라며 무한한 칭찬을 보내기도 했다. 그것은 진심이었고 또한 사실이었다.

"아뢰옵기 황송하오나 도승지 강혼도 반역의 무리에 가담한 줄로 아옵니다."

"강혼이? 허허, 열 길 물속은 알아도 한 길 사람 속은 모른다더니 그 말이 꼭 맞구나. 이 밤 강혼과 시나 주고받으려 했더니만 그 일 또한 이젠 못 하게 되었구나. 허허, 내가 세상을 잘못 살은 게 틀림없나보이."

"송구하옵니다."

대전 내관이 머리를 조아리며 말했다.

"판중추부사判中樞府使 김감金勘은 어디 있느냐?"

이융이 경서문을 지어 올린 김감을 찾았다. 그 역시 문文을 아는 자이니 오늘 밤 허심탄회하게 이야기를 나눌 수 있을 것이었다.

"김감 역시 반역의 무리에……."

"알았느니!"

자신을 천 년에 한 명 나올까 말까 할 정도로 귀한 성군이라 칭송했던 김감마저 돌아섰다는 것이다. 아직 경서문에 번진 먹물이 마르지도 않았을 것인데, 무엇이 저들을 역도의 편에 서게 했단 말인가. 이융은 씁쓸한 표정을 지으며 대전으로 들어왔다. 강혼과 김감까지 떠났다면, 이 사태를 누구와 상의한단 말인가. 어좌에 앉은 이융은 두 손으로 머리를 감쌌다.

어찌한다. 곧 궁문이 열릴 테고 저들은 검을 빼들고 인정전으로 들이닥칠 것이다. 군신의 관계는 이미 파탄 나 있을 것이니 저들은 자신을 임금이 아닌 죄인 다루듯 거칠게 다룰 것이다. 불과 하루 전만 해도 "전하의 치세로 올해는 유래 없는 풍년이 들었사옵니다" 하던 신하들이 폭군 이융으로 인해 흉년이 들었다며 용포를 거칠게 벗겨낼 것이고, 그런 다음 검을 목에 겨누며 옥새를 넘겨달라고 윽박지를 것이 분명했다.

격해지는 마음을 달랠 길 없던 이융은 붓을 들었다. 끓어오르는 화를 다스리는 데에는 난蘭을 치는 것이 최고였다. 그러나 손끝이 떨리며 붓끝에 매달려 있던 먹물이 이리저리 튀었다. 평상심을 유지하긴 애초부터 어려운 일이었다. 이융이 붓을 가만히 내려놓았다.

'허허, 이렇게 끝날 일을…….'

이융이 체념한 듯 허허롭게 웃었다. 이제 저들이 권력을 원하면 권력을 주고 조선을 원하면 조선을 내주어야 했다. 몇몇 권신들에 의해 물러나는 것이 억울하긴 하지만 그 또한 현실이라면 있는 그대로를 받아들이는 것도 현명한 일일 것이다. 그렇게 마음을 다잡으니 머릿속을 채웠던 미련도 회한도 분노도 조금씩 사그라졌다.

시간이 흐르면서 인정전은 눈물바다로 변해갔다. 흔들리던 마음을 추스른 이융은 자신만이라도 당당해야 한다며 어금니를 앙다물었다. 그러곤 내려놓았던 붓을 다시 들었다.

"내 오늘의 역사를 남겨 저들의 간흉을 증언케 하리라……."

이융은 그렇게 중얼거리며 붓끝에 힘을 주었다.

신하들의 입은 늦가을에 부는 바람처럼 차고 맵구나
낮에는 충신인 척하던 신하가 밤이 되면 간신으로 돌변하니
임금도 백성도 깜박 속아 넘어갈 수밖에 없지 않던가!
가을밤 신하들이 반역을 일으켜 임금을 갈아치우려 하니
이제 어느 임금이 백성을 찾을 것이며
이제 어느 신하가 충성을 다 할 것인고!

이융은 내관을 시켜 날이 밝으면 누구라도 글을 볼 수 있도록 인정전 벽에 붙여두라 일렀다. 그것은 이융이 임금으로서 할 수 있는 마지막 일이었다. 붓을 놓은 이융은 문득 중전과 세자의 안위가 궁금했다.

"대조전과 동궁전은 어떠하더냐?"

"중전마마와 세자 저하는 아직 기침하지 않으셨나이다."

"가을이라 밤이 기니 좀 더 자게 두어라. 아니다, 아니야. 시간이 없느니, 대조전은 그냥 두고 세자를, 어서 세자를 들라 하라!"

이융의 다그침에 내관이 급히 동궁으로 달려갔다. 잠시 후 세자 이황이 잠이 덜 깬 얼굴로 대전에 들었다.

"황아, 이 아비가 졌느니라. 왕권이 신권에게 무릎을 꿇었구나. 황아,

이 아비는 이제 백성은 물론이고 세자와 중전 또한 지켜주지 못할 것 같구나. 그러하니 세자만큼은 반드시 살아서 조선을 바로 세우고 야인과 오랑캐의 침략을 막아야 하느니라. 알겠느냐?"

"아바마마, 소자 두렵사옵니다. 힘을 내시어 역도들의 목을 베고 어마마마와 세자 그리고 조선을 지켜주소서!"

세자 황이 울부짖으며 이융의 품에 안겼다.

"늦었구나. 아비는 권력을 탐하는 신하를 이겨낼 수가 없구나. 저들은 강하고 아비는 약한 임금이니라."

"아니옵니다. 힘을 내셔야 하옵니다."

"황아, 세자는 나라의 국본이니라. 세자는 부디 살아서 꺼져가는 조선을 반석 위에 올려다오. 그것은 반역의 역사를 목격한 세자만이 할 수 있는 일이니라. 저들은 실록을 고쳐서라도 이 아비를 무능한 임금, 아니 폭군으로 기록할 것이다. 고려 우왕의 역사를 그러했듯, 신라가 백제의 역사를 고쳐 썼듯 이 아비를 패륜아로 만들지도 모른다. 그것이 패자의 역사이니 너는 조선의 세자로서 저들의 간흉을 막고 조선의 역사를 올곧게 써야 하느니라. 알겠느냐?"

"예, 반드시 그리하겠사옵니다. 아바마마!"

이황이 서럽게 울며 대답했다.

"저들은 후환이 두려워서라도 세자를 죽일 것이다. 그럼에도 세자는 반드시 살아남아야 한다. 그것은 아비가 임금으로서 조선의 국본인 세자에게 내리는 마지막 어명이니라."

"그리하겠사옵니다. 소자 반드시 살아서 역도들의 목을 치겠사옵니다……."

열 살에 불과한 세자의 얼굴에 비장감이 흘렀다.

"선복은 대전으로 어서 들라!"

이융이 밖을 향해 소리쳤다. 이황의 호위무사 선복善福이 대전으로 급히 들었다. 그는 세자 경호기관인 익위사翊衛司에 소속된 종6품 관직의 위솔衛率이었다.

"전하, 부르셨나이까?"

훤칠한 키에 사내다운 얼굴을 한 위솔 선복이 이융 앞에 섰다.

"선복은 지금부터 과인의 명을 받들라."

"하명 하시옵소서 전하."

선복이 낮게 부복한 채 임금의 명을 기다렸다.

"세자에게 조선의 운명이 달려 있느니라. 어떤 위협과 난관이 있어도 세자만은 꼭 살려야 한다. 그렇게 할 수 있겠느냐?"

"익위사 위솔 선복, 목숨을 다해 전하의 명을 받들겠나이다."

"짐이 선복에게 어도御刀를 내리노니 이 검으로 역도들을 베고 세자와 함께 궁으로 돌아오라! 그리할 수 있겠느냐?"

이융이 선복에게 어도를 내렸다. 선복이 받은 어도엔 용문양이 수려하게 새겨져 있어 어느 검보다 위엄이 깊어 보였다.

"전하, 반드시 그리하겠나이다."

어도를 하사받은 선복은 낮고도 분명한 음성으로 답했다.

우리의 세상이 열렸소!

1506년 음력 9월 2일, 어둠이 물러나는가 싶더니 날이 훤하게 밝아왔다. 잠시 후 목멱산 자락으로 태양이 장엄하게 떠올랐다. 궁을 포위하고 있던 병사들은 움직임을 멈추고 태양을 향해 일제히 고개를 돌렸다. 매일 뜨는 태양이건만 눈앞에 떠오른 태양은 분명 어제와는 다른 태양이었다. 돈화문 앞에 있던 한 반란군은 감격을 참지 못해 "새로운 태양이 떴다!"라며 환호성을 질렀다.

해가 뜨자 거리는 간밤의 소란을 잊고 일상으로 빠르게 돌아갔다. 시각은 진시辰時가 막 지나고 있었다. 돈화문 앞에 진을 치고 있던 지중추부사知中樞府事 박원종朴元宗은 이제야 안심이 된다는 듯 길게 숨을 내쉬었다.

"오늘따라 아침 공기가 무척이나 좋소이다."

곁에 있던 부사용副司勇 성희안成希顔이 코를 벌름거리며 말했다. 그는 박원종의 두 번째 부인인 창녕성씨와 6촌 지간이기도 하여 박원종과는 처남 매부 사이이기도 했다.

"좋기만 합니까? 내 살아오면서 이렇게 달콤한 공기는 처음으로 맡아봅니다."

박원종이 덥수룩한 수염을 쓸며 대꾸했다.

말은 그렇게 했지만 거사가 성공하리라는 것을 장담할 순 없었다. 거사에 성공하면 권력을 한 손에 쥐겠지만 만약 실패라도 하는 날이면 이제까지 쌓아올린 박씨 가문의 권력과 부가 자신으로 인해 파탄 날 것이 분명했다. 그뿐이던가. 어찌 보면 생전 얼굴도 본 적 없는 먼 친족들까지 자신으로 인해 멸문지화를 당할 수 있는 일이기도 했다.

"허허, 그래서인지 아침을 걸렀음에도 배가 고프지 않소이다."

작은 체구에 단단한 몸집을 한 성희안이 햇빛에 반짝이는 갑주甲冑를 자랑스러운 듯 만져보았다.

"이제 우리의 세상이 열렸소이다. 우리가 마음 놓고 주물럭거릴 수 있는 세상이 열렸단 말이외다. 그러니 부사용께서도 이젠 천수를 넘어 만수를 누려야 할 것이외다."

박원종이 호탕하게 웃으며 말했다.

"암요, 그래야지요. 이렇게 좋은 세상을 만났는데 만수를 누리며 살아야겠지요."

부사용 성희안 역시 만면에 웃음을 띠며 말했다.

그는 이태 전만 해도 이조참판 겸 오위도총부 도총관 자리에 있었던 인물로 임금으로부터 각별한 신임을 받던 자였다. 그랬던 그는 강무가 있던 날 짐승몰이를 담당하는 우상대장右廂大將에 임명되었다. 강무는 대규모 군사훈련이어서 사소한 일 하나도 엄격한 군율을 적용했는데, 짐승몰이에 동원된 성희안의 아랫것들이 금표를 넘는 사고를 쳤다. 그 일로 성희안은 장 일백의 형벌을 받고 무관 최고 말직인 종9품 부사용으로 좌천되었다.

조정 관리의 인사권과 군권까지 틀어쥐고 있던 성희안으로서는 억울하기도 하였다. 어쨌거나 그의 어머니가 정종의 손녀였고, 세조의 증손녀를 며느리로 맞이한 인연으로 그 자신 엄연히 왕실의 외손이었다. 아무리 큰 죄를 지었다 해도 그런 자신에게 부사용으로의 좌천은 지나친 감이 없지 않았다. 그럼에도 성희안은 화를 눌러 참으며 원래의 자리로 돌아갈 때를 기다렸지만 그때는 오지 않았다. 이 년 가까운 세월을 부사용으로 지내면서 임금과의 거리는 멀어질 대로 멀어졌고, 사이 또한 틀어질 대로 틀어져버려 돌이킬 시간조차 없게 되어버렸다.

그 시기 때마침 경기관찰사로 있다가 한직인 지중추부사로 밀려난 박원종이 있어 둘은 쉽게 의기투합할 수 있었다. 약관의 나이에 무과에 장원 급제한 박원종은 성희안보다도 뼈대 있는 공신 가문의 자제였다.

태종의 총애를 받았던 증조부 박석명으로부터 시작된 그의 가계도는 영의정 심온의 사위이자 세종과 동서지간인 조부 박거소에 이어 성종 때 무신으로 병조판서를 지낸 아비 박중선에서 박원종에 이르기까지 가문 일체가 대대로 임금의 총애를 받았다.

이와 함께 그의 누이 박씨 부인이 성종의 친형인 월산 대군의 부인이었다는 사실만으로도 박원종은 이융으로부터 총애를 받기에 충분했다. 동생인 성종에게 보위를 빼앗기다시피 한 월산 대군은 임금 이융에겐 백부였고 박씨 부인은 백모였다. 월산 대군에게 마음의 빚이 컸던 성종은 그런 월산 대군을 극진히 모셨고 박씨 부인 역시 애틋하게 여겼다.

그 마음을 아는 이융은 박씨 부인을 어머니처럼 섬겼으며, 세자 이황이 태어났을 땐 이황을 박씨 부인 집으로 보내 원자의 보육과 교육을 맡기기까지 했다. 더구나 이융이 세자 시절 박원종과는 동무처럼 지내기도 하여 임금의 총애를 받지 않는 것이 이상할 정도였다. 그랬던 박원종이 권한도 부하도 없는 한직으로 밀려나자 그 역시 임금에게 좋은 감정을 가지고 있을 리가 없었다.

비슷한 시기 임금으로부터 버림을 받은 박원종과 성희안은 서로의 생각이 일치됨을 확인했다. 임금과 가장 가까이에 있던 두 사람이라 할 말도 많았다. 둘은 상대의 눈빛만으로도 빼앗긴 권력을 되찾고 싶은 욕구가 크다는 것을 알 수 있었다. 밤새 이야기를 나눈 둘은 현 임금의 치세에서 권력을 되찾기보다는 새 임금을 옹립한 후 스스로 권력이 되고자 했다. 그 방법만이 권력을 영원히 소유하는 길이라고 믿었고, 둘은 즉시 실행에 옮겼다.

그 일에 이조판서 유순정柳順汀과 군자부정軍資副正 신윤무辛允武, 군기시첨정軍器寺僉正 박영문朴永文 등이 뜻을 함께했으며, 권력이 필요했던 운산군雲山君 이계李誡, 운수군雲水君 이효성李孝誠 등의 종친과 무오사화와 갑자사화 이후 임금과 척을 진 권신 몇이 잃었던 권력을 되찾을 수 있는 기회라 판단하여 반역에 가담했다. 그때 박원종의 나이 서른아홉이었고 성희안은 마흔 다섯이었다.

"부사용께서 오위도총부를 장악하지 못했다면 이번 거사를 성공시킬 순 없었을 것이외다."

반란의 수장은 무인 출신인 박원종이었다. 그러나 그는 거사를 함께 해준 성희안의 공을 잊지 않았다. 간밤 힘의 균형추가 박원종으로 기울기 시작한 것은 궁궐 수비대인 오위도총부가 반란군 무리에 가담하기로 결정한 직후였기 때문이었다.

"그것이 다 오위도총부 도총관 자리에 있다가 오위의 최말단 부사용으로 강등된 때문이 아니겠는지요. 군사들이 제 말이라면 임금보다 신뢰하거든요."

"그렇게 능력 있는 분을 부사용으로 보냈으니 폐주도 사람 보는 안목이 어두운 모양입니다."

"그거야 지중추부사도 마찬가지 아닙니까. 경기관찰사로 계시던 분을 불문곡직하고 한직으로 내몰았으니 폐주가 덕이 없는 것이지요. 우리를 가까이 두었다면 이런 일도 생기지 않았을 것이니 말이외다."

"하하, 그렇소이다. 폐주가 덕이 없는 것이지요. 권력이란 적당히 나누어 가져야 탈이 없는 법인데, 임금이라 하여 권력을 독차지하려는 것은 지극히 어리석은 짓이지요."

간밤 박원종 등은 훈련원에 모여 창덕궁으로 진군했다. 그들의 행동엔 거칠 것이 없었다. 군자부정 신윤무와 군기시첨정 박영문이 반역에 가담하였기에 병사들에게 지급된 갑주와 무기는 최신형이었고, 여타 군수품 또한 충분히 확보되었다. 더구나 부사용이라고는 하지만 오위도총부 도총관을 지냈던 성희안까지 선봉에 섰으니 반란군의 기세는 하늘을 찌를 정도였다. 반란군이 별다른 저항 없이 창덕궁 앞에 진을 칠 수 있었던 것도 성희안이 궁궐 수비대인 오위도총부를 무력화시킬 수 있었기에 가능한 일이었다.

반란군은 창덕궁으로의 진군과 동시에 병사들을 의금부義禁府 밀위청密威廳으로 보내 파옥을 한 후 죄수들에게 갑주를 입히고 검을 쥐여주었다. 죄수들은 그 길로 창덕궁으로 향하는 본대에 합류하여 선봉에 섰다. 그들은 검을 높이 들고 임금의 목을 치겠다며 고래고래 소리를 질렀다.

창덕궁으로의 진군과 함께 박원종은 거사의 성패에 있어 가장 큰 암초인 임금의 최측근들부터 제거하기로 했다. 그는 이심李深 등 무술 실력이 뛰어난 병사들을 모아 좌의정 신수근愼守勤과 형조판서 신수영愼守英, 좌참찬 임사홍任士洪 등의 집으로 급파했다. 또한 개성 유수로 있는 신수겸愼守謙의 목을 베기 위해선 금부도사를 특별히 파견하는 치밀함도 보였다. 이들의 집에 도착한 반란군은 임금이 급히 찾는다는 전갈을 넣은 후 집 밖으로 나오는 순간 하나씩 베어버렸다. 죽임을 당한 신수근과 신수영, 신수겸 형제는 중전 신씨의 오라비로서 임금과는 처남 매부 사이였다. 이중 신수근은 반란군이 임금으로 옹립하려는 진성 대군의 장인이기도 했지만 살아남지 못했다.

그러한 일이 벌어지고 있는 동안 한성부 판윤 구수영과 종친 어른인 운산군 이계, 덕진군 이활이 진성 대군 집으로 향했다.

"무슨 일이 있더라도 진성 대군을 모셔와야 되오. 아시겠소?"

세 사람은 박원종의 특명을 받은 채 진성 대군의 사저로 말을 달렸다. 새벽 시간 운산군과 덕진군, 구수영 등의 방문을 받은 진성 대군은 깜짝 놀라며 "아니 될 일입니다. 저는 임금이 될 자격이 없습니다. 더구나 형님인 금상을 내치면서까지 임금의 자리에 오를 수는 더더욱 없는 일입니다. 이것은 패륜이자 역모입니다"라고 손사래를 쳤다.

이에 운산군이 진성의 두 손을 꽉 잡더니 "이보게 진성, 일을 그렇게 볼 것만은 아니네. 모두가 알다시피 수양 대군께서 임금의 자리에 오를 수 있었던 것은 당시 종친 중에서 최고 어른이셨던 양녕 대군이 있었기에 가능한 일이었네. 우리들이 이 일에 나선 것은 양녕 대군이 그러했던 것처럼 우리의 힘으로 현 임금인 이융의 시대를 끝내고 태조대왕께서 이루신 종묘와 사직을 올곧게 지키고자 함이네. 지금으로서는 조선의 앞날이 어둡다네. 금상이 오죽 덕을 잃었으면 우리가 나섰겠나. 종친인 우리가 이렇게 나섰다는 사실만으로도 이번 거사의 명분은 충분하질 않겠나. 그러니 자네가 우려하거나 걱정하는 일은 없을 걸세. 따지고 보면 내 부친인 밀성군께서도 수양 대군을 도와 그를 보위에 오르게 하지 않으셨던가. 진성이 내겐 손주가 되지만 내 무람없이 자넬 돕겠다고 나선 것은 종묘와 사직을 위해서이네. 그러니 우리의 뜻을 마다하지 말게. 정종대왕의 손자인 운수군 어른을 비롯한 많은 종친과 권신들이 우리와 뜻을 함께하니 아무 염려 말고 궁으로 가시게"라며 손을 토닥였다.

"그렇습니다. 이미 대세는 기울었습니다. 지금쯤이면 선왕인 성종께서도 지하에서 대군을 임금이라 여기며 기뻐하실 것입니다."

세종의 여덟째 아들인 영응 대군의 사위이자 오위도총부 도총관을 지낸 한성부 판윤 구수영이 나섰다. 그는 이융의 충복으로 장악원 제조로 있을 때 궁중 최고 음악가인 홍청興淸과 운평運平 등의 악공들을 교육시키는 일에 성심을 다해 이융의 총애를 받은 인물이었다. 그런 그가 주군을 배신하고 발 빠르게 박원종의 역모에 가담한 사실만으로도 진성의 마음을 흔들기에 충분했다.

"아니오. 나는 대군으로 살아야 할 운명이지, 결코 임금이 될 운명으로 태어난 사람은 아니오. 승하하신 아바마마께서도 내가 임금이 되는 것만큼은 찬성하지 않을 것이오."

"대군, 임금은 타고나는 것이 아니라 스스로 임금이 되거나 권신들에 의해 만들어지는 것입니다. 태종과 세조께서는 스스로 임금이 되셨고, 성종께서는 권신들과 소혜 왕후의 힘으로 월산 대군을 밀어내고 임금이 되셨습니다. 그러하니 대군께서 도탄에 빠진 백성들을 위해서라도 반드시 보위에 오르셔야 합니다. 이것은 하늘의 명이자 백성들의 뜻입니다."

구수영이 진성 대군에게 머리를 조아리며 말했다.

"구 대감의 말씀이 구구절절 옳으이. 하여 우리가 진성을 임금으로 만들 것이니 아무 말 말고 우리의 뜻을 따르시게."

이번엔 덕진군이 나섰다. 그는 세조의 후궁 귀인 박씨가 낳은 덕원군의 아들이었다. 덕진군은 왕족이라는 권세를 이용해 온갖 물의를 일으킨 전력이 있어 크게 신뢰할 만한 인물은 되지 못했다. 그렇다 하여도 덕진군 또한 조부 덕종(의경 세자)과 형제가 되니 그 역시 진성에겐 종친의 어른인 셈이었다.

"아무래도 전 자신이 없습니다. 조선 개국 이래 많은 일이 있었습니다. 제가 임금이 되자면 또 엄청난 일이 생겨야 할 것입니다. 저는 그것이 두렵습니다. 사람이 사람을 죽이는 일은 권력이 아무리 좋아도 할 짓이 아닙니다."

진성이 눈을 감은 채 고개를 저었다. 그때 진성 대군 이역의 나이는 이융이 임금이 되던 나이와 같은 열아홉이었다.

"대군, 오늘 밤 많은 권신들과 장졸들이 대군을 보위에 올려드리기 위해 검을 빼들었습니다. 어서 의복을 정제하고 궁으로 납셔야 합니다."

"나는 갈 수 없습니다. 반역은 그대들을 위한 것이지 날 위한 것은 아니지 않습니까? 그렇지 않은가요?"

"대군, 이번 거사는 누구를 위한 일이 아니라 우리 모두를 위한 일입니다."

구수영 등이 진성 대군을 설득하는 동안 박원종은 윤형로尹衡老를 경복궁으로 보내 성종의 계비繼妃이자 진성 대군의 친모인 자순 대비에게도 거사 사실을 알렸다.

"허어, 오라버니! 아닌 밤중에 홍두깨라고. 그건 아니 됩니다. 이것은 반역입니다. 신하가 어찌 임금을 몰아낼 수 있단 말입니까. 조선이 개국한 지 일백 년이 넘었지만 이건 한 번도 없었던 일입니다. 이런 일이 선례가 되면 조선은 망조가 들고 말 것입니다. 그러니 당장 역모를 멈춰야 합니다!"

자순 대비가 고개를 흔들며 말했다.

"마마, 마마의 친 소생인 진성 대군을 보위에 올리는 일입니다. 이융의 역사가 아닌 진성 대군 이역의 역사를 쓰기 위한 거사입니다. 자식을 임금의 자리에 올리는 일인데 반역인들 어떠하고 역모인들 어떠하겠습니까? 어차피 역사는 승자의 역사로 만들어지는 것이 아니겠습니까?"

윤형로가 눈을 부릅뜨며 말했다. 그와 자순 대비는 사촌 간으로 윤형로가 사촌 오라비였다.

윤형로의 간언에 자순 대비는 "아, 모르겠습니다. 정말 모르겠습니다. 어찌 진성을 임금의 자리에 오를 수 있게 하겠다는 건지 정말 모르겠습니다. 차라리 세자 황이 있으니 세자를 보위에 올리세요. 아직 어리기는 하나 총명하니 충분히 감당할 수 있을 것입니다"라며 고개를 흔들었다.

"세자가 임금이 되면 피바람이 더욱 불 겁니다. 임금이 폐비 윤씨의 일로 얼마나 많은 사람을 죽였나이까. 세자가 보위에 오르면 그런 일이 재발할 것이옵니다."

"그러니 이런 일을 왜 꾸미는 것입니까. 나는 내 아들 진성이 대군으로 평범하게 살기를 바라지 정쟁의 소용돌이 속에서 살게 하고 싶진 않습니다. 대군이 대군의 삶을 살아야지 왕위를 탐하면 아니 된다 이 말입니다. 내 말 아시겠습니까?"

"마마, 이미 엎질러진 물이고 거사에 참여한 권신들과도 협의가 끝난 일입니다. 그러하니 마마께서 물리친다고 물리쳐질 사안이 아니라는 겁니다."

"모든 게 결정되었으니 대비인 나에겐 선택의 여지가 없다는 말씀입니까?"

"그렇습니다. 마마께서는 이 오라비를 믿고 왕실 어른으로서 새 임금을 진성 대군으로 정한다는 교지만 내리시면 됩니다."

자순 대비는 자신에게 잔치를 베풀며 활짝 웃던 이융을 떠올렸다.

"금상, 어쩌면 좋소……."

자순 대비는 망연한 듯 고개를 들어 천정을 올려다보았다.

"마마, 그리 염려할 일이 아니옵니다. 우리 파평 윤씨 가문이 마마와 대군을 지켜드릴 것이옵니다."

"내가 교시를 내리면 만백성이 대비가 자식을 임금 자리에 올리기 위해 역도들과 손을 잡았다고 할 것인데, 내게로 향할 그 욕과 비난을 무슨 수로 감당하란 말입니까?"

자순 대비가 한숨을 길게 내쉬며 말했다.

"마마, 백성들에게서 쏟아질 욕과 비난은 박원종과 성희안, 유순정에게로 돌아가게 만들면 될 것이니 개의치 않아도 되옵니다."

"어떻게 말입니까?"

"교지를 내리되, 저들의 압박이 있을 때까지 최대한 시간을 끌다 협박에 못 이기는 척 교지를 내리면 됩니다. 그럼 반란의 책임이 저들에게 돌아갈 것입니다. 그렇게만 되면 마마께선 역도로부터 임금을 지키려 했다는 명분을 얻는 것과 동시에 진성을 보위에 올리는 실리까지 챙길 수 있을 것입니다."

윤형로의 말에 자순 대비가 손으로 이마를 짚으며 생각에 잠겼다.

"오라버니를 믿어도 되겠습니까?"

"그럼요, 믿어도 됩니다. 비록 지금은 박원종 무리가 권력을 쥐었다고 하나 저들은 지는 해에 불과합니다. 그러하니 몇 해만 기다리면 진성의 세상이 반드시 올 것입니다. 진성의 세상은 곧 우리 파평 윤씨의 세상이 아니겠습니까. 이 오라비를 믿어주셔야 합니다. 그래야 우리가 살고 진성이 삽니다."

"우리 진성을 끝까지 지켜주시겠습니까?"

자순 대비가 윤형로에게 물었다.

"물론입니다. 진성이 마마껜 하나뿐인 자식이지만 소신에겐 조카가 됩니다. 조카도 자식이 아닙니까. 소신이 진성을 조선의 임금 중에서 가장 위대한 성군으로 만들겠습니다."

윤형로가 주먹을 불끈 쥐어 보이며 대답했다.

"대비께서 우리의 뜻을 잘 이해하시겠죠?"

돈화문 앞에서 자순 대비의 소식을 기다리고 있던 성희안이 물었다.

"아드님을 임금으로 모시는 일인데 반대야 하시겠소. 만약 우리의 뜻과 반한다면 대비도 제거해야만 할 것이외다."

박원종이 군기시 앞에서 나인 둘이 참살되는 과정을 지켜보며 말했다.

"그래야겠지요. 임금과 그의 일족 모두를 제거하는 일인데 대비 정도야 일도 아니지요."

성희안이 너털웃음을 지으며 맞장구를 쳤다.

"그럼요. 옥새가 우리 손에 있는데 무서울 것이 뭐가 있겠소이까. 허허."

박원종이 옥새함을 들춰보며 크게 웃었다.

그때 뒤늦게 소식을 들은 조정 신료들이 돈화문 앞으로 몰려들었다. 그들은 눈도장이라도 찍을 요량으로 박원종과 성희안에게 앞다투어 머리를 조아렸다. 말석이지만 사등 공신에라도 오르지 못한다면 앞으로의 입지가 불안한 사람들이었다. 그들은 뒤늦은 합류가 미안했던지 옷소매를 걷어붙이며 임금 이융이 보인 그간의 행태에 대해 갖은 비난을 쏟아냈다.

궐문이 열리면서 한차례 피바람이 불더니 진시辰時가 지나면서는 시신들로 넘쳐났다. 군졸들이 돈화문 앞과 궐내에 널려 있는 시신을 수습하는 사이 박원종 등은 문무백관文武百官과 군교軍校 모두를 이끌고 경복궁으로 달려갔다. 그때까지 자순 대비는 대비전에서 꼼짝도 하지 않았고, 진성 대군을 임금으로 정한다는 교지 또한 내리지 않고 있었다.

한시가 급한 박원종으로서도 이렇게 시간을 보낼 수는 없는 노릇이었다. 박원종은 영의정 유순柳洵을 앞장세우고 자순 대비를 압박하기 시작했다. 그는 대비전 주변으로 무장한 병사들을 배치했고, 일부는 검을 빼들고 시위도 하게 했다. 그렇게 한 시진이 더 지나자 오고午鼓가 울렸다. 짧아졌던 그림자가 조금씩 길어질 무렵 드디어 자순 대비의 교지가 내려졌다. 교지를 받아든 박원종은 이조판서 유순정을 급히 불렀다.

"시간이 없소. 즉위식을 당장 거행하시오!"

박원종의 지시에 이조판서 유순정과 도승지 강혼 등은 즉위식을 준비했다. 유순정은 박원종과 반란을 함께 도모한 동지이기도 하지만 둘은 세종의 장인이자 영의정을 지낸 심온沈溫의 외손이기도 하여 손발이 척척 맞았다.

사저私邸를 나와 사정전思政殿에 머물고 있던 진성 대군은 권신들과 함께 근정전으로 갔다. 임금은 즉위식을 할 때 면류관冕旒冠을 반드시 써야 했지만 이날은 일체의 의식이나 절차가 생략되었다. 진성 대군은 평소에 쓰는 익선관翼善冠에다 임금의 상징인 곤룡포袞龍袍만 걸친 채 짧은 즉위식을 끝냈다.

"휴, 이제야 한시름 놓았소."

즉위식이 끝나자 성희안이 바닥에 털썩 주저앉으며 말했다.

"이제 시작인데 벌써 주저앉으시다니요. 할 일이 많으니 어서 대전으로 듭시다."

박원종이 갑주를 다시 한 번 조이며 근정전으로 향했다.

잃어버린 권력을 되찾다

권력을 잡은 박원종은 빠르게 조정을 개편했다. 임금 이융은 폐주가 되었고 세자 이황도 폐세자가 되었다. 중전이었던 신씨는 폐비가 되어 정청궁을 떠났다. 세자빈으로 간택되었던 정세명의 딸 정씨 또한 폐빈이 되어 궁을 떠나야 했다. 하루아침, 창졸지간에 생긴 일이었다.

궁궐의 주인이 이역으로 바뀌었다곤 하나 권력을 틀어쥔 이들은 박원종과 성희안, 유순정이었다. 새 임금 이역은 이들을 삼공三公 혹은 삼대장三大將이라 부르며 신하가 아니라 상왕을 대하듯 예를 깍듯하게 갖췄다.

반란 세력은 새 임금의 즉위와 함께 무오사화와 갑자사화로 귀양을 간 권신들을 도성으로 불러올리는가 하면 세종 때 설치된 언문청諺文廳도 혁파했다. 글을 아는 백성들이 늘어난다는 것은 그들이 권력을 유지하는 데 있어 여간 성가신 일이 아니었기 때문이었다.

반란 세력은 폐주 이융을 연산군燕山君으로 강등한 후 강화도와 이웃하고 있는 작은 섬 교동도로 유배를 보냈다. 그러곤 연산군과 관계

된 흔적을 빠르게 지워나갔다. 영의정 유순과 이조판서 유순정은 연산의 사상과 백성을 위하는 심경이 담긴 자제시집自製詩集을 시작으로 자신들이 폐주에게 충성 서약을 맹세하며 올렸던 경서문까지 불태워 없앴다.

"영상, 이제야 속이 후련합니다."

이조판서 유순정이 영의정 유순에게 말했다.

"그러합니다. 경서문 때문에 마음 졸인 걸 생각하면 지금도 속이 울렁거립니다."

유순이 가슴을 쓸며 말했다.

한 달 전이었다. 그들은 임금 이융을 성군이라며 칭송한 경서문을 지어 올린 후 그것을 영구히 보관하고자 실록각에 넣어두었다. 그날의 행사는 영의정 유순의 집전하에 도승지 강혼이 의장을 갖추고 여러 문무백관이 지켜보는 가운데 엄숙하고도 성대하게 치러졌다. 그러나 경서문을 영구히 보관하겠다던 그들의 의지는 한 달을 넘기지 못했다. 성군이라며 칭송했던 임금을 폐위시킨 마당에 경서문을 그대로 둘 수는 없기 때문이었다.

경서문에 이름을 올린 조정 대신은 영의정 유순을 비롯하여 좌의정 신수근, 우의정 김수동金壽童, 무령군武靈君 유자광柳子光, 판윤 구수영具壽永, 좌찬성 신준申浚, 판중추부사 김감, 우찬성 정미수鄭眉壽, 좌참찬 임사홍, 판중추 박건朴楗, 예조판서 송질宋軼, 공조판서 권균權鈞, 도승지 강혼, 우참찬 민효증, 호조판서 이계남李季男, 형조판서 신수영, 좌승지 한순韓恂, 병조판서 이손李蓀, 이조판서 유순정, 우승지 김준손金俊孫, 좌부승지 윤장, 우부승지 조계형, 동부승지 이우 등이었다.

이중에서 반란 세력에게 죽임을 당한 자는 신수근과 임사홍, 신수영이었고 나머지는 반란을 주도하거나 가담한 공로로 정국공신靖國功臣이 되었다.

궁궐에 피바람이 끊이지 않던 1506년(중종1년) 음력 9월 초. 연산의 사람들이 다 죽임을 당하던 그때, 임금의 여인과 자식이라고 해서 예외가 될 수는 없었다. 연산의 후궁이었던 숙용淑容 장녹수張綠水와 숙용 전전비田田非, 숙원淑媛 김귀비金貴非 등은 백성들이 지켜보는 가운데 군기시 앞에서 참살 당했고, 폐비 신씨가 낳은 휘신 공주 이수억李壽億은 거사에 참여했던 시아버지 구수영에 의해 남편인 구문경具文璟과 강제로 이혼을 당했다. 연산의 사람이었던 구수영으로서는 신혼인 아들의 가정을 깨서라도 연산과의 인연을 끊고자 했다. 행복하게 살아가던 어린 부부는 아비의 욕심으로 인해 이혼을 해야 하는 고통을 겪어야만 했다. 그 모든 것이 박원종의 신임을 얻기 위한 구수영의 욕심에서 비롯된 일이었다. 장녹수가 낳은 옹주는 비명횡사를 했고, 다른 후궁이 낳은 옹주들은 모두 관비가 되어 여기저기로 흩어졌다.

연산이 폐위될 때 살아 있는 왕자는 넷이었다. 폐비 신씨의 아들인 폐세자 이황과 창녕 대군 이성, 후궁 숙의 이씨 소생인 이인, 이돈수가 그들이었다. 반란 세력은 임금에게 폐세자 이황을 비롯한 왕자들에게 권력이 모일 수 있으니 멀리 귀양을 보내자고 주청을 했다. 언제 화근이 될지 모르는 일이니 그 싹부터 잘라놓아야 한다는 것이었다.

박원종 등의 주청을 거부할 명분이 없는 이역은 그들이 요구하는 대로 조카인 폐세자 이황을 강원도 정선旌善으로, 창녕 대군 성誠은 충북 제천堤川으로, 양평군 인仁은 황해도 수안遂安으로, 아직 군호도 받지 못한 어린 돈수敦壽는 황해도 우봉牛峯(지금의 금천군)으로 보내 모두 관가 근처에 안치하되, 그 담을 높이 쌓고 문을 잠그도록 명하였다. 이들 중 이황은 연산의 첫째 아들로 태어나 세자로 책봉된 지 오년 만이고, 나이는 열 살이었다.

공신들의 주청을 할 수 없이 받아들이긴 했지만 임금은 어린 조카들을 먼 곳으로 귀양 보내는 것이 못내 걸렸다.

"폐세자 이황이야 말을 탈 수 있겠지만 창녕이나 양평, 이돈수, 이들은 모두 나이가 어려서 말을 타고 먼 길을 갈 수 없을 것인즉, 가마를 타고 가게 하는 것이 어떻소?"

"전하, 그들은 죄인인지라 가마를 탈 수 없습니다. 만약 말을 타고 못 간다면 들것을 타고 가는 것은 무방할 것이옵니다."

공신들의 말에 이역은 한숨을 내쉬며 "그렇게 하라"고 전교를 내렸다. 임금이 된 지 며칠이 지났건만 이역은 무엇 하나 자신의 의지대로 결정할 수 있는 것이 없었다. 어쩔 수 없는 일이라고 스스로를 위로해 보지만 시간이 흐를수록 허깨비같이 나약한 자신만 발견할 뿐이었다.

권력을 한 손에 말아 쥔 이들은 더 큰 권력과 부를 축적하기 위해 피의 숙청을 끝없이 이어갔다. 부지불식간에 임금의 자리에 오른 이역은 반문 한 번 하지 못한 채 그들이 원하는 모든 일을 가납해주었다.

"전하, 신들이 거사를 함에 있어 신수근을 참한 것은 대의를 성취하는 데 걸림돌이 되었기 때문입니다. 지금 역적 신수근의 여식이 궐내에 있습니다. 신수근의 여식을 궁곤宮壼으로 삼는다면 이제 겨우 안정되고 있는 민심이 흉흉해질까 염려가 됩니다. 이는 종묘사직에 관계되는 일이니 은정恩情을 끊어 밖으로 내치소서."

이역이 보위에 오른 지 며칠 안 되어 박원종 등의 공신들이 주청을 했다. 신수근의 여식이라면 임금이 대군 시절 사저에서 혼인한 신씨를 말함이었다. 공신들은 임금의 장인인 신수근을 참살한 것도 부족해 부인 신씨까지 내치라고 하고 있었다. 공신들의 말엔 거침이 없었고, 이역으로서는 어떻게 대처해야 할지 난감한 일이었다. 이역이 임금이 되었으니 신씨 부인이 궁곤의 자리에 올라야 마땅한 일이었지만 공신들은 그녀가 신수근의 여식이라는 이유로 부부의 연까지 끊으라 요구하고 있었다. 하지만 그것은 요구라고 하기보단 명령에 가까운 주청이었다.

"주청하는 바를 모르진 않지만, 그래도 조강지처糟糠之妻인데 어찌 내칠 수 있단 말이오?"

온몸이 떨려왔지만 이역은 정신을 차리며 가까스로 하문했다.

"신들도 그 점을 모르는 바가 아니지만, 전하의 조선에 누가 될까 저어됩니다. 폐주로 인해 흐트러졌던 종사를 굳건히 하기 위해서라도 신수근의 여식을 궁곤으로 삼는 것은 불가한 일입니다. 사저에서의 연을 고집하시다가 대의를 잃어서야 되겠습니까?"

공신들의 말에 임금 이역의 몸이 움찔했다.

"전하, 신들의 주청을 따르시는 게 옳은 줄 압니다. 쾌히 그렇게 하시옵소서."

공신들의 주청은 협박에 가까웠다. 공신들의 힘으로 임금이 된 이역으로서는 그들의 말을 더 이상 거부할 수 없었다. 자칫 공신들과 날을 세웠다간 임금이 되자마자 폐주로 몰릴 수도 있기 때문이었다.

박원종 등의 공신들은 신씨를 궁곤에 올리면 명국明國과 풀어야 할 것이 하나 더 추가된다고 보았다. 그것은 매우 귀찮은 일이었다. 아직 조선의 임금이 바뀐지도 모르는 명국 황제에게 조선은 하시라도 임금의 폐위 사실을 알리고 새 임금에 대한 고명誥命을 주청해야만 했다. 그런데 문제는 별 탈 없이 조선을 이끌고 있던 임금을 폐위하고 새 임금을 앉힐 때는 임금이 급서를 했다던가 하는 명분이 있어야 하는데 아무리 생각해도 그 명분이라는 것이 없었다. 더구나 그것이 반란에 의한 왕위찬탈이 아니라 임금이 아우 진성 대군에게 스스로 왕위승습王位承襲한다는 등의 명분을 만들어야 하는데 연산군이 뻔히 살아 있으니 그것도 어려운 일이었다. 그와 같은 문제를 해결하는 것도 벅찬 일인데, 신씨를 궁곤으로 삼는 주청을 명에 올렸다가 곧 폐비하고 새 궁곤에 대한 고명주청誥命奏請을 다시 해야 하는 일은 여간 번거롭고 복잡한 게 아니었다.

"경들께서 종묘사직이 그토록 중대하다 하니 내 어찌 사사로운 정을 생각하겠소. 여러 공신들의 의논이 그러하다면 내 신씨를 밖으로 내치도록 하겠소."

전교를 내리기는 했지만 이역의 가슴은 찢어질 듯 아팠다. 속으론 조강지처조차 지켜주지 못하는 임금이 무슨 임금인가 하는 생각마저 들었다. 그 순간만큼은 차라리 임금이 되지 않았더라면 하는 후회가 들기도 했다.

잠시 후 이역은 부인 신씨를 하성위河城尉 정현조鄭顯祖의 집을 수리하여 살게 하라는 전교를 내렸다. 임금의 전교에 따라 신씨는 궁에 들어온 지 며칠 만에 강제 이혼을 당한 채 궐에서 쫓겨났다. 신씨는 초저녁이 되어 교자를 타고 건춘문建春門을 나와 하성위의 집으로 향했다. 궁이 멀어지자 그녀는 눈물을 하염없이 쏟았다. 아비와 숙부들을 잃은 것도 부족해 고모이자 윗동서인 중전 신씨가 폐비되고 이어 중전이 되어야 할 자신도 궁에서 쫓겨나는 신세라니, 아무리 생각해도 무간지옥이 따로 없었다.

신씨는 반란군에 의해 신씨 가문이 폐족이 되었어도 그나마 견딜 수 있다 생각했는데, 남편과 생이별을 해야 하는 상황만큼은 받아들이기 힘들었다. 그때 그녀의 나이 꽃다운 스물이었고, 임금 이역과의 사이에서 자녀는 없었다.

신씨가 궁에서 나오자 공신들은 중전의 자리를 비워둘 수 없다며 금혼령을 내리고 열 살에서 스무 살 미만의 규수가 있는 가문은 빠짐없이 처녀단자를 올리도록 했다.

유배, 돌아올 수 없는 길

1506년 음력 9월 5일. 가을빛이 완연하다 싶었는데 창덕궁에도 형형색색의 단풍이 곱게 물들고 있었다. 죽음의 행렬이 이어지는 궁궐의 풍경과는 달리 자연은 무심하게도 제 갈 길을 가고 있었다. 폐세자가 된 이황은 조반朝飯을 뜨는 둥 마는 둥 하다가 수저를 내려놓았다. 먹어야겠다는 생각은 컸지만 도무지 넘어가지 않았다. 음식을 준비하는 소주방燒廚房의 반감飯監이나 나인들은 그대로인데 하루 세 끼의 식사가 다 그랬다.

그 일은 반란군이 궁을 피로 물들인 이후부터였다. 궁인들도 그런 살육은 처음 보았다며 고개를 설레설레 흔들었다. 처음엔 눈에 띄는 대로 죽이더니 궁을 장악하고 난 후부터는 살생부에 적힌 사람만을 찾아내어 베었다. 장졸들은 살생부에 오른 사람을 찾기 위해 궁을 이 잡듯 뒤졌다. 그들은 날 선 검을 든 채 아무 곳이나 들이닥쳤다. 궁궐 여기저기에서 비명이 들려왔다. 도망치는 자의 발소리와 죽음을 맞는 자의 비명이 곳곳에서 들려왔다. 그런 일들은 며칠간이나 이어졌다. 끔찍한 나날이었다.

답답한 마음을 풀어보려 자선당資善堂을 나서보지만 오늘도 문밖출입은 허락되지 않았다. 반란군에 의해 시작된 자선당에서의 연금 상태는 사흘이 지난 지금까지 풀리지 않고 있었다. 그 사이 아비 이융은 연산군으로 강등되어 교동도로 유배되었고, 어미인 중전 신씨는 폐비가 되어 머물던 정청궁貞淸宮을 나와 사가私家로 옮겨졌다. 이융이 교동도로 떠날 때 신씨는 자신도 함께 가겠노라 눈물로 애원했지만 이역은 윤허하지 않았다. 아비가 유배를 떠날 때나 어미가 궁을 나갈 때도 이황은 연금 상태에 있었기에 뒷모습조차 볼 수 없었다. 자식이 부모에게 행해야 할 도리인 효孝까지 막아선 반란군의 기막힌 몰인정에 이황은 눈물만 흘릴 뿐이었다.

몇 달 전 아바마마께서 말씀하셨다.

"황아, 박원종과 성희안 같은 자들을 가까이 두지 마라."

"아바마마, 어인 일이옵니까? 그들은 아바마마의 충복들이 아니옵니까?"

"아니다. 그들은 왕실의 외척으로 권력을 좌우지한 한명회 같은 자가 되고 싶어 하는 자들이다. 그들을 가까이 두면 언젠가 큰 후환이 있을 것이다. 내 그들을 내치려 하니 세자도 그자들을 가까이 하지 마라. 알겠느냐?"

아비 연산의 생각이 옳았다. 하지만 아비가 그들을 견제했던 탓에 돌이킬 수 없는 일이 발생하고 말았다. 박원종과 같이 권력을 휘둘러본 자들은 결코 그 권력을 두고 물러서지 않았다. 그들은 스스로 권력이 되고자 했고 마침내 그렇게 했다.

지난 며칠 사이 많은 일들이 생겨났다. 여러 일들이 동시다발적으로 일어났던 터라 이황으로선 뭐가 어떻게 돌아가고 있는지 짐작도 할 수 없었다. 그 사이에 일어난 변화 중에서 가장 큰 일은 그 자신 이유도 없이 폐세자가 된 것이었다. 그와 동시에 매일 아침 대비전大妃殿과 대조전大造殿에 문안을 드리는 일도 할 수 없게 되었고, 아침저녁으로 아비의 수라상이 제대로 올라가는지 지켜보는 시선視膳과 탕약의 맛을 먼저 보는 시탕侍湯도 할 수 없었다. 그뿐이 아니었다. 시강원侍講院에서의 공부도 할 수 없고, 익위사 병사들과의 격구擊毬 또한 할 수 없게 되었다. 가끔씩 하던 휘신 공주와의 후원 나들이도 먼 옛날이야기가 되고 말았다. 세자의 지위가 다 사라진 지금 이황이 할 수 있는 일이란 아무것도 없었다.

"저하, 선복입니다. 급히 아뢸 말씀이 있습니다."

"들어오라."

호위무사 선복이 주변의 눈치를 살피며 자선당으로 들었다.

"저하, 큰일 났습니다."

"순간순간이 큰일의 연속인데 새삼 무슨 큰일이 났다는 건가?"

"오늘 조참朝參에서 저하의 유배가 결정되었다 합니다."

"유배? 어디로 말인가?"

"강원도 정선이온데, 병사들이 저하를 모시러 곧 올 것이라 합니다."

"아바마마를 교동도로 안치시켰으니 이젠 내 차례겠지. 아우들은 어찌한다 하던가?"

"대군마마들도 각기 다른 곳으로 보내진다 합니다."

"그러잖아도 자선당이 답답했는데 잘 되었구먼."

"저하, 목숨을 담보할 수 없는 위험한 길입니다. 원족遠足을 가는 것도 아닌데 어찌 그런 말씀을……."

선복의 말에 이황이 쉿, 하며 선복의 귀를 당겼다.

"모르는 소리! 궁 밖으로 나가야 살 길이 있고, 살아남아야 아바마마와 한 약속을 지킬 수 있는 게 아니더냐. 선복이 넌 내가 여기서 저들의 검에 죽어야 좋겠느냐?"

"그, 그런 뜻이 아닙니다."

"아니면 됐고, 그나저나 빈궁에 관한 소식은 알아보았느냐?"

"빈궁마마는 출궁당한 후 사가에 머물고 계신다고 합니다."

지난 2월 초하룻날 세자빈으로 최종 간택된 정씨는 며칠 전까지만 해도 별궁에서 세자빈 습의習儀를 받고 있었다. 사가의 법도와 궁궐의 법도가 다른지라 간택이 되면 가례가 있기 전까지 세자빈으로서 지켜야 할 법도와 세자빈의 역할 등을 익혀야만 했다. 궁궐 생활을 익히는 것이 하루아침에 되는 게 아닌 터라 정씨의 습의는 7개월째 이어지고 있었다. 습의가 끝나면 길일을 택해 가례를 올리게 되는데, 가례가 끝나면 비로소 부부로 인정을 받아 첫날밤을 보낼 수 있었다. 그러던 세자빈이 폐빈이 되어 출궁을 당한 것이었다.

"그럼 장인은 어떻게 지낸다고 하더냐?"

"정세명 대감 역시 무슨 일이 일어날까 싶어 살얼음판을 걷는 듯 조심조심 지내신다고 합니다."

"모두가 무사했으면 좋겠구나."

정세명丁世明은 세자가 보위에 오르면 국구國舅가 될 사람이었다. 그는 원래 궁궐 내 토목土木이나 영선營繕, 시탄柴炭 등을 공급하는 선공감繕工監의 종9품 말직인 감역관監役官이었다. 그러던 중 여식이 세자빈으로 간택되면서 종3품 당상관인 돈녕부敦寧府 부정副正이 되었다.

돈녕부는 왕실 종친부에 속하지 않은 임금의 외척 등을 예우하기 위한 기관으로 직급만 당상관이지 실질적인 권한은 없었다. 그러나 정세명이 세자의 장인이 된 덕에 돈녕부 부정 자리에 올랐으니 반란 세력으로부터의 핍박을 면할 순 없을 것이었다.

일개 감역관의 여식이 세자빈이 될 수 있었던 것은 외척의 득세를 견제하기 위한 왕실과 임금의 고육지책이었다. 고위 관직에 있는 자의 여식을 세자빈으로 정할 경우 발생하게 될 폐해는 실로 엄청난 일이어서 같은 이씨李氏 성이 아니거나 부모가 살아 있지 않는 등의 문제만 없다면 하급 관리의 여식 중에서 덕과 용모가 뛰어난 처녀아이를 세자빈으로 간택하고자 했던 것이다.

그것은 권력을 이용해 예종과 성종의 국구가 되었던 한명회韓明澮나 인수 대비의 아비 한확韓確 등이 왕실의 외척으로서 왕권을 무력화시킨 예가 여러 번 있었기 때문이었다. 당시 한명회는 딸 둘을 예종(장순 왕후)과 성종(공혜 왕후)에게 보내 자매지간인 이들을 조카며느리와 숙모의 관계로 만들기도 했다. 외척의 권세가 커지면서 이들은 왕권까지 쥐락펴락했다.

열세 살에 불과했던 자을산(성종)이 형인 월산 대군을 제치고 임금의 자리에 오를 수 있었던 것도 당시 권력자인 영의정 한명회와 인수 대비(덕종의 비)가 있었기에 가능한 일이었다. 반면 연산군의 어미 폐비 윤씨가 후궁에서 성종의 정비(원비는 한명회의 딸 공혜 왕후)가 될 수 있었던 것은 그녀의 가문이 보잘 것 없었기에 벌어진 일이기도 했다. 만약 폐비 윤씨의 가문이 정승 반열에 드는 집이었다거나 다른 권세가의 가문이었다면 인수 대비는 자신의 권세를 유지하기 위해서라도 결코 폐비 윤씨를 중전의 자리에 올리지 않았을 것이었다.

그런 일이 있었던 탓에 자순 대비 또한 세자빈 간택에 있어 신중을 기할 수밖에 없었고, 중전 신씨와 상의해 하급 관원인 정세명의 여식을 세자빈으로 삼은 것이었다.

"선복아, 정선으로 떠나는 길에 빈궁의 얼굴이라도 볼 수 있었으면 여한이 없겠구나."

"정히 그러하시면 소신이 믿을 만한 나인에게 부탁해 빈궁마마께 연통을 넣어보겠습니다."

"고맙구나."

선복이 이황에게 예를 올리고는 자선당을 급히 나섰다.

이황이 세자빈을 본 것은 단 두 번뿐이었다. 사실 궁의 법도라는 것이 세자빈이 간택되어 별궁에 들었다고 해서 세자 마음대로 별궁으로 걸음하여 "빈궁 나 왔소"하고 만날 수 있는 게 아니었다. 가례를 올리기 전까지 세자의 별궁 출입을 엄격하게 금했기 때문에 보고 싶어도 볼 수가 없었다. 그 기간 별궁을 출입할 수 있는 사람은 왕대비나 왕비 그리고 세자빈의 부모나 습의를 담당한 상궁 또는 나인들뿐이었다.

왕세자 이황은 별궁에 세자빈이 있다는 사실만으로도 가슴이 두방망이질하였지만 혼자만의 힘으로 세자빈을 만난다는 것은 불가능한 일이었다. 그렇다고 해서 가례를 올릴 때까지의 긴 시간을 참고 견딜 수도 없었다. 스승들로부터 총명하다는 평을 듣는 이황이었지만 시강원에서 공부를 함에도 세자빈은 어떻게 생겼을까 하는 생각이 먼저 들었고, 활쏘기를 할 때에도 세자빈에 대한 생각으로 과녁이 흐릿하게 보일 정도였다. 어떤 날은 이황이 공부는 않고 먼 곳만 멍하니 바라보고 있으니 세자의 스승이 "저하, 무슨 일이 있으시옵니까?"라고 묻기도 했다.

어느 날 이황은 하도 궁금하여 별궁 나인들에게 세자빈의 용모에 대해 물었으나 나인들은 그저 "목련처럼 곱고 참하십니다"라는 말만 되풀이했다. 그 때문에 이황은 궐에 핀 목련을 보며 세자빈을 그리워하기도 했다. 또 어느 날은 채 피지 않은 목련꽃 봉우리를 따다 어루만지며 꽃에서 풍기는 그윽한 향기에 취하기도 했다. 그렇게 가슴앓이를 하던 중 드디어 세자빈을 볼 수 있는 첫 번째 기회가 왔다.

그날은 정친례定親禮를 거행하는 날로 초복도 지나 푹푹 찌는 무더위가 기승을 부리던 날이었다. 정친례란 혼인의식 중 하나로 신랑 집이 신부 집에 혼인을 청하는 의식이었다. 이미 세자빈이 간택되어 별궁에 있는 터라 형식적인 의식이긴 했지만 그렇다고 건너뛸 일도 아니었다. 인정전 앞에서 거행된 정친례는 전에 없는 풍악이 흐를 정도로 임금의 관심이 컸다.

내관 박치영朴治映이 이황에게 전해준 말로는 정친례를 치르는 동안 임금이 매우 흡족해 자주 큰소리로 웃었다고 했다. 정친례가 끝난 후 예법에 따라 세자빈이 머물고 있는 별궁으로 예물과 사주를 보내는 의식이 진행되었다. 이황은 그때를 놓치지 않고 기다렸다가 세자빈의 얼굴을 볼 수 있었다. 거리가 제법 멀었지만 조용조용 옮기는 걸음이나 고운 자태만으로도 과연 목련처럼 곱고 아름다웠다.

세자빈을 두 번째 본 것은 구수영의 아들 구문경과 혼인한 휘신 공주가 궁에 들었을 때였다.

"저하, 별궁에 드신 빈궁은 만나보았습니까?"

"보긴 했지만 먼발치라서 용모를 자세히 보진 못했습니다."

"저도 아직이라 궁금한데 저하께서 함께 가시겠습니까?"

"누님께서 정말 그래주시겠습니까?"

휘신 공주의 말에 이황은 뛸 듯이 기뻤다. 휘신 공주와 함께라면 별궁에 들 수 있기 때문이었다.

"그럼요. 그런데 어마마마께서 이 사실을 아시면 경을 칠 것이니 저하께선 함구하셔야 합니다. 아셨죠?"

"그런 약속이라면 백 번 천 번이라도 할 수 있습니다. 그러니 어서 가요. 예?"

그렇게 해서 두 번째로 세자빈을 볼 수 있었다. 그날은 이황뿐 아니라 아우들인 창녕 대군 이성과 양평군 이인도 함께 데리고 갔다. 모두들 휘신 공주 치마폭에 숨어 별궁으로 들어갔지만, 장난기 많은 창녕 대군과 양평군이 이리 뛰고 저리 뛰는 통에 일각一刻도 머물지 못하고 쫓겨나고 말았다. 그러나 이황은 그 와중에도 습의를 받고 있던 세자빈을 가까이에서 볼 수 있었다. 눈앞에서 본 세자빈의 모습은 목련꽃보다 더 아름답고 고왔다. 상궁과 나인들의 방해로 눈인사조차 나누지 못했지만 세자빈의 맑은 음성과 깊고도 고요한 눈매는 이황의 넋을 빼놓기에 충분했다.

정오가 조금 지나자 의금부에서 압송관이 나왔다. 이황은 행장을 챙길 여유도 없이 압송관을 따라나섰다. 자선당에 있는 상궁 나인들과 세자 경호 부대인 익위사 병사들이 이황을 눈물로 떠나보냈다. 궁을 나선 이황 일행은 정선방貞善坊에 있는 돈녕부 부정 정세명의 집으로 향했다. 일행은 동궁전 나인 물금勿今과 대전 내관 박치영을 비롯해 폐세자를 압송하는 의금부 소속 병사가 여섯이고, 삼십 대 중반의 금부도사가 그들을 인솔하고 있었다. 폐세자의 호위무사 선복은 그들과 거리를 둔 채 뒤따르고 있었다.

감역관이던 정세명이 당상관 돈녕부 부정에 올라 심심파적으로 사진仕進하던 돈녕부 건물이 곧 보였다. 말끔하게 단장된 돈녕부는 상주

하고 있는 관원이 적은 터라 한가롭게 보였다.

정세명의 집은 돈녕부에서 그리 멀지 않은 곳에 있었다. 돈녕부를 지나자 이황의 걸음이 느려졌다. 그 까닭을 아는 박치영과 물금이 속도를 늦추며 이황 뒤를 따랐다. 바로 앞엔 파자교把子橋가 보였다. 정세명의 집에 다 왔다는 증거였다. 선복이 앞서 걸으며 정세명의 집을 살폈다. 선복이 나인에게 부탁한 것은 세자빈께서 집의 대문을 반쯤 열고 서 있으면 세자가 지나갈 것이니 그때 작별 인사라도 나누라는 것이었다. 그게 여의치 않으면 그냥 지나칠 수 있게 마당가에 연기를 피워 올리라고 했다. 연통의 내용은 그러했지만 어쩐 일인지 정세명의 집은 대문이 활짝 열려 있었으며 장졸 몇이 마당가를 오가고 있는 것이 보였다.

"저하, 빈궁마마 사가에 무슨 일이 있나봅니다."

박치영이 다가와 이황에게 귓속말을 했다.

"의정부에서 돈녕부 부정을 잡아가려 왔구먼."

압송관이 정세명의 집을 들여다보며 말했다.

"그렇구먼. 의금부 옥사에 빈자리가 있을까 모르겠네."

"아고, 정선에서 돌아올 쯤이면 모든 게 끝나 있었으면 좋겠네."

"그러게 말야. 피 냄새도 하루 이틀이지, 요즘은 아주 죽을 맛이라네."

이황의 압송관이 저들끼리 말을 주고받았다.

이황 일행이 정세명의 집을 지나칠 즈음이었다. 포승줄에 묶인 정세명이 병사들에 의해 끌려나오고 있었다. 그 모습을 본 이황이 정세명을 불렀다.

"돈녕부 부정, 무슨 일이시오?"

"세자 저하! 저하께선 어인 일이십니까?"

정세명이 돌아보며 소리쳤다.

"유배지로 떠나는 중이오."

"보시다시피 신이 이 모양이라서 저하께 문안도 못 여쭙습니다."

정세명이 포승줄에 묶인 손을 보여주며 말했다.

"괜찮소. 빈궁이 보이지 않는데, 빈궁은 어디 있소?"

"빈궁마마는……."

이황이 세자빈을 찾고 있을 때 정세명의 집에서 여인의 비명이 들렸다.

"저 음성은? 선복아, 빈궁인가보다."

이황과 선복이 정세명의 집으로 뛰었다. 놀란 압송관들이 이황을 좇았다. 대문 앞에 이르렀을 때 담장 안에서 "저하, 소첩이옵니다. 소첩도 데려가시옵소서!" 하는 외침이 들려왔다. 선복이 입구를 지키고 있던 병사들을 물리치며 대문을 열었다. 대문이 열리자 세자빈이 버선발로 뛰어나왔다. 세자빈은 흐르는 눈물을 주체할 수 없었던지 큰 소리로 엉엉 울었다.

"저하, 소첩도 함께 가겠나이다. 소첩을 데려가소서!"

"빈궁마마! 때를 기다리셔야 하옵니다!"

끌려가던 정세명이 세자빈을 향해 소리쳤다. 그때 정세명의 집을 지키던 병사들이 급히 세자빈을 낚아채더니 집 안으로 들어갔다. 세자빈의 비명이 행길까지 흘러나왔다. 이황이 금부도사의 옷자락을 잡아끌었다.

"이보시오, 금부도사. 내 세자빈과 작별 인사를 좀 나누어야 하니 잠시만 돈녕부 부정의 집을 방문하게 해주시오."

압송을 책임진 금부도사가 "저하, 이러시면 빈궁께서 더욱 위험해지십니다. 어서 길을 재촉하소서"라며 앞을 막아섰다. 이어 압송관들에게 "행인들이 몰려들면 곤란하니 당장 출발하라"고 다그쳤다.

"빈궁, 기다리시오! 내 꼭 돌아오리다!"

이황이 압송관에게 끌려가며 정세명의 집을 향해 소리쳤다.

"저하, 꼭 돌아오셔야 하옵니다!"

세자빈의 외침이 담을 넘어왔다.

"반드시 그럴 것이니 무탈하게 지내시오!"

이황이 다시 소리쳤으나 세자빈의 목소리는 더 이상 들려오지 않았다.

"저하, 빈궁마마께서 저하를 기다리고 계실 터이니 꼭 돌아오셔야 하옵니다!"

먼지를 풀풀 날리며 끌려가던 정세명이 이황에게 소리쳤다.

"알겠소. 장인께서도 무탈하시오."

길 한복판에서 정세명은 의금부로 끌려가고 이황은 유배지로 끌려가고 있었다. 이황과 정세명은 서로를 돌아보며 눈물을 흘렸다. 그 사이 정세명의 집 대문은 굳게 잠겼으며 창을 든 병사 둘이 앞을 지키고 섰다.

"차라리 그냥 떠나는 것이 나을 뻔했구나."

이황이 눈물을 거두며 말했다.

"……."

곁에 있던 물금이 차마 입을 떼지 못했다.

"박 내관, 궁 밖의 상황이 이러할 줄은 정녕 몰랐네."

"송구하옵니다. 저하."

대전 내관 박치영이 눈물을 삼키며 말했다. 박치영은 내관직 종8품 상문尙門으로 임금을 호위하던 호위무사였다. 연산이 교동도로 떠날 때 함께 떠나려 했으나 자신보다는 세자를 호위하라는 명을 받고 이황 일행에 합류를 했다.

“계유정난 때도 많은 사람이 죽었다고 들었네. 그러니 박 내관이 송구할 일은 아닌 것이야.”

“그땐 수양 대군께서 난을 일으키셨지만 이번은 신하였습니다. 권력을 쥔 신하가 보위를 찬탈하는 역사는 후일 큰 후환으로 돌아올 것입니다.”

“차라리 신하가 아닌 백성들에 의해 역사가 바뀐다면 어떻겠는가?”

“저하, 무슨 말씀을…… 소신 듣기 민망하옵니다.”

“임금은 백성을 하늘이라 여기고 정치를 펴지만 권신들은 다르지 않은가. 그들은 백성을 위하기보다는 자신들의 부와 명예를 지키기 위해 정치를 하는 부류가 아니던가. 그런 뜻에서 한 말이니 마음에 담아두진 말게.”

내관 박치영은 폐세자의 말에 적잖이 놀랐다. 고작 열 살의 나이에 불과한 폐세자의 입에서 그런 말이 나오리라고는 상상도 하지 못했기 때문이었다. 폐세자의 말을 들으니 선왕께서 아들을 지극한 마음으로 아끼는 이유를 조금은 알 수 있었다.

파자교를 건너 좌측으로 꺾으니 멀리 흥인문興仁門이 보였다. 흥인문을 나서자 금부도사가 이황 앞에 낮게 부복을 했다.

“저하, 소신은 여기서 돌아가옵니다. 먼 길이옵니다. 부디 조심해 가시옵소서.”

이황을 떠나보내는 금부도사의 음성이 촉촉하게 젖어 들었다.

“고맙소. 박원종 대감께 세자 황이가 잘 떠났다고 전해주오.”

아비가 박원종만큼 총애한 신하도 없었다. 더구나 그는 이황을 키워준 박씨 부인의 동생이기도 하여 임금과 세자 모두 박원종을 아꼈다. 그런 박원종이 임금의 눈 밖에 나더니 급기야 난亂을 일으켜 부왕을 폐위시키고 자신마저 폐세자한 후 유배를 보낸 것이다. 이황으로서는 도무지 이해할 수 없는 상황이 벌어진 것이었다.

흥인문 밖 마을은 도성 안의 마을과는 사는 모습 자체가 딴판이었다. 아비와 함께 강무장講武場으로 이동하면서 본 백성들의 모습과도 달랐다. 백성들의 눈높이에서 바라본 그들의 삶은 힘겨워 보였다. 추수철이라 배를 곯지는 않았지만 얼굴에 핀 곤궁함은 지워지지 않았다. 부스럼 가득한 아동들이 떼를 지어 들로 나가는 모습도 보였다. 그래도 가장 활기차 보이는 곳은 백정 마을이었다. 소를 잡고 각을 뜨는 등의 소란이 한바탕 일 적마다 사람들이 모이고 흩어졌다. 마을을 지나 한참을 걸으니 살곶이箭串 다리가 나타났다. 태조 이성계와 그의 아들 이방원이 권력을 놓고 서로 검을 겨누었던 현장이었다.

"박 내관, 아무래도 이상하지 않소?"

선복이 박 내관의 옷소매를 잡아당기며 작은 소리로 물었다.

"뭐가 말이오?"

박 내관이 의아한 표정을 지으며 되물었다.

"노산군께서 영월로 유배를 떠나실 땐 첨지중추부사僉智中樞府事 어득해魚得海와 판내시부사判內侍府事 홍득경洪得敬, 군자정軍資正 김자행 등이 따라 붙었고 압송관도 오십 명이나 되었는데, 저하의 유배 길엔 말馬은 고사하고 압송관도 달랑 여섯 명밖에 붙이지 않았습니다. 금부도사도 돌아갔고 말이오. 아무리 폐세자가 되었다고 해도 한 나라의 국본이 유배를 떠나는데 이렇게 허술하게 진행되는 게 이상하단 말이오."

선복이 압송관들의 눈치를 살피며 말했다.

"생각해보니 그렇긴 하군요."

"아무래도 무슨 꿍꿍이가 있어 보입니다."

"꿍꿍이라니요?"

"그게 뭔지는 모르겠지만 아무튼 저하를 잘 보필해야 할 것 같소."

선복이 주변을 둘러보며 말했다.

살곶이 다리를 건너자 이내 조선 왕실의 목장이 나타났다. 목장엔 많은 말과 소들이 가을볕 아래에서 한가로이 풀을 뜯고 있었다. 목장에서 조금 떨어진 곳에 화양정華陽亭이 있었다. 이황 일행은 화양정에서 잠시 쉬기로 했다. 세종께서 짓고 편액까지 내린 화양정은 언뜻 보아도 백여 칸은 족히 될 정도로 규모가 큰 정자였다. 화양정에 오르자 드넓은 왕실 목장이 한눈에 들어왔다. 고개를 북쪽으로 돌리면 삼각산을 비롯해 도봉산, 수락산, 용마봉이 손에 잡힐 듯 보였고, 목장 너머론 황포돛을 단 배들이 한가롭게 오르내리고 있었다.

이황은 푸르게 흘러가는 경강京江을 보며 길게 한숨을 쉬었다. 자선당을 나온 것은 다행스런 일이지만 언제 다시 돌아올지 기약도 없는 유배 길이었다. 아비 연산과 정반대의 길로 유배를 떠나는 이황은 목이 메어왔다. 숙부 수양 대군에 의해 보위에서 쫓겨난 이홍위도 노산군으로 강등되어 영월로 유배를 떠날 때 화양정에 올라 눈물을 쏟았다고 한다. 그 때문에 백성들은 노산군이 다시 돌아올 수 있는 회행의 길이 되길 바라는 마음에서 화양정을 회행정回行亭이라 부르기도 했다.

눈물을 머금으며 고개를 돌리니 아차산峨嵯山이 보였다. 아차산과 두모포豆毛浦 일대는 왕실 전용 사냥터라고 부를 만큼 강무講武를 자주 했던 곳이다. 이황은 지난봄에도 아비와 함께 아차산으로 강무를 나왔었다. 당시를 생각하니 아비가 보고 싶었다. 그때 아비는 훈련에 열중인 군사들을 바라보며 이렇게 말했다.

"황아, 세조께서 세자인 황(예종)을 불러놓고 이렇게 말씀하셨다.

'대신들이 사냥을 폐지하라 하지만 사냥은 군사 훈련이니 절대로 줄이거나 폐지하지 말거라'라고 말이다. 나도 부왕인 성종께 그러한 교육을 받았지만 대간들의 반대로 강무를 나가는 일이 쉽진 않더구나. 내 세자에게도 그와 같은 당부를 하고 싶구나. 대간이나 대신들은 군역에 참여하지도 않으면서 군대를 동원해 군사 훈련을 하는 것을 반대만 한다. 대신들은 심지어 북방의 야인이 국경을 넘어 우리 백성을 무참히 살육하는데도 정벌하지 말라 한다.

신하들이 야인 정벌과 강무를 왜 반대하겠느냐. 첫 번째는 자신들의 곳간에서 조금의 재물이라도 나가는 것을 싫어하는 것이고, 두 번째는 임금이 정벌과 강무를 통해 왕권을 강화할까 싶어서 그러는 것이다. 임금은 백성을 지키고자 하지만 신하들은 왕권만 약화시킬 수 있다면 백성은 죽거나 말거나 관심도 두지 않았다. 임금은 또 군사 훈련을 통해 조선을 군사 대국으로 키우려고 하는데, 신하들은 자신들의 권력을 유지하기 위해 군사 훈련을 하지 말라고 한다. 이래서는 나라의 존재 가치가 없느니라. 전쟁이 나면 신하들이 조선을 구하겠느냐? 아니다. 그들은 전쟁이 나면 가장 먼저 도망칠 자들이다. 결국 피해를 가장 많이 입는 것은 백성이고 조선을 구하는 것도 백성들이다. 신하들의 말만 믿어서는 북방의 오랑캐와 남방의 왜를 막을 수 없느니라. 그들은 하루가 다르게 강성해지고 있는데, 우리 조선만 성리학이 어쩌네 저쩌네 하면서 시간만 보내고 있단다.

황아, 명이 조선을 끝까지 지켜줄 것이라 믿지 마라. 명은 언제든지 망국의 길을 걸을 수 있는 나라이니라. 그러하니 조선은 명 모르게 군사력을 조금씩 키워야 한단다. 조용히 군사력을 키울 수 있는 방법은 강무밖에 없느니라. 조선 땅은 조선인의 힘으로 지켜야만 우리의 영토가 된단다. 그러하니 가능한 강무를 늘이되 어떤 일이 있어도 그 횟수 만큼은 줄이지 마라. 조선을 지키는 일이니 아비의 말을 명심해야 할 것이니라."

그날 이황은 아비에게 그렇게 하겠노라 답했다.

"아바마마, 소자 강한 조선을 만들겠나이다."

강무는 단순한 사냥이 아니라 대규모 군사 훈련이었다. 강무에 참여하는 병사만도 적게는 오천에서 많으면 오만 이상 되었다. 훈련에 참가한 병사들은 경상도와 전라도, 충청도 등 팔도에서 징집한 기병과 보병 소속 병졸들이었다. 징집되는 병사들의 나이가 열여섯 살에서 예순 살까지로 노비와 천민 등을 제외한 양민들이다보니 군기는 엉망이었고 전투력은 수준 이하였다. 오합지졸에 불과했던 이들은 강무장으로 이동하면서 행군과 진법을 익혔으며, 사냥을 할 때엔 활쏘기와 창검술을 익혔다. 또 짐승몰이를 통해선 순발력과 민첩성, 단결력 등을 기르며 점차 병사가 되어갔다.

궁을 떠나 며칠씩 진행되는 강무를 가장 많이 한 임금은 세종이었다. 세종은 철원 지역을 주로 찾았다. 세조나 매사냥을 즐겼던 성종도 강무를 여러 차례 다녀왔지만 연산이 임금으로서 강무를 진행했을 때처럼 대신들의 적극적인 반대는 없었다. 그러나 연산은 군사 훈련만큼은 잠시라도 미룰 수 없는 일이라며 강무를 밀어붙였고, 왕권이 커질 것을 두려워한 신하들의 반대 또한 그만큼 컸다.

융복戎服을 차려입은 연산은 임금으로서의 위엄과 자신감이 넘쳐흘렀다. 그는 강무를 떠나면서 토적土笛(흙피리)과 초금草琴(풀피리) 악공들을 자주 불렀다. 이들 악공은 군사 훈련 후 이어지는 연회에서 흙피리와 풀피리를 불곤 했다. 연산은 풀피리 연주를 좋아해 민간에서 풀피리를 잘 부는 사람을 찾아 궁으로 들이기도 했다. 그는 악공들로부터 풀피리 부는 법을 배우기도 했고, 그 일은 세자인 이황에게까지 이어져 이황도 풀피리를 배운 적이 있었다.

"저하, 곧 어둠이 내립니다. 지금 출발하셔야 하옵니다."

나인 물금이 이황에게 말했다. 그 말끝엔 언제 무슨 일을 당할지 모르니 한양을 빨리 벗어나야 한다는 말이 숨겨져 있었다. 이황이라고 그걸 모를 리 없었다.

"그래, 가자꾸나."

이황이 자리를 털고 일어났다. 화양정을 떠난 이황 일행은 다시 길을 재촉했다. 한참을 걷자 민가에서 밥 짓는 연기가 피어오르기 시작했다. 그리곤 곧 어둠이 내렸고, 이황은 광나루 인근 주막에서 하룻밤을 묵었다.

세자가 온다!

짧아진 가을 해가 조금씩 기울기 시작할 즈음, 먼지를 일으키며 달려온 기발騎撥이 급히 정선 관아官衙로 들어섰다. 어깨에 둘러맨 피각대皮角帶에 방울이 세 개나 달린 것으로 미루어 중요한 문서가 들어 있는 게 분명했다.

잠시 후 호선역好善驛에서 말을 갈아탄 기발이 떠나자 형방刑房 김여직金呂直이 뒷짐을 진 채 옥사獄舍로 향했다. 죄인을 가두는 옥사는 관아의 후미진 곳에 독립 공간으로 마련되어 있었다. 주변 또한 원형 담장이 둘러쳐져 관원들도 애써 찾지 않으면 내부를 쉽게 볼 수 없었다. 내부엔 남녀 옥사가 따로 있으며, 그중엔 살인 등의 흉악범을 가두는 옥사와 사소한 시비 등으로 갇힌 경죄인을 가두는 옥사로 나뉘어 있었다. 중죄인들은 목에 칼을 차고 있었으나 죄가 가벼운 죄인들은 비교적 자유롭게 지내고 있었다. 형방은 중죄인들이 들어 있는 옥사를 힐긋 보더니 그 옆의 옥사로 걸음을 옮겼다. 형방은 뇌옥牢獄을 지키고 섰던 옥졸에게 옥문을 열도록 했다.

"운이 좋은 놈들이로군. 다들 출옥이다!"

형방이 옥문을 열며 말했다.

"난데없이 출옥이라니요?"

옥사에 갇혀 있던 죄인들의 눈이 가분재기 무슨 일이냐는 듯 휘둥그레졌다.

"새 임금께서 즉위하시면서 중죄인을 제외한 모든 죄인을 방면하라는 교시를 내렸으니 그리 알라."

"새 임금? 임금이 바뀌었단 말이오?"

김낙중金樂重이 엉거주춤 일어서다 말고 물었다. 그는 사냥을 하던 중 민가의 개를 죽인 죄로 사흘 전 옥사에 들어왔다.

"그렇다네. 그러니 임금이 계시는 한양을 향해 큰절이나 올리게."

"형방 나리, 새 임금은 누가 되시었습니까?"

정선 장터를 중심으로 살아가는 왈짜패의 두령인 김막개金邈介다.

"진성 대군께서 보위에 오르셨다는구먼."

"진성 대군이 누군지 모르지만 감사할 일이로세. 흐흐! 우리 같은 놈들을 위해서라도 임금이 자주 바뀌었으면 좋겠구먼."

김막개가 큰 덩치에 어울리지 않게 교사스런 웃음을 흘렸다.

"막개, 우리 사업에 지장이 크니 자넨 여기 좀 그만 들어오게. 아시겠나?"

형방이 김막개의 어깨를 부드럽게 감싸며 말했다. 그는 평소 김막개가 운영하는 박장博場의 수입 중 일부를 정기적으로 상납받으며 왈짜패의 뒤를 봐주는 역할을 하고 있었다. 그는 그쯤에서 그치지 않고 상납받은 재물을 다시 김막개에게 맡겨 급전이 필요한 이들에게 고리대를 놓도록 했다. 그 재물은 다시 몇 배로 커져 김여직에게 돌아갔다.

그렇게 재물을 벌어들이는 김여직은 같은 성씨이기도 한 김막개를 자신의 피붙이보다도 더 아꼈다. 그런 이유로 김여직은 대금 변제를 독촉하다 사람을 죽게 한 김막개를 잡범 수준의 죄로 만들어 경죄인의 옥사에 넣었다. 김여직은 이후에도 가끔씩 치죄할 것이 더 있다며 김막개를 형청形廳으로 불러내 술을 먹이거나 박장에 다녀올 수 있도록 하는 등의 편의를 봐주었다.

"진성 대군이 누구지?"

낙중이 옥사를 나서며 고개를 갸우뚱했다.

"임금이 누가 되든 우리 같은 종자가 그건 알아서 뭐하누? 낙중이, 어디 가서 술이라도 한잔해야지?"

둘은 한 마을에서 자란 친구 사이로 집안으로는 먼 친척 간이기도 했지만 낙중은 김막개를 그다지 신뢰하지 않았다. 사람이 포악한 데다가 교활하기까지 하여 김막개에 대한 백성들의 평판 또한 좋은 편은 아니었다.

"어디로 갈까? 젓 맛이 좋은 선월네로 갈까? 허리가 낭창낭창한 옥선네로 갈까?"

김막개가 다시 물었다.

"저물녘도 아닌데 그냥 저자에서 국밥에 탁배기나 한잔하지 뭐."

낙중이 내키지 않는다는 듯 심드렁하게 말했다.

"이런, 옥에서 나온 날에 고작 국밥이라니. 날 따르게."

김막개가 낙중을 옥선네로 이끌었다. 관아에서 그리 멀지 않은 옥선네는 정선에서도 유명한 기방이었다. 김막개와 낙중이 옥선네 마당으로 들어서자 기녀들이 버선발로 뛰어나왔다.

"아유, 두령님께서 오셨네요. 그간 고생 많으셨죠?"

기녀들이 김막개의 양팔을 끼더니 안으로 잡아끌었다.

"잘들 있었느냐? 이년들 며칠 사이에 젖살이 포동포동 올랐구나. 어디 한번 보자꾸나."

김막개가 기녀들의 앞섶을 헤치며 손을 집어넣었다.

"아잉, 아무리 굶으셨다 해도 이렇게 성급하실까."

기녀들이 김막개의 손을 빼며 특유의 콧소리를 냈다.

잠시 후 술상이 차려지고 악공들이 악기를 들고 방으로 들어왔다. 그러는 동안에도 낙중의 머릿속은 새 임금에 관한 것뿐이었다. 처음엔 형방이 김막개를 풀어주기 위해 그냥 한 말이거니 했다. 그러나 장난삼아 한 말일지라도 사실이 아닐 경우 대역죄로 몰릴 수 있는 중대한 사안을 형방이라고 해서 그리 쉽게 뱉지는 못할 것이었다. 그런 생각이 미치자 새 임금에 대한 낙중의 궁금증은 커져만 갔다. 낙중은 정갈하게 차려지는 술상을 보며 '새 임금이라니, 참으로 느닷없는 일이 아니던가'라고 생각했다. 하지만 가을볕 좋은 날 낮술에 취한 이가 저도 몰래 헛소리를 할 수는 있어도 새 임금이 들어섰다는 엄청난 말을 헛소리로 지껄일 순 없지 않던가.

"무슨 생각이 그리 깊은가?"

"임금이 바뀌었다는 말 때문에 그러네."

낙중이 가늘게 한숨을 쉬며 말했다.

"그게 왜?"

"내가 전에도 이렇게 풀려난 적이 있었거든."

"왕세자 책봉식?"

"그렇지. 근데, 그때 왕세자로 책봉된 분이 보위에 오르신 건 아닌 듯싶어서 말이네."

"아, 그건 형방이 오면 물어보게. 내 옥을 나서면서 형방을 이리 오시라 했거든."

"그렇게 하지."

사 년 전 이맘때였다. 낙중은 호피虎皮를 구해달라는 관아 색리色吏의 부탁을 들어주지 않았다는 죄로 옥에 갇혔는데, 왕세자 책봉식이 있으면서 방면된 적이 있었다. 현 임금이 물러나고 새 임금이 들어서야 한다면 그가 왕세자여야 당연할 것 같은데 정작 보위에 오른 인물은 세자가 아닌 모양이었다.

"형방께서 늦으시는구먼. 목도 마른데 먼저 시작하지."

"그거 좋지요."

옥선네가 반색을 하며 기녀들에게 눈짓을 보냈다. 옥선玉仙은 정선 관아의 관기 중에서 현수絃首였는데, 형방이 옥선의 기둥서방이 되면서 기적妓籍에서 빠져나와 자신의 기방을 차렸다.

기녀 둘이 김막개와 낙중 옆을 차고 들었다. 술잔이 채워지자 비파 연주가 이어졌다.

"이년들아, 내가 이래 봬도 임금이 풀어준 사람이야 임금이. 니들은 그 정도의 뒷배가 있냐?"

김막개가 옆자리에 앉은 기녀를 끌어안으며 낄낄거렸다.

술이 몇 순배 돌 무렵 김여직이 옥선네로 왔다.

"급한 일이 있어 조금 늦었네."

"급한 일이라니요? 정선 고을에서 형방 나리를 급하게 만드는 일도 있답니까?"

"지금 관아에 난리가 났다네."

"난리는 또 뭡니까?"

"군수 영감께서 체직을 당하셨네. 어디 그뿐인가? 여량역餘糧驛 역장 최은석崔殷奭도 급히 추포를 당했네."

"체…… 직?"

김막개가 무슨 말인지 모르겠다는 표정을 지었다.

"군수 자리에서 물러났단 말이네."

김여직이 말했다.

"군수께서 무슨 죄가 있어서 물러난단 말입니까?"

낙중이 의아하다는 표정을 지었다.

"전 임금의 사람이라 여겼기에 그런 거겠지."

"그렇군요."

"그뿐이 아닐세. 이번 일로 폐세자가 된 죄인까지 정선으로 유배를 온다니 이거야 원 정신이 다 나갈 지경일세."

형방이 머리를 절레절레 흔들었다.

"형방 나리, 폐세자는 뭐고 죄인은 또 뭔지 이놈이 아둔한 놈인지라 무슨 말씀인지 도무지 이해가 되지 않소이다. 대체 도성에 무슨 일이 생겼기에 그러는지 소상하게 말씀 좀 해주시오."

낙중의 말에 김여직이 악공과 기녀들을 물렸다.

"이게 다 새 임금이 보위에 오르셨기 때문에 생긴 일이 아니겠나."

"아까 나리께서 진성 대군이 보위에 오르셨다고 하시지 않으셨습니까? 진성 대군은 누구입니까?"

낙중이 눈을 번뜩이며 물었다.

"진성 대군은 금상의 이복동생이라네."

"그렇다면 임금께서 무슨 변이라도 당하셨다는 겝니까?"

"자세한 건 나도 모르네. 다만 박원종, 성희안, 유순정 대감 무리들이 반정을 일으켜 금상을 폐위시키고 진성 대군을 보위에 오르게 했다는 구먼. 그 때문에 세자 저하께서 정선으로 유배를 온다는 것이고, 군수 영감이 체직이 된 것도 그 때문일세."

"그럼 여량역장은 무슨 죄로 추포를 당한 겁니까?"

"그야 최은석의 여식이 궁으로 뽑혀 올라간 것과 관계가 있지 않겠나."

지난 봄 여량에 살던 최은석의 여식 홍림이 흥청으로 뽑혀 궁에 들어간 일이 있었다. 그 후 홍림은 궁에서 인정받는 흥청이 되었고, 그 일로 최은석이 군수도 무시할 수 없는 힘을 가졌다는 소문이 퍼졌었다.

조선 팔도엔 537개의 역驛이 삼십 리의 상거相距를 두고 설치되었는데 여량역은 그중 하나였다. 각 역엔 역장驛長을 수장으로 하여 그 아래에 역리驛吏와 역졸驛卒, 역노비 등이 배속되어 중앙과 지방과의 공문서 전달에 필요한 역마와 지역을 지나는 관원들의 숙식을 제공하는 업무를 담당했다. 역원들은 파발 등의 기본적인 업무 외에도 고을 내의 부패한 관리를 규찰하는 일이나 특이 사항 등의 정보를 취합하는 업무도 병행했기에 역장 자리는 관아의 육방六房보다 힘이 있었다.

"그렇다면 이건 반정이 아니라 반란 아닙니까?"

"허, 낙중이 이 사람 입조심 하게나. 그런 일이야 성공이면 반정이고 실패하면 반란 아니던가. 지금에 와서 반란이라 하면 오히려 역모 죄로 죽음을 면치 못할 걸세. 내말 명심하게."

김여직이 눈을 희번덕거리며 말했다.

"나리, 반란이고 반정이고 간에 한마디로 말하면 세상이 바뀌었다는 거 아니겠습니까?"

김막개가 나섰다.

"그런 셈이네. 그러니 당분간은 입조심을 단단히 해야 할 것이야."

김여직은 목이 말랐던지 술을 연거푸 마셨다. 그러곤 할 일이 태산이라며 서둘러 관아로 돌아갔다.

"막개, 난 암만 해도 오늘은 술이 땡기질 않는구먼. 이만 일어서야겠어."

낙중이 김여직의 뒤를 따라 옥선네를 나왔다. 혼자 남게 된 김막개도 흥이 나지 않던지 술잔을 꺾었다.

"이거야 원, 술판이 노름판만도 못하네. 어이, 같이 가세."

낙중과 김막개가 저자로 나오자 그의 수하들이 우르르 몰려왔다.

"두령님께서 나오셨다는 말씀 듣고 찾아다니는 중이었습니다."

"옥선네에 있다가 나오는 중이니 소란 떨 거 없다. 오늘은 요선妖善이 하고 조용히 쉬고 싶으니 다들 맡은 일이나 잘하라구. 알겠나?"

김막개가 수하들에게 이르자 수하들이 재빨리 흩어졌다.

"낙중이, 나 먼저 들어가네."

"그려, 옥에선 고마웠네. 잘 가게."

낙중은 김막개와 저자에서 헤어졌다.

'놀라운 일이다. 반란이 일어났다니……?'

낙중은 푸르게 펼쳐진 하늘을 올려다보며 중얼거렸다. 겹겹이 산으로 둘러싸인 정선의 하늘은 어느 권세가의 텃밭보다 조금 클 정도로 작았다. 정선 사람들은 그 작고 앙증맞은 하늘을 머리에 인 채 복닥거리며 살고 있었다.

저자를 벗어난 낙중은 유길만柳吉萬의 집으로 걸음을 옮겼다. 적어도 유길만이라면 현 상황에 대해 어떤 의견이라도 나눌 수 있을 것 같았다. 유길만은 지역에서 신망이 두터운 인물로 낙중과는 오래전부터 호형호제하는 사이였다. 그는 몇 해 전 사마시司馬試에 합격해 생원生員이 되었다. 집안에서는 홍문관弘文館 부제학副提學을 지낸 조부의 뒤를 이어 가문을 일으킬 재목으로 여겼으나 유길만의 생각은 달랐다.

그때 유길만은 부인에게 이렇게 말했다.

"내 재주가 어느 정도인지 알았으니 출사를 위해 대과大科에 나가거나 성균관에 입학하진 않을 것이오."

"하지만 가문을 생각하셔야지요."

"아직은 때가 아니오."

유길만은 그 말을 끝으로 은둔자의 길을 걸었다. 부인은 그런 유길만이 야속했지만 때가 아니라는 남편의 말을 존중해주었다. 은둔에 들어간 유길만은 먼저 집안의 노비부터 풀어주었다. 사람이 태어남에 있어 신분과 귀천이 있을 수 없다는 게 유길만의 평소 소신이었다. 그는 노비문서를 불태운 후 토지를 노비들에게 고루 나눠주곤 각자의 길을 가도록 했다. 지역의 토반土班들은 유길만을 미친놈이라 손가락질했지만, 많은 이들이 유길만의 실천적 삶에 응원을 보내주었다.

그런 후 유길만의 일상은 농사를 짓거나 서책을 읽는 것이 전부였다. 그러다 가끔은 대음강에 나가 낚시를 던져놓고 고요히 흘러가는 강물을 바라보곤 했다. 사람들은 그런 유길만이 후한後漢 사람 자릉子陵을 닮았다 하여 그가 낚시를 하는 곳을 자릉조대子陵釣臺라고 부르기도 했다.

유길만은 마당에서 국화를 말리고 있었다.

"형님, 저 왔습니다."

낙중이 마당으로 들어서자 유길만이 반갑게 맞이했다.

"어? 낙중이 이 사람 어떻게 된 일이야? 탈옥을 한 것도 아닐 테고."

"탈옥은요. 옥문 열고 당당하게 나왔는걸요. 근데 국화차를 만드시나봐요?"

"내가 쓸 게 아니라 자네가 죽인 개 값 물어주려고 말리는 중이라네. 자넬 옥에서 빨리 꺼내야 토끼털 옷이라도 입어볼 게 아닌가."

"말씀만이라도 감사합니다. 아무래도 올 겨울엔 형님께 호피 하나 마련해드려야겠군요."

"이 사람, 농이었네. 그나저나 어떻게 나온 건가? 물고가 날 줄 알았는데, 멀쩡한 몸으로 나온 게 뭔가 수상한 걸. 형방에게 호피라도 주기로 한 건가?"

유길만이 낙중의 몸을 이리저리 살피며 물었다.

"허허, 제가 언제 그런 거래하는 거 봤습니까?"

"그럼 자네가 홍길동이라도 된단 말인가?"

"말씀드릴 테니까 안으로 들어가시죠."

"뭔 사연이 있긴 하구먼."

유길만이 낙중을 사랑방으로 들였다.

"옥에서 뭔 일이 있었는가?"

유길만이 좌정하며 물었다.

"형님, 도성에서 반란이 일어났답니다."

"반란이라니?"

유길만이 흠칫 놀라며 물었다.

"박원종과 성희안, 유순정이라는 대감들이 반란을 일으켰다고 합니다. 형님은 그들이 누군지 아십니까?"

"박원종과 성희안, 유순정이라면 임금의 사람들 아니던가. 그들이 무슨 일로 반란을 일으켰다는 건가?"

"그거야 저도 모릅니다. 다만 그들이 궁을 장악하고 임금을 폐위시킨 모양입니다."

"임금을 폐위시켰다고? 허, 이거 참. 그럼 새 임금은 누가 되었다는 건가?"

유길만의 눈이 조금씩 커지고 있었다.

"진성 대군이 보위에 올랐다고 합니다. 그 때문에 사면이 되어 이렇게 풀려난 것입니다."

"진성 대군이? 이게 무슨……."

유길만은 말문이 막혀 말을 잇지 못했다. 잠시 숨을 고른 유길만이 말을 이었다.

"그럼 세자 저하는 어찌되셨단 건가?"

"형방이 그러는데 저하께선 폐위되어 정선으로 유배를 온답니다."

"저하께서 이곳으로?"

유길만의 목소리가 커졌다.

"예, 그러합니다. 지금 그 일로 관아에 난리가 났습니다. 여량역장이 추포되고 정선군수도 쫓겨났다고 합니다."

"반란 세력의 장난이겠지."

유길만이 미간을 찌푸리며 말했다.

"형님, 진성 대군은 대체 누굽니까?"

"진성 대군이라면 임금의 이복동생이라네. 자순 대비의 친자식이기도 하지."

"진성 대군과 자순 대비가 모자 관계라는 게 좀 걸리는데요. 혹시 자순 대비와 박원종 무리가 손을 잡고 임금을 폐위시킨 건 아닐까요?"

"누가 누구의 손을 잡았는지는 모르겠지만 그럴 가능성이 커 보이는구먼. 박원종이 권력을 잡기 위해 자순 대비에게 손을 내밀었을 수도 있겠고, 자순 대비로서는 자신의 아들을 보위에 올리기 위해 박원종의 권력이 필요했을 수도 있겠지. 어느 쪽이든 각자가 필요로 하는 걸 얻을 수 있는 일이니 손을 잡는 게 어렵진 않았을 걸세. 아무리 허깨비 같은 임금이라 할지라도 임금이 되면 그 자체로 권력이 되는 것이니 진성대군과 자순 대비가 박원종에게 이용당하는 척 할 수도 있었겠지."

"자순 대비로서는 손에 피 한 방울 묻히지 않고 권력을 잡을 수 있으니 박원종의 제안을 받아들이지 않을 이유가 없지 않겠습니까?"

"그렇지. 그러나 아무리 생각해도 박원종과 성희안이 임금을 배신한 이유는 모르겠는걸."

"가만히 있어도 권력이 유지되는데 역적이 될 수도 있는 모험을 할 필요가 없다는 거지요?"

"바로 그 점이네. 그럼에도 일이 터진 걸 보면 저들만의 어떤 내밀한 사정이 있는 거 같군."

"사정이 있다면 그것이 무엇일까요?"

"짐작이 안 되는구먼. 아무래도 도성의 사정을 알아보아야겠군."

"방법이 있습니까?"

"나와 동문수학한 벗이 호조좌랑戶曹佐郎으로 있는데 그 사람이라면 알 수 있을 걸세."

"형님께서 도성으로 직접 가시려고요?"

"아니네. 한시가 급하니 그럴 순 없고 딱새를 보내야겠네. 딱새라면 적어도 이틀이면 도성엘 다녀올 수 있을 걸세."

"딱새를 불러올까요?"

"그래주겠나? 그럼 그동안 난 벗에게 보낼 서신을 준비하겠네."

낙중이 딱새를 찾아 저자로 나섰다.

딱새의 원 이름은 홍덕수洪德守였으나 부보상負褓商으로 활동을 하던 중 새처럼 빠르다 하여 딱새라는 별호가 붙었다. 딱새는 부보상 조직과 전매 물품을 관리하는 정선 임방任房의 방수房首를 맡고 있었다. 임방은 전국 조직으로 각 도에 도임방道任房이 있고 군郡에는 군임방郡任房이 설치되어 있으며, 군임방은 부보상들이 묵을 숙소와 회합 장소 등을 제공하였다. 부보상은 돈이 될 만한 것은 모두 취급했으며 특히, 목기木器를 비롯해 토기土器와 수철水鐵, 소금鹽, 어물魚 등 다섯 가지 품목만큼은 이들만이 유통시킬 수 있었다.

이러한 특전을 준 이는 태조 이성계였다. 이성계는 위화도에서 회군할 때 당시 부보상을 이끌었던 백달원白達元이 부보상을 동원하여 군량을 제때 운반해주었던 공을 잊지 않고 있었다. 이후 개국 공신이 된 백달원에게 벼슬을 내리려 했으나 그는 일자무식이 벼슬을 할 수 없다며 차라리 토기와 소금 등의 전매권을 달라고 했다. 이성계가 백달원의 청을 들어주면서 부보상만이 유통시킬 수 있는 물품이 법으로 정해졌고, 지금껏 이어져오고 있었다.

딱새가 부보상이 될 수 있었던 것은 등짐장수였던 아비의 영향이 컸다. 딱새는 아비를 따라 전국을 떠돌면서 자랐다. 아비에 이어 부보상이 된 딱새는 조선 팔도를 무대로 활동하다가 이태 전부터 정선 임방을 책임진 방수가 되었다. 낙중이 저자에 도착했을 때 임방은 들고나는 부보상들로 시끌벅적했다.

"방수 있소?"

낙중이 임방 안으로 고개를 들이밀었다.

"어이구야. 옥살이를 하시더만 홀쭉해졌수다."

장부를 정리하던 딱새가 반색을 하며 일손을 놓았다.

"알고 있었구려."

"내가 누구요? 정선의 소식통인 딱새요."

"그럼 임금이 바뀐 것도, 세자 저하가 유배를 온다는 것도 알고 있소?"

"그럼요, 아다마다요."

"그 때문에 길만이 형님께서 찾으시오."

"그래요? 생원님이 찾으시니 가봐야겠지요."

딱새는 임방을 수하인 상보商普에게 맡기고 낙중을 따라나섰다.

"요즘은 뭐가 잘 팔리오?"

낙중이 딱새에게 물었다.

"가을이라 그런지 옹기 판매가 늘더이다."

"벌써 침채沈菜(김치) 준비를 하려는 것이오?"

"그러긴 하는 모양인데, 올핸 침채를 담글 수나 있을지 모르겠네요."

"왜 그렇소?"

"여름 이후 소금값이 많이 올랐습니다. 소금이 귀해졌거든요."

"이거야 원, 살아남으려면 땀이라도 긁어모아야 되겠구려."

낙중이 심각한 얼굴로 말했다.

"정말이지 그래야 할지도 모릅니다. 암튼 이래저래 올 겨울은 백성들이 많이 힘들 것입니다."

딱새가 말했다.

"걱정이로군."

낙중이 한숨을 길게 내쉬며 유길만의 사랑채로 걸음을 옮겼다. 낙중이 딱새와 함께 들어서자 유길만은 둘을 방으로 들였다. 방문이 닫히자 유길만은 준비한 서신을 딱새의 손에 쥐여주었다.

"시간이 없으니 거두절미하고 말하겠네. 자네, 도성에 좀 다녀오게. 빠를수록 좋으이."

"후딱 다녀옵죠."

딱새는 무슨 일인지 짐작이 간다는 듯 서신을 챙겼다.

"호조좌랑 윤재서尹在瑞에게 이 서신을 전해주고 답신을 받아오게. 다른 이의 손을 빌려서는 안 되니 자네가 꼭 처리해야 하네."

"걱정 붙들어 매십쇼. 이 정돈 일도 아닙니다."

"그럼 어서 떠나게."

유길만의 말에 딱새가 고개를 꾸벅하고는 집을 나섰다.

"딱새가 잘해낼까요?"

"저 사람 몸만 날랜 게 아니라 판단력 또한 뛰어나지. 부보상들의 말이 기발이 타는 말보다 빠르다고 하지 않던가. 그러니 믿어도 될 걸세."

유길만이 이내 국화를 뒤적였다.

정선으로

"저하, 기침하셔야 하옵니다."

나인 물금이 곤하게 잠들어 있는 이황을 깨웠다. 그러나 이황은 선뜻 몸을 일으키지 못했다. 고작 한 나절을 걸었을 뿐인데 발이 부어올랐고 다리도 아팠다. 태어나 이렇게 많이 걸었던 적은 없었다. 오늘부터는 하루를 꼬박 걸어야 한다고 생각하니 이황은 눈을 뜨기조차 싫었다. 며칠 전만 해도 궁 밖으로 나갈 땐 언제나 교자가 준비되어 있었고, 필요하면 갈기가 멋진 흑마도 언제든지 조달이 되었다. 하지만 다리가 아파도 어의御醫 하나 달려오지 않았고, 당장이라도 교자를 대령하라고 소리쳐줄 아비 또한 곁에 없었다. 이황은 주막집 천정을 올려다보며 눈시울을 적셨다.

"물금아, 아바마마가 보고 싶구나."

이황은 지금 일어나고 있는 모든 일들이 꿈이었으면 싶었다. 악몽이라도 좋으니 눈을 번쩍 떴을 땐 모든 것이 제자리로 돌아와 있는 그런 꿈이었으면 했다.

"저하, 곧 만나실 수 있을 테니 옥루玉淚만큼은 거둬주시옵소서. 강한 군주는 가슴으로 운다고 했습니다."

물금이 눈물을 찍어내며 말했다.

"미안하구나. 내 처지가 하도 실망스러워서 나도 모르게 눈물이 나는구나."

"힘이 드시겠지만 참고 이겨내셔야 합니다. 그래야 저하의 세상을 열 수 있사옵니다."

"물금아, 그런 날이 과연 오기는 하겠느냐?"

"반드시 올 겁니다. 지금 저하를 지켜보는 눈이 많습니다. 저하께서 강한 모습을 보이시면 정의로운 세상을 바라는 사람들이 꼭 모여들 겁니다."

"그런 말이라도 들으니 위로가 되는구나. 내 두 번 다시 약한 모습을 보이지 않으마."

"그럼 어서 일어나시옵소서."

물금의 말에 이황이 알았다며 몸을 벌떡 일으켰다. 방문을 열자 찬 공기가 밀려들어 왔다. 이황이 마당으로 내려서며 조금은 큰 소리를 냈다.

"다들 잘 잤는가?"

"저하, 간밤 평안히 주무셨사옵니까?"

주막을 지키고 있던 내관 박치영과 선복이 이황에게 달려왔다.

"자선당에서 맞이하는 아침보다 훨씬 상쾌하구나."

이황이 바깥 풍경을 바라보며 말했다.

"저하, 괜찮으시온지요?"

박치영이 근심스런 얼굴로 물었다.

"이렇게 거뜬하다네."

이황이 팔다리를 흔들어 보이며 애써 밝은 표정을 지었다.

"박원종 대감께서 들것은 괜찮다고 했다니 지금이라도 들것을 준비할까요?"

"어허, 괜찮대두 그러네. 자, 식사들 하고 어서 떠나세."

이황이 수저를 들며 말했다.

그 시각 길 떠날 채비를 마친 압송관들이 주막 앞에 모여 두런거리고 있었다.

"세상일 참으로 알 수 없는 거여. 국본인 세자께서 하루아침에 죄인의 신분이 되어 유배를 떠날지 누가 알았겠어."

"그러게 말여. 권력이라는 게 그래서 무상하다는 거 아니겠어."

"그래도 피 냄새가 진동하는 궁궐에서 살아남은 게 얼마나 다행이여."

"그건 자네 말이 맞네."

압송관들이 주고받는 말이 이황의 귓전까지 파고들었다. 사실이 그러했다. 반란 세력들은 임금의 피붙이는 물론이고 임금의 사람이라고 보이는 이들은 모조리 죽이거나 유배를 보냈다. 폐세자 이황은 그들에 비하면 그나마 운이 좋은 편이었다. 돌아가는 사정을 생각하면 압송관들 말처럼 살아남은 걸 천행이라 여겨야 했다.

"그나저나 아우들도 다 떠났겠구나?"

이황이 선복에게 물었다.

"예, 저하. 왕자님들도 각자의 유배지로 떠나셨다고 합니다."

이황은 아우들의 얼굴도 보지 못하고 떠났다. 아직은 어리기만 한 아우들이 겪을 고통을 생각하니 가슴이 저려왔다. 이황은 어미인 폐비 신씨에 대해서도 묻고 싶었지만 어떤 답이 나올지 몰라 그냥 마음에 묻어두었다.

"저하, 먼 길을 떠납니다. 찬품饌品이 없어도 더 젓수셔야 하옵니다."

이황이 수저를 내려놓자 물금의 눈이 동그랗게 커졌다.

"그래도 어제 조반보다는 많이 먹지 않았느냐."

이황이 상을 물리며 장난처럼 배를 두드렸다. 물금이 풀썩 웃으며 남은 밥과 반찬으로 주먹밥을 만들었다. 밖으로 나오자 이총통二銃筒과 활을 멘 군사들이 몰려오고 있었다.

'올 것이 왔단 말인가?'

박치영이 검을 뽑으며 중얼거렸다.

"저기 무슨 일이오?"

당황한 선복이 압송관에게 물었다.

"확인해보겠소이다."

압송관 하나가 군사들에게로 뛰어갔다. 이황이 긴장한 듯 물금에게 바싹 붙었다. 잠시 후 돌아온 압송관은 "밤새 이 동네에 호랑이가 나타났다고 합니다"라고 군사들이 나타난 이유를 전했다.

"그럼 저들이 착호군捉虎軍이란 말인가?"

이황이 물었다.

"그러하옵니다."

압송관이 대답했다.

"저하, 착호군은 호랑이를 전문적으로 잡는 특수 부대이니 염려하지 않으셔도 될 겁니다."

박치영이 이황의 얼굴에 서린 근심을 살피며 말했다.

"그렇지. 착호군은 사람 사냥은 하지 않지."

이황이 가슴을 쓸어내렸다.

"배가 출발할 시각이 되었으니 그만 가시죠."

압송관이 선복과 박치영을 향해 말했다.

주막집에서 광나루까지는 지척이었다. 광나루는 도성으로 들어오는 주요 길목에 위치한 나루 중 하나였던 터라 아침부터 떠들썩했다. 나루엔 배에서 내린 사람과 떠나려는 사람이 뒤섞여 있었고, 갓 건져 올린 물고기를 파는 어부도 눈에 띄었다. 압송관은 기다리고 있던 배에 이황 일행을 태웠다. 배에는 사람뿐 아니라 각종 물품과 소금 가마니도 실려 있어 먼 고장으로 가는 듯했다.

출발 시각이 되었던지 선주가 돛을 올리라 소리쳤다. 돛이 올라가자 배가 스르르 미끄러졌다. 바람은 살랑살랑했고 검단산 자락으로 해가 떠오르고 있었다. 이황은 물금에게 일행이 탄 배가 어디까지 가는지 알아봐달라고 했다. 뱃전을 다녀온 물금은 원주原州에 속해 있는 흥원창興元倉까지 가는 배라고 말해주었다.

눈이 오려나 비가 오려나
억수장마 지려나
만수산 검은 구름이 막 모여든다

명사십리가 아니라면은
해당화는 왜 피며
모춘삼월이 아니라면은 두견새는 왜 울어

아리랑 아리랑 아라리오
아리랑 고개고개로 날 넘겨주게

배꾼 하나가 작대기로 뱃전을 두들기며 노래를 불렀다. 그는 바람의 방향과 세기에 따라 황포 돛을 조절하는 일을 맡고 있는 사람이었다. 배꾼의 노래는 구성졌다. 이황은 흘러가는 강물에 시선을 고정시킨 채 배꾼의 노래를 들었다.

"그 노래 참 구성지구려. 어느 동네 소리요?"

한 사내가 물었다.

"여말麗末 몇몇 충신이 두 임금을 모실 수 없다며 정선으로 은거를 했다는데, 그분들이 즐겨 불렀다는 노래라오."

"그래서인지 끊어질 듯 이어지는 게 구슬프기도 하고 애절하기도 한 것이 참 듣기 좋구려."

사내가 고개를 끄덕이며 말했다. 사내들의 대화를 듣고 있던 이황은 정선이라는 말에 귀가 번쩍 뜨였다.

"이보슈, 여기서 정선까지는 며칠이나 걸리오?"

압송관들도 그러했는지 한 압송관이 먼저 물었다.

"이 배가 흥원창까지 가니 흥원창에서부터 걷는다 해도 닷새나 엿새는 족히 걸릴 거유."

노래를 했던 배꾼이 대답했다.

"그렇게 멀우?"

"정선이라는 데가 워낙 산이 많고 골이 깊어 그렇게 걸릴 겝니다. 정선이 얼마나 멀고 험하면 그 고을로는 귀양도 보내지 않을라고요."

배꾼의 입에서 귀양이라는 말이 나오자 압송관들이 험험, 하며 기침을 했다.

"그래도 빨리 갈 수 있는 길은 없수?"

"없수다. 이 물줄기를 따라 계속 올라가면 정선이 나오지만 거기까지 가는 소금배가 자주 있지는 않습니다. 더구나 정선으로 가는 소금배가 며칠 전 떠났으니 배를 타는 것도 쉽진 않을 거요."

사내의 말에 압송관이 알았다며 고개를 끄덕였다. 이황은 소리도 없이 흐르는 물줄기를 바라보았다. 험하고 멀어 귀양도 보내지 않는다는 정선. 이 물줄기를 따라 올라가면 정선이 나타난다고 했다. 정선에서 흘러온 물을 도성 어귀에서 만난다는 생각을 하고 있으려니 공연히 울적한 느낌이 들었다. 이내 눈시울까지 적셔지자 이황은 몸을 가볍게 떨었다.

"저기가 배알미구랴."

"그렇구먼, 이 뱃길을 이용해 영월로 유배를 떠나는 노산군을 보려고 몰려든 백성들이 저곳에서 배알을 했다지."

"그때 몰려든 백성이 수천이나 되었다고 들었네."

"그 백성들이 궁으로 쳐들어갈까 싶어 세조 임금의 가슴이 덜컥했겠구먼."

"어린 임금을 내쫓았으니 당연히 그랬겠지."

배에 소금을 실은 소금장수들이 말을 주고받았다.

이황은 그들이 가리키는 곳을 바라보았다. 노산군은 조선 6대왕이었던 이홍위李弘暐였다. 세종의 첫째 아들이었던 문종이 임금이 된 지 2년 3개월 만에 승하하자 왕세자였던 이홍위는 열두 살의 나이로 임금이 되었다. 그러나 세종의 아들 중 둘째 수양 대군과 셋째 안평 대군 등은 어린 조카를 그냥 두지 않았다. 수양과 안평은 서로의 세를 키우면서 조카의 자리를 호시탐탐 노렸다. 그러던 중 수양이 아우 안평의 세력을 제거하기 위해 군사를 일으켰다. 계유정난이었다. 권력을 장악한 수양은 안평을 강화도로 유배 보낸 후 사사하였으며 이후 스스로 임금이 되었다. 임금의 자리에서 물러난 이홍위는 허울뿐인 상왕으로 있다가 노산군으로 강등된 후 영월로 유배를 떠나 열일곱의 나이에 죽음을 맞았다. 임금이었다가 숙부에 의해 살해된 이홍위는 오십 년이 지난 지금까지 복권은커녕 무덤조차 없었다.

세조로부터 예종, 성종, 연산군, 이황에 이르기까지 권신들은 물론이고 임금조차도 노산군에 대해선 입을 굳게 닫았다. 한명회를 중심으로 한 신진 권력은 자신들의 권력을 유지하기 위해 침묵했고, 후대의 임금들은 조카의 자리를 찬탈한 조상(세조)의 원죄를 들춰내는 것이 부담스러워 침묵했다.

배알미를 지난 배는 둔미芚彌(팔당)를 거슬러 올라가더니 용진龍津(양수리)에 이르렀다. 용진은 정선과 평창 등에서 흘러든 한수韓水(남한강)와 금강산과 인제에서 흘러든 회수淮水(북한강)가 만나는 지점으로 일대에선 제법 큰 마을을 형성하고 있었다. 용진을 경유하는 배들은 소금을 비롯한 생필품과 미곡, 시탄柴炭 등을 운반했고, 목재는 뗏목을 이용해 도성으로 실어 날랐다.

용진의 진산인 용진산龍津山도 단풍이 울긋불긋 물들어 있었다. 용진산을 따라 강변까지 내려온 단풍은 주변을 고운 색으로 물들여놓았다. 몇몇 집은 굴뚝으로 연기를 피워 올리기도 하여 배에서 바라보는 용진은 무척이나 아름다웠다. 용진의 건너편은 광주廣州 땅으로 사옹원司饔院 분원分院이 설치된 후론 궁중에서 쓰이는 그릇 등을 굽는 마을로 변했다.

배를 탄 것이 처음이었던 이황은 유배를 떠난다는 사실도 잊고 강변을 따라 펼쳐지는 풍경에 잠시 넋을 놓고 있었다.

배가 용진을 지나칠 무렵이었다. 어디선가 풀피리 소리가 아련하게 들려왔다. 배에 탄 사람들은 소리가 나는 곳을 찾아 두리번거렸다. 처음엔 용진의 어느 주막집이나 다른 배에서 들려오는 풀피리 소리라고 생각했다. 하지만 풀피리 소리가 나는 곳은 이황이 탄 배의 선미船尾였다. 배에 탄 사람들의 시선이 풀피리 소리가 나는 쪽으로 쏠리기 시작했다. 강변 마을을 바라보던 이황의 시선도 그쪽으로 돌려졌다.

풀피리라는 것이 해금이나 장구처럼 눈에 띄는 악기가 아닌 탓에 연주자를 찾아내는 일도 쉽진 않았다. 더구나 풀피리를 부는 여인이 등을 보이고 앉아 있어 더욱 그러했다. 사람들의 시선이 모인 곳은 굴계 머리를 곱게 한 여인이었다. 여인은 사람들의 시선이 자신에게 쏠리는 것을 아는지 모르는지 등을 가볍게 떨며 촉촉하고도 애절한 음색의 풀피리 연주를 이어갔다.

이황은 여인이 만들어낸 풀피리 음률이 어디선가 들어본 것이라 생각했지만 딱히 떠오르진 않았다. 풀피리 소리를 들으니 아비 연산이 생각났다. 아비는 장악원의 많은 악공 중에서도 초금草琴(풀피리)을 부는 악공들을 가장 아꼈다. 시를 짓고 거문고를 즐겨 타는 연산이었지만 그 스스로도 초금 연주를 좋아했다.

"거문고가 사대부가의 풍류라면 초금은 백성들의 풍류이자 백성의 소리이니라."

아비 연산은 풀피리 소리를 두고 백성의 소리라고 했다. 배에서 듣는 풀피리 소리는 과연 힘겹게 살아가는 백성의 소리라고 해도 좋을 만큼 처연했다. 때마침 귓전을 스치는 바람과 뱃전을 가르는 물소리까지 조화를 이루어 여인이 빚어내는 풀피리 소리는 천상의 소리처럼 아득했다.

여인의 풀피리 연주가 끝나자 지켜보던 사람들이 손뼉을 치며 환호를 보냈다. 그 소리에 깜짝 놀란 여인이 부끄러운 듯 얼굴을 더욱 가렸다.

"거 애절한 것이 듣기 좋은데 좀 더 해보시우."

사람들의 채근이 있었지만 여인은 숙였던 고개를 더 이상 들지 않았다. 그 모습을 지켜보고 있던 선복은 수줍은 듯 고개를 숙인 여인의 뒤태가 무척이나 곱고 아름답다고 생각했다. 선복은 이후에도 여인을 가끔씩 살폈는데, 여인은 무슨 생각엔가 잠겨 있는 듯 보따리에 얼굴을 묻고 있었다.

배가 양근楊根(양평의 옛 지명)을 지나 한수 물길을 지키고 있는 파사산성婆娑山城에 이르렀다. 선주가 이포나루에 잠시 머물렀다 가겠으니 점심을 할 사람들은 해도 된다고 했다. 이포나루에 정박한 배는 소금 몇 가마를 내린 후 옹기들을 실었다. 압송관들과 이황은 배에서 내려 가까운 주막으로 갔다. 주막은 허출한 배를 채우려는 손님들로 가득했다. 손님들은 주로 이포나루를 드나드는 뱃사람들이거나 배를 이용하는 사람들이었다. 이황 일행은 압송관들이 준비한 봉놋방으로 들었다.

"저하, 개장국밖에 없다고 합니다. 다른 집을 찾아볼까요?"

압송관이 이황에게 다가와 작은 소리로 말했다.

"난 괜찮소."

"저하, 개장국이 뭔지 아시고 그러시는지요?"

선복이 눈을 동그랗게 뜨며 물었다.

"모르네. 하지만 백성들이 저렇게 허겁지겁 먹는 걸 보면 분명 맛있는 음식이 아니겠느냐."

이황이 평상에서 식사를 하고 있는 손님들을 보며 말했다.

"저하, 개고기로 만든 음식을 개장국이라 하옵니다."

선복이 걱정된다는 표정을 지었다.

"개고기면 공孔께서도 즐겨 드셨다는 음식이니 마다할 이유가 없지 않나. 한번 먹어보세."

이황이 선복을 향해 염려 말라는 듯 빙긋 웃어보였다. 죄인이 되어 유배를 떠나는 처지에 음식을 가려 먹을 수는 없었다. 앞으로 닥칠 일은 짐작도 할 수 없을 정도로 험난할 것인데, 입맛에 맞는 음식만을 고를 수는 더더욱 없었다.

자선당의 소주방엔 궁중요리사인 반감 아래 이황이 좋아하는 떡을 만드는 병공餠工과 각종 고기 찜을 만드는 증색蒸色만도 몇 명씩 있었다. 그들은 이황이 먹는 음식을 만들기 위해 존재하는 자들이라 온종일 음식 만드는 일에만 열중했다. 그러하니 소주방에서 나오는 음식 중에서 맛없는 음식이란 있을 수가 없었다.

궁에 있을 때만을 생각한다면 민가의 주막에서 먹는 음식이 입에 맞을 리가 없었다. 궁중 음식에 길들여져 있는 이황에게 개장국은 독특한 음식이었으나 역한 냄새로 인해 음식을 삼키기가 쉽지 않았다. 하지만 선복과 치영은 게걸스럽게 먹기 시작했고, 압송관들도 모처럼 먹는 음식이라며 빠르게 그릇을 비워냈다. 다만 물금은 맛이 없었던지 이황처럼 깨작거리며 수저질을 했다.

식사가 끝나도 개장국 냄새는 몸에서 떠나질 않았다. 헛구역질이 나며 속도 불편했다. 이황은 속을 달래기 위해 물금이 챙겨온 주먹밥에다 냉수를 두 그릇이나 비웠다. 그럼에도 입안에 남아 있는 개장국 냄새는 지워지지 않았다. 이럴 땐 꿀에 저민 달콤한 참외라도 먹었으면 싶었다. 그런 생각을 하던 차에 물금이 어디서 났는지 포도 한 송이를 가지고 왔다.

"저하, 이걸 드시면 속이 편안해지실 겁니다."

"아바마마께서 좋아하시던 포도가 아니더냐."

"그렇사옵니다."

"역시 물금이다. 고맙구나."

이황이 잘 익은 포도 알을 입안으로 털어 넣었다.

"이제야 속이 진정되는 것 같구나."

이황이 까맣게 변한 이를 드러내며 활짝 웃었다.

이포나루가 처음인 압송관들은 이곳저곳을 기웃거렸다. 이포나루에 열린 난전엔 먹을 것도 많지만 사람도 많았다. 이황이 신기하다는 듯 군중 속으로 들어가자 박치영과 선복이 이황의 앞길을 막아섰다.

"저하, 사람이 많은 곳입니다. 들어가시면 위험합니다."

박치영이 주변을 둘러보며 말했다. 도성을 떠날 때와 광나루에서 본 얼굴이 이포나루에도 있었기 때문이었다. 선복 또한 주변을 맴도는 사내의 행동을 주의 깊게 살피고 있는 중이었다.

"무슨 일이야 있겠느냐. 저들이 날 어찌 안다고."

"모르는 백성이 문제가 아니라 저하를 아는 자가 있을까 저어되어 드리는 말씀입니다."

"날 아는 자라면 살수殺手를 말함이냐?"

"그러합니다."

그때 풀피리를 연주하던 여인이 불쑥 이황에게로 다가왔다. 순간적으로 일어난 일이라 선복과 박치영은 여인의 행동을 멀거니 바라볼 뿐이었다.

"저하, 이년은 홍청이었던 홍림이라고 합니다."

여인이 그렇게 말하곤 예를 갖췄다. 여인의 음성은 주변 사람들이 들을 수 없을 정도로 작고 조심스러웠다. 이황 일행은 세자를 알아보는 사람이 있다는 사실에 순간 놀랐으나 여인의 입에서 홍청이라는 말이 나오자 다들 가슴을 쓸어내렸다.

"날 아느냐?"

이황이 물었다.

"예, 아옵니다. 지난여름 저하께서 참석한 연회에서 연주를 한 적도 있습니다."

"그래? 초금 연주를 어디서 들었다 싶었더니 궁에서 들었던 게야. 널 여기서 만나다니 기쁘기 한량없구나."

이황이 홍림의 손을 잡으며 반가워했다.

"저하, 이러시면 아니 되옵니다."

박치영이 둘 사이를 가로 막았다.

"괜찮다. 아바마마께서 아끼시던 홍청이 아니더냐."

"그래도……."

"괜찮대두 그러는구나."

이황의 말에 박치영이 한 걸음 물러섰다.

"홍림이라 했느냐? 널 보니 오래전 헤어졌던 친동기를 만난 듯 기쁘구나."

이황은 헤어진 채 소식도 모르는 휘신 공주를 만나기라도 한 듯 좋아했다.

"감읍하옵니다. 저하."

"그런데 궁에 있어야 할 네가 어쩐 일로 이 배에 있느냐?"

"난이 일어나고 이년을 비롯하여 많은 홍청이 유배를 가거나 궁에서 쫓겨났사옵니다. 하여 이년 지금 집으로 돌아가는 길입니다."

"집이 어디기에 우리와 같은 배에 올랐느냐?"

"정선이옵니다. 그곳에 이년의 아비가 있사옵니다."

"그래? 허, 우리가 지금 그곳으로 가고 있느니라."

"저하께서 정선으로 가신다는 소식은 궁에서 들어 알고 있사옵니다. 하여 저하와 함께 가면 좋겠다 싶어 급히 길을 나선 것이옵니다."

"잘했다, 잘했어. 우리 함께 가자꾸나."

그때 선주의 목소리가 들려왔다.

"자, 흥원창으로 가는 배가 곧 출발합니다. 어서 오르시오!"

그 소리에 나루를 돌아보던 압송관들이 급히 이황에게 달려왔다.

"저하, 배에 오르시죠."

이황 일행이 배에 오르자 배꾼이 접어두었던 돛을 활짝 폈다. 돛이 펴지자 배는 다시 스르르 강 한가운데로 미끄러졌다. 배는 광나루에서 출발할 때보다 선적된 물품이 많았고 이용하는 사람도 더 늘었다.

이포나루를 떠난 배는 잠시 후 보은시報恩寺에 이르렀다. 성종 4년 정희 왕후에 의해 영릉英陵(세종대왕릉)의 원찰로 지정된 보은사는 그 규모가 대단했다. 대부분의 절이 깊숙한 산중에 있는 것에 비해 보은사는 강변에 위치해 있었다. 신륵사 혹은 벽사甓寺라고 불리기도 하는 보은사는 배에서도 그 속이 훤히 보일 정도로 강과 가까웠다.

"저하, 저기 보이는 절이 영릉의 원찰인 보은사입니다."

내관 박치영이 보은사를 가리키며 말했다.

"보은사라면 나도 아바마마께 들은 적이 있다. 여기서 영릉이 가까운 모양이구나."

"여기에서 삼십여 리 가면 영릉이 있사옵니다."

"멀지 않은 곳에 있구나."

"저하, 나옹 선사에 대해 들으신 바가 있으시옵니까?"

박치영이 갑자기 생각났다는 듯 물었다.

"나옹 선사라면 태조 임금을 도와 조선의 기틀을 잡으신 무학 대사의 스승이 아니신가."

"맞사옵니다. 그 선사께서 보은사에서 입적하셨다고 합니다."

"그래? 언제 기회가 있다면 보은사에서 하루쯤 머물며 선사가 살아온 이야기를 들었으면 좋겠구나."

이황이 강변에 고즈넉하게 올라앉아 있는 보은사를 바라보며 말했다.

"그럴 날이 반드시 있을 것입니다. 지금은 비록 저들의 세상이지만 곧 저하의 세상이 올 것입니다. 소신 치영, 저하와 빈궁마마를 뫼시고 보은사로 꼭 오겠습니다."

박치영의 말에 선복이 나섰다.

"저하, 선복인 빼시렵니까?"

선복의 말투가 우습기도 하여 곁에 있던 물금과 홍림이 소리 죽여 웃었다.

"아니다. 선복과 치영, 물금이와 여기에 있는 홍림까지 우리 모두 함께 오자꾸나. 보은사에 왔다가 영릉까지 참배하려면 여러 날이 걸릴 터이니 준비를 단단히 해서 오자꾸나."

이황의 말에 모두 "알겠습니다"라며 모처럼 활짝 웃었다. 웃음소리에 압송관들이 무슨 일인가 싶어 이황 일행을 살폈다. 그러자 이황 일행은 아무 일 없었다는 듯 뱃전 위를 날아가는 새 떼에게로 시선을 옮겼다.

"홍림아, 네가 본 아바마마는 어떤 분이셨는지 듣고 싶구나."

이황이 하늘을 올려다보며 물었다.

"전하는 멋진 분이셨습니다."

홍림이 그렇게 말하곤 양볼에 보조개를 만들었다.

"멋있다? 어떻게?"

"음, 전하는…… 풍류호걸이십니다. 호방하신 데다 명필이시죠. 거기에다 시인이시니 조선 최고의 풍류가였다고 해도 과언은 아닐 것입니다. 실제로 전하께서는 어떤 분야라도 못 하시는 게 없으셨습니다. 전하께서는 처용의 가면을 쓰시고 처용무를 즐겨 추셨는데, 그때의 모습은 설화에 나오는 처용이 저러했겠구나 하는 생각이 들 정도였습니다."

"그래, 그랬지. 나도 아바마마께서 처용무를 추시는 모습을 몇 번 뵈었지. 아바마마께서 춤추실 때의 모습은 어린 내가 생각해도 멋있었지."

이황이 아비 연산을 떠올리며 말했다.

"그뿐이 아니십니다. 전하께서는 중화에서 넘어온 아악과 당악을 조선의 궁에서 연주할 이유가 뭐 있느냐며 조선의 음악인 향악을 연주하라 명하시어 향악이 궁중음악으로 자리 잡을 수 있도록 하셨습니다. 또한 전하께서는 직접 곡을 만드시어 연주하기를 즐기셨는데, 특히 거문고 연주는 수준급이셨습니다. 음악에 있어 누구보다 관심이 크셨던 전하께서는 흥청을 조선 최고의 연주단으로 만들기 위해 많은 노력을 하셨습니다. 그러나 조정 대신들은 우리를 천한 기녀쯤으로 생각해 흥청을 마치 자신들의 노리개나 되는 양 하찮게 대했습니다. 전하는 신하들의 그러한 행태를 싫어하셨고, 신하들은 그런 전하를 싫어했습니다. 언젠간 그 때문에 전하의 진노가 크셨던 적도 있습니다."

홍림이 당시의 일을 생각하며 말을 이었다.

"전하께서 흥청을 비판하는 신하들에게 '과인이 흥청을 두는 것은 국가 음악의 관리와 발전을 도모하기 위함인데 대신들은 과인이 황음

荒淫이나 즐기기 위해 흥청을 두는 것이라 말하고 있다. 대신들은 할 일 없는 노인네처럼 과인의 정무政務를 추문의 대상으로 삼을 게 아니라 스스로의 삶이나 돌아보라. 대신들은 입만 떨어지면 성리학을 앞세우곤 윤리와 도덕을 따지는데 대신들 스스로 답해보라. 여기에서 첩을 두지 않은 자나 관기官妓나 유부기有夫妓의 기둥서방이 아닌 자가 몇이나 되는가?'라고 하문하셨는데, 대신들 모두가 꿀 먹은 벙어리처럼 묵묵부답이었습니다."

흥청은 연산이 앞으로 펼쳐질 태평성세를 위해 준비한 궁궐 소속 연주단 중 가장 수준 높은 연주단이었다. 흥청에 뽑히는 일도 어려웠지만 일단 흥청이 되면 전문 예악인으로 대접하여 각종 혜택이 주어졌다. 하지만 신하들은 그러한 흥청에 대해 반대했다. 흥청이 임금만을 위한 연주단이라 여긴 데다 흥청에 들어가는 국가 재정의 지출이 크다는 게 그 이유였다. 그러나 속내를 들여다보면 신하들이 흥청을 반대한 근본적인 이유는 역시 왕권이 커지는 것에 대한 경계였다.

"아바마마가 바라보는 조선과 대신들이 바라보는 조선이 달랐기 때문에 생긴 일이 어디 그뿐이었겠느냐?"

이황은 아비가 신하들과 어떤 과정을 거치면서 임금 자리를 지켜왔는지 알고 있었다. 갑자년 이후 아비는 충신이 곁에 없음을 자주 토로했다.

"아비는 선왕들처럼 외척을 등에 업거나 친위 세력을 조직하지 않았다. 세종께서 만드신 집현전은 당대엔 좋은 일을 많이 했다지만 또 하나의 권력 기관이 되어 후대 왕들을 힘들게 했단다. 그 일은 부왕이신 성종까지 이어져 많은 폐단을 낳았느니라. 아비도 아비의 친위 세력을 만들고자 했으나 내 사후엔 그 조직이 황이 너를 힘들게 하는 권력으로 돌변할 것 같아 포기했다. 참된 충신은 백성과 임금만을 위한 사람이어야 할 것인데, 아직은 가문과 자신의 부를 축재하려는 자가 더 많으니 많이 외롭구나."

아비 연산은 고려 때의 토호 정치나 귀족 정치가 조선의 개국 후에도 사라지지 않고 있는 것을 무척 안타까워했다. 조선을 개국한 후 태종이 중앙 집권 체제를 완성했다고 하나 연산이 임금을 하던 때까지도 그 뿌리가 내리지 않았다고 본 것이다.

"네가 아바마마를 좋게 기억하고 있어 고맙구나."

"궁인들도 이번 일을 도모한 분들을 싫어합니다. 배은망덕한 사람들이라고 수군거리는 소릴 많이 들었습니다."

"그랬구나. 내가 생각해도 그자들은 그런 소릴 들을 만하지."

바람이 역풍으로 변하면서 배의 이동 속도가 느려졌다. 모래가 곱게 깔린 강변으로 노루가 뛰어다녔다. 배꾼들이 노루를 향해 소리치자 놀란 노루는 큰 엉덩이를 뒤뚱거리며 갈대숲으로 몸을 숨겼다.

그때 뱃전에서 격앙된 목소리가 흘러나왔다.

"맹자께서 '민民이 귀하고 사직은 다음이며 군주는 가볍다' 할 때 여기에서 '민'이 정녕 백성이오이까? 아니지요. 맹자께서 말씀하신 '민'이란 조선에서 보면 백성이 아니라 권력을 가진 신하들입니다. 백성들의 의견이 철저하게 배제된 가운데서 진행되는 맹자의 폭군방벌론暴君放伐論은 아무런 명분이 없소이다."

푸른색 도포에 갓을 쓴 사내가 목소리를 높였다. 그는 손가락으로 바닥에 글을 써가면서 열을 올렸다.

"명분이 없다니? 허……."

맞은편에 쭈그리고 앉은 사내가 기가 차다는 듯 말했다.

"좋소. 설령 임금이 폭군이었다 칩시다. 하지만 그것은 권력을 가진 몇몇 신하들이 만들어낸 것이지 백성들의 입에서 나온 말은 아니지 않소이까? 그러하니 폭군이다 성군이다를 정하는 것은 백성이 아니라 권신들이라 이겁니다. 그것을 두고 맹자의 폭군방벌론 운운하면 이번 반란이 반정으로 인정을 받을 수 있답니까?"

"말씀 조심하시오. 반란이라니? 지금은 박원종 대감의 세상이오. 박 대감의 눈 밖에 나면 조정으로의 출사는 결코 성사되지 못할 것이오."

"이게 어디 고려 때 무신의 난이랍디까? 박 대감의 입에 내 출사를 맡길 양이면 집에 있는 누렁이에게 이 몸의 출사를 맡기겠소."

"허어, 지금이 어디 허세로 살아가는 세상이란 말이오? 현실을 직시하시오."

"현실은 곧 과거가 될 일! 이 몸은 권력을 가진 신하가 자신들이 추구하는 이념이나 가치가 다르다고 임금을 몰아내는 것을 옳은 일이라 두둔하고 싶진 않소이다. 임금과 정치적 지향점이 다르면 본인이 사직을 하고 조정을 떠나면 되는 것이지 임금을 바꿉니까? 신하가 무력으로 임금을 바꾼다면 그것은 신하들의 탐욕이지 백성들을 위한 혁명은 아니지요. 이번 거사는 분명한 반란이외다. 이 몸은 정승 자리를 준다 해도 그런 자 밑에 빌붙어서 살고 싶은 생각은 눈곱만치도 없소이다."

"귀공께선 새로운 조선을 원하지 않으시오?"

"조선을 개국한 지 이제 일백 년이오. 그새 조선이 썩었다는 말이오? 이 몸이 생각하건대 조선은 깨끗한데 몇몇 가문과 권신들이 썩었소이다. 그런데 그 썩은 가문과 권신들이 임금을 제 멋대로 갈아치우고 있으니 그것이 문제요. 새로운 조선을 만들고 싶다면 임금을 바꿀 것이 아니라 공신을 혁파하고 권신들부터 몰아내야 할 것이오. 그들이 공신

입네 하면서 세금을 냅니까? 군역을 합니까? 그들은 임금에게 받은 특별한 지위를 누리며 백성들 피만 빨아먹는 존재가 아니던가요?"

"귀공은 권력이 싫소?"

"백성을 위하고 임금을 위한 권력이면 누가 마다하겠소. 하지만 다 저들 배만 불리자는 권력 아니던가요? 권력이란 그 쓰임이 정당할 때 비로소 권력이라고 할 수 있소. 그런 자들은 불의를 위해 권력을 쓰지 정의를 위해 권력을 사용하진 않더이다."

"권력이 있어야 세상을 움직일 수 있소. 권력 없인 그 어떤 일도 할 수 없다는 것만큼은 명심해야 할 거요."

"고려 때도 그랬지만 조선이라는 나라는 임금의 나라도 백성의 나라도 아닌 몇몇 권력자들의 나라입니다. 그들이 고려 때의 귀족 세력과 무슨 차이가 있겠소. 태조께서 조선을 여실 때 성리학을 나라의 통치 이념으로 했지만, 그것 또한 이현령비현령耳懸鈴鼻懸鈴 권신들의 입맛에 맞게 해석되고 있는 것 아니겠소이까? 그런 권신들이 판치고 있는 세상에 이 몸의 이름을 올려 그들과 같은 길을 걷고 싶진 않소."

"허허, 내 말리지 않을 테니 맘대로 하시구려."

옥색 도포를 정갈하게 차려입은 사내가 손을 홰홰 저었다. 사내는 푸른색 도포를 입은 사내와는 더 이상 말도 섞기 싫다는 듯 자리를 떠 배후미로 갔다.

현실론을 주장하는 옥색 도포의 사내와 신하의 반란은 정도正道가 아니라고 주장하는 푸른색 도포를 입은 사내의 말 모두 일리가 있었다. 조선을 개국할 당시 두문동에 은거한 선비들이 있는 반면 새 왕조에 몸을 실은 선비도 있었다. 그 무렵 어떤 자는 두문동에 은거한 선비들을 충신이라 평했고, 어떤 자는 그들을 만황씨萬黃氏라고 부르기도 했다.

지난 역사는 그렇게 어느 한편의 행동을 옳게만 바라볼 수 없게 만들어 버렸다.

사내들의 대화를 지켜보던 이황은 시선을 고요히 흘러가는 물로 옮겼다. 강 깊은 곳에선 크고 작은 물고기들이 먹이를 찾아 바위틈을 오르내리고 있었다.

"저하, 저기 흥원창이 보입니다."

배꾼에게 다녀온 선복이 상류를 가리켰다.

"저긴 강원도라지?"

"예, 이제 강원도에 도착했습니다."

이황은 흥원창까지 오는 뱃길이 참 아름답다고 생각했다. 수면 위로 스며든 주변의 경치는 한 폭의 수묵화가 따로 없었다.

이황 일행을 태운 배가 용진과 여주, 이포나루, 보은사를 지나 원주 부론의 흥원창興元倉이 있는 은섬포銀蟾浦 포구에 도착한 것은 늦은 오후였다. 흥원창은 조선의 조창漕倉 아홉 곳 중 하나로 고려 때부터 정선, 평창, 강릉, 삼척, 울진, 평해, 횡성, 원주 등의 강원도 지역에서 바친 세곡稅穀(양민들이 세금으로 낸 쌀)을 모아두는 곳이었다. 흥원창에서 겨울을 난 세곡은 봄이 되면 한수를 따라 도성의 경창京倉으로 옮겨졌다. 그때 쌀을 실어 나르는 세곡선은 평저선平底船으로 한 번에 실을 수 있는 양은 이백 석 정도였다.

흥원창이 있는 은섬포는 횡성에서 발원한 섬강과 태백산과 오대산에서 발원한 한수가 만나는 지점으로 세곡선이 스무 척이나 정박할 수 있는 큰 포구였다. 은모래가 곱게 깔린 은섬포는 흥원창을 중심으로 장터를 이루고 있었으며, 장터 주변으로는 민가가 옹기종기 모여 앉아 아름다운 강변 마을을 이루고 있었다.

"홍림아, 너의 고향도 이렇게 아름다우냐?"

이황이 물었다.

"그러믄요. 제 고향도 은섬포처럼 두 물이 하나로 어우러지는 곳입니다. 아우라지라고 하는 그곳도 여기처럼 모래가 곱게 깔려 있어 무척이나 아름답습니다."

"고향엔 누가 있느냐?"

"이년의 아비만 살아계십니다."

"어미와 형제는 없느냐?"

"어미는 이년이 어릴 적 병으로 돌아가셨고, 언니는 가례를 올렸사옵니다."

"그러했구나. 풀피리는 누구에게 배웠느냐?"

"아비에게 배웠사옵니다."

"그랬구나. 그래, 궁에서 쫓겨나 집으로 돌아가는 마음은 어떠하냐?"

"어미를 잃은 어린 새의 심정과 같을 것입니다."

홍림이 은섬포 위를 나는 새 떼를 보며 말했다.

"나와 비슷하구나."

이황이 수심 가득한 표정을 지으며 말했다.

"송구하옵니다. 이년이 공연한 말로 저하의 심기를 어지럽혔습니다."

"아니다, 아니야."

그러는 사이 배가 흥호 나루에 닿았다. 객주에서 나온 사람들이 우르르 몰려들어 소금 가마니를 내렸다. 배에서 내린 이황 일행이 흥원창으로 오르고 있을 때였다. 판관이라는 자가 병사들과 함께 이황 일행을 막아섰다.

"나는 어제 날짜로 부임한 흥원창의 수운판관 박구평朴九平인데, 어디로 가는 병사들인가?"

판관의 비대한 몸이 길을 가로막자 빠져나갈 틈도 보이지 않았다. 수운판관水運判官이라면 홍원창을 관리하는 정5품 관리였다.

"정선으로 죄인을 압송하는 길이외다."

압송의 책임자가 앞으로 나서며 대답했다.

"죄인? 전왕의 패거리들인가?"

판관이 거들먹거리며 압송관에게 물었다.

"이보시오! 말씀을 삼가시오. 여기 계신 분은 세자 저하이시오. 어서 예를 갖추시오."

박치영이 나섰다.

"험, 세상이 바뀌었는데 새삼 무슨 예를 갖추라는 건지 원……."

판관이 덥수룩하게 난 수염을 쓸며 딴청을 피웠다.

"허어, 이보시오!"

선복이 검을 잡으며 목청을 높였다.

이황이 "그만두게. 이젠 세자가 아니라 죄인이라는 걸 잊었는가. 어서 가세"라며 선복을 막아섰다.

"저하, 말씀 잘하셨나이다. 저하께선 이제 죄인이지 세자가 아니지요. 아니 그런가?"

판관이 압송관들을 보며 물었다.

"그, 그렇긴 하오만……."

"거보시오. 죄인이 맞잖소."

판관이 박치영을 빤히 보며 느물거렸다.

"정선까지는 먼 길이니 그럼 잘 가시오. 난 업무가 바빠서 이만……."

판관이 압송관의 어깨를 두어 번 치곤 몸을 돌려 주막으로 걸음을 옮겼다.

"저하, 세상이 변하긴 변했나보옵니다. 저런 무뢰배들이 수운판관을 다 하다니 말입니다."

박치영이 뒤뚱거리며 걷는 판관을 보며 쓴웃음을 지었다.

수운판관이라고 하면 수로와 세곡선의 관리는 물론이고 세곡의 수납과 보관, 운송 등을 총 책임지는 자리였다. 그러나 마음만 먹으면 세곡을 얼마든지 빼돌릴 수도 있어 주요 요직 중에 하나였다. 그 무렵 수운판관이었던 고순지高順之와 김숙담金淑淡 등이 박원종을 비롯한 공신 세력에 의해 쫓겨났는데, 박구평이 그 후임으로 부임한 듯했다.

"저하, 걸으실 수 있겠사옵니까?"

박치영이 이황의 걸음걸이를 살피더니 물었다.

"거뜬하다네."

이황이 껑충껑충 뛰어 보이며 말했다.

흥원창을 지난 이황 일행은 법천골로 길머리를 잡았다. 길을 따라 걷던 선복이 박치영의 옷소매를 잡아끌었다.

"무슨 일이오?"

"박 내관, 내 잠시 다녀오리다."

"어딜 가십니까?"

"이포나루에 나타났던 자가 판관을 만나는 걸 보았소. 아무래도 저들의 행동을 좀 살펴보아야 할 것 같소이다."

선복이 박치영에게 저하를 부탁한다는 말을 남기고 판관의 뒤를 따랐다.

도적은 따로 있다

딱새가 돌아왔다. 정선에서 도성까지의 거리가 사백 삼십여 리 되니 왕복으로는 팔백 리 하고도 육십 리는 더 가야 하는 거리였다. 그 먼 곳을 딱새는 꼭 이틀 만에 다녀왔다. 보통 사람의 능력으로 할 수 있는 일은 아니었다.

딱새가 유길만의 집에 당도한 것은 정선을 떠난 지 이틀째 되는 날 유시酉時가 되어서였다. 말에서 내린 딱새가 대문을 밀며 휘청, 하고 쓰러졌다. 마당가에서 그를 기다리고 있던 유길만과 낙중이 "어이쿠, 저런!" 하며 딱새에게 뛰어갔다. 마당에 드러누운 딱새의 몰골은 말이 아니었다. 낙중은 딱새가 타고 온 말을 마구간에 넣고 먹이와 물을 넣어 주었다.

"생원님, 다녀왔습니다."

딱새가 가쁜 숨을 몰아쉬며 말했다.

"어서 오게. 고생이 많았지?"

유길만이 딱새의 손을 모아 쥐었다.

"오랜만에 훨훨 날았더니 머리가 다 어질합니다요."

딱새가 헐헐 웃으며 말했다.

"바닥이 차네. 어서 방으로 들어가세."

유길만이 딱새의 몸을 일으켰다. 방으로 들어온 유길만이 딱새를 부둥켜안으며 눈시울을 글썽거렸다.

"이 사람 딱새, 자네의 날램을 익히 알고는 있었지만 이렇게 빨리 돌아올 줄은 몰랐네."

"생원님, 제가 누굽니까? 정선의 딱새입니다. 조선 팔도의 그 많은 부보상 중에서도 이놈만큼 빠른 놈은 없습니다."

딱새가 목을 축이며 히죽 웃었다.

"자네 몰골을 보니 잠시도 쉬지 않은 거 같군. 그래, 어디 아픈 곳은 없는가?"

"아주 거뜬합니다. 제가 이래 빗자루처럼 생겨도 강철 체력입니다."

"아무리 강철 체력이라도 여기서 도성이 어딘가. 암튼 수고가 컸네."

유길만이 딱새의 손을 잡으며 말했다.

"수고는요. 생원님께서 바쁘신 듯해서 오랜만에 실력 발휘 한번 한 걸요."

"그래, 도성은 어떻던가?"

"몇 해 만에 갔더니만 많이 변했더만요. 집도 많이 생겼고 무엇보다 분을 곱게 바른 여인네들이 얼마나 많던지 참말로 돌아오기가 싫더만요."

딱새의 말에 낙중이 "도성 여인네가 정선 여인네보다 좋습디까?" 하고 물었다.

"그건 두말하면 잔소리지요. 도성 여인네들은 온종일 치장만 하는지 얼굴에 티 하나 보이지 않습디다."

딱새가 눈을 지그시 감으며 흐뭇한 표정을 지었다.

"허허, 이 사람 도성에 두 번 보냈다간 기다리는 사람 목이 빠지다 못해 망부석이 되겠군. 그나저나 호조좌랑은 만나보았는가?"

"예, 윤재서 나리 집 앞에서 기다리다 직접 만나뵈었습죠. 생원님께서 보냈다고 하니 아주 반가워하시더만요."

"그래 답신은 받아 왔는가?"

유길만의 말이 있자 딱새가 품에서 답신을 꺼냈다.

"윤재서 나리께서 이 내용이 세상에 알려지면 곤란하다며 답신은 보는 즉시 불태우라고 신신당부를 하셨습니다."

"그 친구가 그리 말하는 걸 보면 도성에 무슨 일이 있었군."

유길만이 호조좌랑 윤재서가 보낸 답신을 펼쳤다.

길만이 오랜만일세. 정선에서 은거하며 살아가는 재미가 좋은가. 난 자네가 세상일에 눈 감고 귀 막고 사는 줄 알았네. 그런데 급히 사람까지 보내는 걸 보니 그건 아니었던 모양일세. 반갑고 고마운 마음으로 이 서신을 보낸다네.

세상이 어지럽고 보니 나같이 우유부단한 사람 말고 자네 같은 인재가 출사를 했다면 박원종이나 성희안 같은 자들이 임금을 능멸하고 조정을 마음대로 농단하진 못했을 거란 생각이 드네. 아무려나 이제 조선은 박원종과 성희안, 유순정의 세상일세. 떡고물이라도 얻어먹으려는 자들은 그들에게 앞다투어 충성을 맹세하고, 살아남으려는 자들은 그들의 눈치를 보느라 모두들 비목어比目魚 눈이 되고 있다네. 그 때문인지 지금 도성엔 선비의 덕목이랄 수 있는 절개나 지조를 개들이 물고 다닌다는 우스갯소리까지 떠돌고 있다네. 선비의 위신이 그만큼 떨어졌다는 거겠지.

자네가 궁금해한 것 중 첫 번째는 나도 정확히는 모른다네. 다만 자순 대비의 친자인 진성 대군 이역이 보위에 오른 것은 사실이고, 그로 인해 혜택을 가장 많이 입은 사람들 또한 자순 대비와 외척인 윤씨 일파가 맞다네.

세조의 일등 공신이자 예종과 성종의 장인 한명회와 인수 대비의 아비 한확을 비롯한 청주 한씨, 연산의 장인 신승선과 연산의 처남이자 진성 대군 이역의 장인 신수근 등의 거창 신씨, 세조의 정비인 정희 왕후의 아비 윤번과 자순 대비의 아비 윤호와 윤여필 등의 파평 윤씨 가문이 지난 오십 년간 외척 세력으로 가문의 운명을 걸고 대립했으나 이번 일로 파평 윤씨 가문이 왕실의 외척으로 확실하게 자릴 잡았다네.

아마도 파평 윤씨 가문의 득세가 한동안 이어지지 않을까 예상되네. 물론 나도 가문 때문에 이 자리에 남아 있을 수 있었던 걸 테니 우리 가문의 득세를 부인하진 않겠네.

이번 반란은 권력의 중심에 있던 박원종과 성희안이 한직으로 물러나면서 생긴 불만과 그들의 권력욕 그리고 자순 대비를 중심으로 한 윤씨 가문의 외척 세력이 합작한 작품임에는 틀림없네. 새 임금 이역이 들어서고 신수근의 여식이 중전의 자리에 앉아보지도 못하고 궁에서 쫓겨난 것도 다 중전 자리를 탐하는 윤씨 가문의 힘이었다네. 새 임금의 중전 자리를 놓고 윤여필과 윤지임, 윤금손 등이 눈치 다툼을 하는 걸 보면 아마도 중전 자리는 윤씨 가문에게 돌아가지 않을까 싶네.

무엇보다 이번 반란이 성공할 수 있었던 것은 박원종, 성희안 등의 권신들과 자순 대비를 비롯한 윤씨 가문 그리고 역대 명문가들이 반란에 가담했기 때문일세. 명문가들이 반란에 가담한 이유는 연산이 야심차게 추진했던 양전법이었다네. 연산은 갑자사화가 끝난 후 양전법을 은밀히 준비했다네. 그 사실을 안 명문가와 권신들이 자신들의 기득권과 재산을 지키기 위해 대거 반란에 가담했고, 그 반란은 성공했네.

태종이 실패했던 군적호패법軍籍號牌法을 세조도 시행했었다는 사실은 자네도 알고 있을 걸세. 세조가 죽기 전 어렵게 만든 군적호패법은 어린 성종을 대신해 섭정한 정희 왕후가 한명회, 정창손 등과 결탁해 폐지시켜버렸다네. 정희 왕후는 한 발 더 나아가 모든 땅을 대상으로 세금을 부여했던 토지세土地稅를 장적에 등록된 사람만이 세금을 내는 인정세人丁稅로 바꿔버렸지. 그 결과 왕실 외척과 권신들의 재산은 커져만 갔고, 양민들의 삶은 더욱 피폐해졌다네.

백성들이 도탄에 빠지자 연산은 인정세를 폐지하는 등의 개혁을 비밀리에 준비했다네. 부왕 성종이 신하들에게 휘둘려 아무런 힘도 쓰지 못한 것을 뼈아프게 지켜보면서 백성을 위한 정치를 하고자 작심을 했던 것이지. 갑자사화를 기점으로 왕권을 잡았다고 판단한 연산이 양전법을 통해 황무지를 국유화하고 공신들과 권신들이 과다하게 보유하고 있는 토지를 몰수하는 것과 동시에 불법으로 노비가 된 양민을 찾아내 국방과 국가 재정을 공고히 하려고 했다네. 그 같은 계획을 박원종과 성희안 등이 알았던 것이지. 그들은 공신과 권신들에게 임금이 양반들의 토지와 노비를 몰수하려는 일을 꾸미고 있다 했고, 토지와 노비가 많은 자들이 대거 반란에 가담했다네.

반란 세력으로부터 임금으로 추대된 진성 대군의 입장이 성종과 비슷하니 그가 앞으로 어떤 정치를 할 수 있을지 걱정이 많은 것 또한 사실이네. 지금 조선 팔도에서 양반과 여성 그리고 천민과 노비를 빼고 나면 군역과 세금을 내는 백성의 수가 일백만이 전부라네. 이런 수준으로는 외침을 막기도, 나라를 정상적으로 운영하기도 힘들다네.

그리고 세자 저하의 유배지가 정선이라는 것은 맞네. 사흘 전에 정선으로 떠나셨으니 곧 당도하실 걸세. 내 생각으로는 새 임금이 명나라로부터 고명칙서를 받기 위해서라도 교동에 안치된 연산이나 세자 저하 모두 어떤 방법으로든 죽이지 않을까 싶네. 두 분이 살아 있고서는 고명칙서를 받기란 불가능한 일이거든. 엄청난 일들이 연달아 일어나니 요즘은 나도 혼란스럽다네. 그러하니 자네가 역사의 현장을 잘 지켜본 후 내게도 말해 주게. 이 정도로 답이 될지 모르겠지만 내가 아는 것의 전부라네.

무정한 친구 길만이. 자네가 많이 보고 싶은 시절이라네. 오늘도 궁에선 전리품을 챙긴 자들을 위한 곡연曲宴이 펼쳐졌네. 그들은 서로의 얼굴에 금칠을 해주는 것을 잊지 않았고, 곡연 말미엔 새 임금 이역의 만수무강을 위해 만세를 불렀다네.

가을색이 곱게 물드는 날이네. 자네와 같이 수학했던 때가 그립네. 시절이 하 수상하니 무탈하게 지내게.

벗 윤재서 씀

윤재서의 답신을 다 읽은 유길만이 길게 한숨을 내쉬며 두 눈을 질끈 감았다. 하지만 낙중은 치밀어 오르는 화를 참지 못하고 소리를 버럭 질렀다.

"이런 죽일 놈들! 자신들의 권력과 재산을 지키기 위해 임금을 몰아내?"

곁에서 꾸벅꾸벅 졸던 딱새가 깜짝 놀라며 눈을 번쩍 떴다.

"무슨 내용이기에 그리도 화를 내는 거요?"

딱새는 자신이 가지고 온 답신이 무슨 문제라도 있는 건가 하고 두 눈을 멀뚱거렸다.

"익히 알고 있는 사실이 아니었나. 화를 낸다고 달라질 건 없으니 참게."

유길만이 낙중의 어깨를 다독였다.

이성계와 정도전 등이 썩어빠진 고려를 뒤엎고 새로운 세상을 열겠다며 조선을 개국했으나 지금까지 사람만 바뀌었지 달라진 건 하나도 없었다. 이성계에 이어 태종과 세조까지 권력을 찬탈하면서 국가가 챙겨주어야 할 공신의 수도 엄청나게 늘어났다. 그로 인해 국가 재정은 더욱 궁핍해졌으며, 세금을 납부해야 할 양민은 그 몇 배의 고통을 감당해야 했다. 그러다보니 멀쩡한 양민이 군역과 세금을 피하기 위해 자진해 노비가 되는가 하면, 권세를 견디지 못해 노비가 되는 경우도 비일비재했다. 어느 공신의 집은 노비가 일만 명을 넘기기도 했으니 차라리 노비가 편안한 세상이 지금의 조선이었다. 윤재서의 말대로라면 그런 폐단을 막아보겠다던 임금이 저들에게 쫓겨났다는 것이었다.

유길만은 윤재서의 답신에 적힌 내용을 곱씹으며 깊은 생각에 잠겼다.

"형님, 무슨 생각을 하십니까?"

낙중이 물었다.

"……."

"생원님, 대체 무슨 내용이기에 분위기가 비 맞은 가마니처럼 눅진한 겁니까?"

딱새가 두 사람의 눈치를 살피며 물었다.

"세상이 바뀌었는데, 세상을 바꾼 자들이 다들 도적놈들이라서 그러네."

말을 끝낸 유길만이 답답하다는 듯 방문을 열었다.

"정승 판서 같은 분들이 다들 도적이라면 조선의 근간을 이룬 성리학이라는 게 사람답게 살아가는 법을 알려주는 학문이 아니라 도적질하는 법을 알려주는 학문인가봅니다?"

딱새가 피곤에 절은 눈을 치켜뜨며 물었다.

"그런 셈이지. 그러니 내가 학문을 접고 이렇게 살고 있지 않은가."

"잘난 척하는 양반들이 우리보다 더 잡놈이니 나 같은 잡놈이 설 곳이 없네요."

딱새가 빈정대듯 말했다.

"허허, 자네가 왜 잡놈인가? 내 자넬 얼마나 좋아하는데."

"이런 잡놈을 좋아하시는 생원님의 성정이 독특하신 거지요."

"허허, 그런가?"

"그렇지 않고서야 우리 같은 놈들과 말이라도 섞겠습니까?"

"이런, 사람 참."

유길만이 허허롭게 웃으며 말을 이었다.

"다들 괜찮으면 어딜 좀 함께 가지."

유길만이 몸을 일으키며 낙중과 딱새에게 따라오라는 손짓을 했다.

"괜찮긴 합니다만 어딜 가는데요?"

"김 장사를 좀 만나야겠어."

"팔발이 형님이라면 제가 당연히 따라가야지요."

딱새가 몸을 벌떡 일으키며 말했다.

집을 나서자 딱새는 임방에 들렀다 뒤따를 것이라며 횡하니 사라졌다. 저자로 나간 낙중과 유길만은 고깃간으로 갔다.

"잔칫날도 아닌데 웬 쇠고기입니까?"

유길만이 쇠고기를 끊어달라고 하자 낙중의 눈이 휘둥그레졌다.

"김 장사가 좋아하는 게 쇠고기 아니던가. 딱새도 먼 길 다녀왔는데 영양 보충 좀 시켜줘야지. 자네도 옥살이하느라 고생했고 말야."

"그래도 이건 너무 과한 거 아닌지요?"

"허, 이 사람. 자네들 덕분에 나도 모처럼 쇠고기 좀 먹어보세 그려."

"하하, 알겠습니다."

고깃간을 나와 저자로 들어서니 사람들이 모여 관아에서 붙인 방榜을 보고 있었다.

"방이 붙었군. 가 보세나."

낙중과 유길만이 사람들 틈을 파고들었다.

"형님, 윤재서 나리께서 말씀하신대로 금혼령이 내렸네요."

"이 가을에 금혼령을 내리면 혼인을 준비하던 가문들은 어찌하라고 이러는 건지……."

유길만이 혀를 끌끌 찼다.

임금과 세자의 혼례는 국혼國婚이므로 국법에 의해 금혼령禁婚令이 내려졌다. 금혼령은 일정 나이에 들어 있는 모든 여인들의 혼인을 금하는 것으로 민간에겐 막대한 피해를 가져왔다.

"어지간한 가문이 아니고서야 처녀 단자를 올린다고 해서 간택이 될까요?"

"국법으로 정해진 일이니 처녀 단자를 올리지 않을 수도 없는 일 아니던가."

"윤재서 나리께서 중전 자리는 윤씨 가문에게 돌아갈 것이라고 쓰셨던데, 처녀 단자를 넣었다가 덜컥 삼간택에라도 포함되면 큰일이 아닙니까?"

"비구니가 되거나 후궁으로 살아야지 어쩌겠나."

왕비나 세자비를 간택하는 과정은 세 번에 걸쳐 이루어지는데, 초간택과 재간택 그리고 마지막 삼간택이었다. 삼간택에서 최종 간택이 되면 왕비나 세자빈이 되어 별궁 생활을 했다. 초간택에서 삼간택까지 걸리는 시간은 한 달여 정도이고 초간택이 끝나면 금혼령은 해제되었다. 삼간택에 최종으로 오른 여인은 왕비나 세자비로 간택이 되지 못해도 임금이나 세자의 여인으로 인정되어 다른 곳으로 시집을 갈 수 없었다. 이들 여인 중 후궁으로 들어가는 경우도 있지만 후궁 첩지를 받지 못한 여인은 승려가 되거나 평생을 홀로 살아야 했기에 처녀 단자를 넣는 가문으로서도 여간 부담스러운 일이 아니었다.

"후궁으로 있다가 중전이 된 여인도 많다고 들었습니다."

"새 임금의 모후인 자순 대비가 그러하질 않나. 중전인 윤씨(연산의 생모)가 폐위되자 후궁의 몸으로 중전이 된 게 아니던가."

"중전 윤씨의 폐위로 중전이 된 자순 대비가 그 아들인 이융 임금까지 폐위시켰나? 혹시 당시에도 윤씨 일파가 중전 폐위와 사사賜死에 앞장선 건 아닐까요?"

"호조좌랑의 말도 있고 하니 가능성이야 충분히 있지."

유길만이 산마루에 걸린 해를 보며 말을 이었다.

"이보게, 곧 해가 떨어질 것 같으니 서두르세."

김팔발金八撥의 집은 백오담白烏潭 마을에 있어 저자에서는 이십여 리 떨어진 곳이었다. 지금부터 잰 걸음을 놓아도 술시戌時는 되어야 도착할 거리였다. 유길만과 낙중이 저자를 벗어나고 있을 때 김막개와 형방 김여직이 나졸 몇을 대동하고 어디론가 바삐 가고 있었다. 군수가 없는 정선 관아에서 형방의 위치는 군수 이상이어서 그의 말이 곧 법이었다. 그 때문인지 김여직과 함께 걷는 김막개의 어깨엔 힘이 잔뜩 실려 있었다.

저자를 벗어나 강변으로 난 길로 접어들었을 때 달이 떠올랐다. 상현달이었다. 지상으로 쏟아진 달빛이 주변을 훤하게 밝혀 걷기엔 그만이었다. 산허리를 돌고 있는데, 멧돼지 무리가 푸륵거리며 뛰고 있었다. 낙중의 손이 본능적으로 허리춤으로 갔다. 그러나 있어야 할 격목통激木筒은 잡혀지지 않았다. 바삐 집을 나오느라 두고 온 모양이었다.

"허허, 오늘은 쇠고기도 있으니 그만 살려주게."

유길만이 웃으며 말했다.

"그래야 할까봅니다."

낙중은 관동 포수 출신이었다. 삼보방포三步放砲, 즉 세 발짝만에 장전을 끝낸 후 호랑이를 쏘아 잡는다는 관동 포수가 낙중이었다. 낙중이 가지고 있는 격목통은 이총통을 개량해 만든 총으로 포수라면 누구나 하나 정도는 가지고 있었다. 기존의 이총통보다 화약 장전과 격발이 간단해 오십 보 거리에 있는 호랑이의 이마를 정확하게 맞힐 수 있을 정도로 명중률 또한 높았다. 낙중이 그동안 잡은 호랑이만 해도 수십 마리나 되니 오늘 만난 멧돼지는 그나마 운이 좋은 편이었다.

이제 고개만 넘으면 김팔발의 집이었다. 유길만과 낙중이 고개를 오르고 있는데, 딱새가 숨을 헐떡이며 뛰어왔다.

"도성까지 다녀온 사람이 무슨 힘이 남았다고 이 밤길마저 뛰는가?"

유길만이 딱새에게 소리쳤다.

"팔자가 이러니 어쩌겠습니까."

유길만은 역시 조선 팔도를 누빈 부보상이 다르긴 하다며 껄껄 웃었다.

"암만 봐도 방수께선 부보상이 되려고 태어난 거 같소."

"아무리 그래도 선친에 비하면 새 발의 피죠. 선친이 어느 날 산을 넘는데, 호랑이가 나타났다고 하더만요. 놀란 선친께서 나 살려라 하고 냅다 뛰기 시작했다는데, 그 걸음이 얼마나 빨랐던지 쫓아오던 호랑이가 결국엔 내가 졌소, 하며 혀를 내둘렀다는 이야기가 지금도 전설처럼 전해지고 있습죠."

"허허, 자네 선친의 소문은 나도 익히 들어서 알고 있네. 대단하신 분이었지."

"근데 손에 든 것은 뭐요?"

낙중이 딱새의 손에 들려 있는 것을 보며 물었다.

"아, 이거 술이라오. 오랜만에 팔발이 형님 만나는데 대취해야지요."

"술이라면 김 장사 집에도 있지 않던가?"

유길만이 나섰다.

"보통 술이라면 이렇게 포장까지 했겠습니까?"

"무슨 술이기에 그리 귀하게 대접하는가?"

"이 술로 말씀드리자면 개성에서 온 아리걸阿里乞(증류식 소주)이라는 술입니다."

"아리걸? 그건 대갓집에서나 먹는다는 약술 아닌가?"

"그렇습죠. 동무 하나가 개성엘 다녀오면서 어렵게 구해 온 것을 챙겨왔습니다. 술맛이 기가 막힙니다."

딱새가 손에 든 포장꾸러미를 흔들며 활짝 웃었다.

"이거 오늘은 뱃속이 놀라겠소. 쇠고기에다 약술까지 먹게 되다니요."

"그러게 말이네. 어쩌다보니 잔칫날이 되었구먼."

유길만이 기분 좋게 웃으며 앞서 걸었다.

고개를 내려서자 초가로 엮은 김팔발의 집이 보였다. 그의 집은 불이 환하게 켜져 있었다. 유길만이 사립문을 열며 안을 향해 소리쳤다.

"김 장사 있는가?"

마당에서 인기척이 나자 방문으로 거대한 그림자가 만들어졌다.

"누구슈?"

김팔발이 방문을 열며 큰 몸집을 내밀었다.

"이 사람아 날세."

"어이쿠, 이거 길만이 아닌가?"

김팔발이 짚신도 꿰지 못하고 마당으로 내려섰다. 산만 한 그가 걸음을 옮길 때마다 쿵쿵하고 땅이 울렸다. 유길만이 그 모습을 보며 큰 소리로 웃었다.

"이보게. 아무리 격조했거늘 벗의 음성도 잊었던가?"

"미안하게 되었네. 어서 오시게."

김팔발이 껄껄 웃으며 유길만을 부둥켜안았다.

"형님, 우리도 함께 왔소이다."

사립문 밖에 있던 낙중과 딱새가 보따리 하나씩을 들고 마당으로 들어섰다.

"허, 이 사람들까지. 길만이 오늘 무슨 날인가?"

"허허, 가을 아닌가. 단풍도 들고 해서 바람 좀 쐬러 왔다네."

"잘 왔네. 어서 들어가세."

김팔발이 유길만의 어깨를 감싸 안았다.

방으로 들어서자 김팔발이 세 사람의 손을 모아 쥐며 반가워했다.

"그동안 어떻게 지냈는가?"

유길만이 김팔발에게 물었다.

"보다시피 잘 지내고 있다네."

김팔발이 큰 덩치를 흔들며 너털웃음을 지었다.

"내자는?"

"집사람은 아이들과 처갓집에 추수하러 갔다네."

"그럼 오랜만에 우리끼리 한판 놀아봄세."

유길만이 낙중에게 쇠고기를 굽도록 했다. 낙중이 화로에 숯을 만드는 동안 딱새는 군불을 지폈다.

"덕치는 어디 갔는가?"

덕치는 낙중과 같은 포수 출신으로 김팔발과 한 마을에 살고 있었다.

"그 친구 사금을 캔다며 천포로 갔네. 벌써 한 파수는 되었을 걸."

"사금은 왜?"

"며칠 후가 모친 생신이라며 금가락지 하나 해드린다고 저러고 있네."

"효자로구먼."

잠시 후 두리반이 펼쳐지고 화롯불이 만들어졌다. 딱새가 차린 술상에 알맞게 익은 쇠고기가 안주로 올라왔다. 그러자 딱새가 자신이 가지고 온 술로 잔을 채웠다.

"약술이니 한 방울도 남기지 말고 다 마셔야 합니다."

"약술이라 그런지 참 맑구먼."

김팔발이 신기하다는 듯 술잔을 들여다보았다.

"자, 한 잔씩 하세나."

유길만이 잔을 들었다. 호기 있게 술을 털어 넣은 세 사람은 동시에 컥, 하고 숨을 토해냈다.

"이보게, 약술이라더니 이건 차라리 불덩이가 아닌가!"

김팔발이 큰 덩치에 어울리지 않게 숨을 헐떡거렸다. 유길만과 낙중도 숨을 몰아쉬며 입안의 열기를 토해냈다.

"양반님네들은 잘도 마시더만, 수준 차이 나게 왜들 이러신데요?"

"그놈들이야 잘 처먹는 데다 할 일이 없으니 불덩이나 삼키며 노는 게 아닌가."

김팔발이 소름이 끼친다는 듯 몸을 부르르 떨며 말했다.

"이건 불덩이가 아니라 아리걸이라는 술인데요. 원나라의 쿠빌라이가 고려를 침략했을 때 들어온 술이라고 하더만요. 만드는 데 워낙 시간과 정성이 많이 들어 일부 양반들만 마신다고 합니다."

"그럼 이 술이 오랑캐 술이로군요."

낙중이 코로 술 향을 흠흠 맡아보며 말했다.

"그놈들 참 독한 놈들이로세. 이렇게 독한 술을 약술이라 처먹으니 말이야."

"약술이라는 건, 이놈 생각으로는 양반님네가 지들만 이 술을 먹으려고 붙인 말인 것 같은데요."

"허허, 딱새 말에 일리가 있는걸. 약술이라고 해야 아무나 마시지 않을 것 아닌가. 그러고 보면 오랑캐 놈들이 독하긴 해도 숭악한 건 조선의 양반 놈들이 더하다니까."

"아이고, 생원님께서 양반이시면서 양반을 숭악하다 하시면 이놈들은 뭐라 합니까?"

"뭐라 하긴, 그냥 숭악한 놈들이라고 하면 되지 않은가."

유길만의 말에 모두가 박장대소했다.

쇠고기 익어가는 냄새가 방을 가득 채우고 있었다. 딱새가 가지고 온 술도 바닥을 보일 무렵 유길만이 입을 뗐다.

"이보게 김 장사. 우리 숭악한 양반 놈들 이야기 좀 더 해보세."

"그게 무슨 말씀인가?"

"내 말 잘 듣게. 도성에서 박원종과 성희안 같은 자들이 반란을 일으켜 이융 임금을 몰아냈다네. 진성 대군 이역이라는 자가 새 임금에 올랐는데 껍데기 임금이라는군. 더욱 놀라운 건 세자께서 폐위되어 정선으로 유배를 오고 있다는 거네."

"마른하늘에 날벼락도 유분수가 아니던가. 대명천지 어찌 그런 일이 일어날 수 있단 말인가?"

"권력욕에 사로잡힌 놈들이 벌인 짓이라네. 아주 숭악한 놈들이지. 그놈들로 인해 백성들이 당할 고통을 생각하면 끔찍하기 그지없네. 여기 벗이 보낸 글을 가지고 왔으니 읽어보고 자네 생각을 말해보게."

유길만이 윤재서에게 받은 답신을 김팔발에게 건넸다. 답신을 읽어내려가던 김팔발의 미간이 깊게 일그러졌다.

"숭악한 놈들이 아니라 금수만도 못한 놈들이로군!"

편지를 다 읽은 김팔발이 손을 부르르 떨며 말했다.

"저하께서 정선으로 오신다네. 그것도 죽음을 벗 삼아 오는 길이라고 하네. 어떻게 하면 좋겠나?"

"어떡하긴, 저하를 살려내야지."

"살려내다니? 우리가 무슨 수로?"

유길만이 흥미롭다는 표정을 지으며 물었다.

"뭘 그리 어렵게 생각하나. 숭악한 놈들도 하는 일을 우리라고 못 하겠나?"

김팔발이 허리춤에 찼던 장도粧刀를 꺼내 고깃점을 쓰윽 썰며 말했다. 깜짝 놀란 유길만이 문밖을 살피곤 낮은 음성으로 물었다.

"모반이라도 꾸미자는 건가?"

모반이라는 말에 낙중과 딱새의 눈이 번쩍 뜨였다. 그러나 김팔발은 침착한 음성으로 유길만의 물음에 답했다.

"그걸 모반이라고 하면 되나. 잃어버렸던 것을 되찾는다고 해야지."

"잃어버린 것이라…… 자네가 잃어버렸다고 생각하는 것은 대체 뭔가?"

"백성들의 자존심이네."

"자존심?"

"그렇다네. 백성이 없으면 임금도 권력을 쥔 신하도 무슨 의미가 있겠나. 이참에 조선이 박원종의 나라가 아니라 백성의 나라라는 것을 보여주어야 할 것이네."

"방법은?"

"그건 자네 머릿속에 들어 있지 않나?"

"하하, 역시 자넨 명쾌하구만. 이래서 내 자넬 좋아한다네."

유길만이 크게 웃으며 김팔발의 손을 덥석 잡았다. 자신의 생각과 김팔발의 생각이 크게 다르지 않았던 것이다. 그 자신 천민 출신인 김팔발과 벗으로 지낼 수 있었던 것은 김팔발의 기개와 그가 품은 성정 때문이었다. 한때 항우장사로 이름을 날린 김팔발이지만 그는 부당한 일을 당하고도 항의할 줄 모르는 무식이 싫어 서책을 읽었고, 서책에 있는 사상을 행동으로 옮겼다. 유길만은 김팔발의 그런 삶이 좋았다. 그래서 그는 몇 해 전 김팔발과 벗이 되기로 자처하여 지금껏 그렇게 지내고 있었다.

"자네들 생각은 어떤가?"

유길만이 낙중과 딱새를 번갈아 보며 물었다.

"두 분의 의견에 따르겠습니다."

낙중과 딱새가 긴장된 얼굴로 답했다.

"자네들의 말을 들으니 술이 확 깨는구먼."

유길만이 그렇게 말하곤 세 사람을 둘러보며 "그럼 이제부터 본격적으로 술을 마셔볼까?"라고 했다.

"좋습니다. 오늘 대취하기로 했으니 마셔보자구요. 팔발 형님, 이젠 형님이 만든 술 좀 가져오시라요."

딱새가 김팔발의 팔을 잡아끌었다.

"좋지. 오늘 같은 날 취하지 않으면 언제 취해보겠나. 내 술 단지를 통째 들고 올 테니 기다려보게."

김팔발이 호탕하게 내뱉고는 술 단지가 있는 뒤란으로 갔다.

자객

법천골에서 하룻밤을 머문 이황 일행은 공양왕의 유배지였던 손위실遜位室을 지나 하루를 꼬박 걸어 유원역由原驛(원주 우산동)에 도착했다. 유원역은 원주에 있는 강원 감영監營이 지척인 데다 감영의 관문 같은 곳이어서 오가거나 머무는 관리들이 많았다. 이황 일행이 유원역에 도착했을 때에도 숙소는 도성에서 강원도로 오는 관리와 강원도를 떠나는 관리들로 북적였다. 그 때문에 유원역은 종6품 찰방이 있는 원주의 단구역丹邱驛(원주 단구동)보다도 군율이 엄격했다.

저녁을 먹자마자 잠에 떨어진 이황은 부스럭거리는 소리에 놀라 잠에서 깼다.

"아직 출발할 시간은 아닌 듯싶은데, 무슨 일이 있느냐?"

이황이 여장을 챙기고 있는 물금에게 물었다.

"오늘이 강원도 관찰사觀察仕가 임지로 부임하는 날이랍니다."

"강원도 관찰사라면 신자건愼自建이었는데 바뀌었단 말이더냐?"

"그러한 모양입니다."

"누가 관찰사로 온다고 하더냐?"

"강징姜澂이라 하옵니다."

"좌부승지였던 강징이 관찰사로?"

"그러하옵니다."

"그러했구나……."

이황은 더 이상 말을 잇지 않았다.

강징은 이황도 잘 아는 인물이었다. 문신으로 명필이었던 강징은 젊어서부터 연산의 총애를 받았던 자였다. 그랬던 강징이 임금을 가장 가까이에서 모시는 정3품 당상관 좌부승지에 오른 후 임금에게 강무를 삼가라고 간하기 시작했고, 강징은 그 일을 화근으로 연산 십 년부터 이 년여 동안 유배流配와 해배解配를 거듭했다. 그런 와중에도 강징은 임금이 인왕산에 있는 복세암福世庵을 뜯어 옮기려 하자 그에 반대하는 상소를 올렸다가 옥에 갇히기도 했다. 그때부터 임금과 틈이 생기기 시작했던 강징은 결국 박원종의 반란에 가담하여 원종공신이 되었다.

반면 신자건은 지난 유월 김선金瑄에 이어 강원도 관찰사에 오른 자였다. 신자건이 삼 개월도 채우지 못하고 관찰사 자리에서 물러난 이유는 아무래도 그가 거창 신씨 사람이기 때문일 것이었다. 생각해보면 반란 세력으로서는 신자건 같은 거창 신씨를 종2품의 관찰사 자리에 두고 싶진 않을 것이었다.

"저하, 조반을 올리겠사옵니다."

선복이 작은 상을 들고 들어왔다.

"오늘도 갈 길이 머니 다 젓수셔야 합니다."

"알겠다. 어제 아침 조반을 적게 먹었다가 고생하지 않았더냐."

이황의 말에 선복이 싱긋 웃었다.

"좌부승지 강징이 이 지역의 관찰사로 온다지?"

이황이 조반을 뜨며 물었다.

"예, 그러하옵니다. 반란에 가담한 공로로 한 직급이 승차되어 관찰사로 오는가 싶습니다."

"내가 조반을 먹는 이 순간에도 누군가는 직급이 올라가고 누군가는 유배를 떠나고 또 누군가는 형옥에 갇히거나 자리에서 물러나고 있구나."

"그런 생각은 조반을 젓수신 후에 하심이 옳은 듯합니다."

"하하, 선복이 네가 무슨 염려를 하는지 잘 알고 있으니 그만 두마."

이황이 웃으며 수저를 들었다.

조반을 끝낸 이황이 절룩거리며 숙소를 나섰다. 이른 시간임에도 유원역에 소속된 역리와 역졸들의 움직임이 부산스러웠다. 말을 관리하는 역노는 말먹이를 챙기느라 분주했고, 추수를 앞둔 논과 밭을 관리하는 역리는 역노비들을 다그치며 바쁘게 움직였다.

아침 시간에 바라본 역 앞의 들판은 풍요로웠다. 누렇게 익은 논이 아득하게 펼쳐졌고, 새 떼들이 벼이삭으로 날아들었다. 역노비들이 논에 내려앉은 새 떼를 쫓으려 훠이훠이 소리쳤으나 새들은 아랑곳없이 벼이삭을 쪼았다.

조선 팔도의 각 역에는 역을 자체적으로 운영할 수 있도록 역토驛土를 두었다. 역토는 공수전公須田과 장전長田, 부장전副長田, 급주전急走田, 마위전馬位田 등 용도에 따라 지급했다. 공수전은 역을 운영하는 데 쓰이는 비용을 충당하기 위한 토지이며, 장전과 부장전은 역의 역장과 부장의 녹봉을 대신해 지급했다. 또한 급주전은 긴급히 연락을 취하기 위해 조직된 급주졸急走卒에게 지급된 토지이며, 마위전은 말의 관리와 사육을 위해 지급된 토지로 말의 등급과 수에 따라 차등 지급되었다. 유원역엔 삼등 마가 삼십여 마리 정도 있었으니 그 토지만도 상당했다.

유원역은 역장을 포함한 역리와 역졸이 삼백여 명이나 되었다. 하지만 적지 않은 역졸들이 자신들의 업무도 미룬 채 관찰사를 맞이하는 일에 투입되었다.

"이거야 원, 올해 들어 벌써 세 번이나 관찰사가 바뀌니 정신이 없구먼."

"지난겨울까지 포함하면 열 달 만에 네 번일세."

"그렇구만. 그럼 이번엔 얼마나 계시려나?"

"두어 달 있다가 가지 않겠어?"

역졸 둘이서 복장을 단장하며 궁싯거렸다.

권력욕이 있는 사람일수록 지방으로 떠나는 것을 싫어했다. 그런 자들은 지방에 임지가 정해진다는 것 자체를 좌천이나 한직으로 생각하고 어심御心이 자신을 떠났느니 어쩌니 하며 불만을 터트렸다. 그 때문에 영안도永安道(함경도)나 전라도로 제수除授되면 아예 사직을 하는 경우도 있었다. 박원종도 그러했는데, 연산이 평안도 병마절도사로 제수했을 때 그는 어미의 연로함을 핑계로 사직을 하곤 임지로 떠나지 않았다. 이렇게 궁에서 멀어지는 것을 싫어하는 이들은 임금이 먼 곳으로 보내면 즉각 사직을 청하는 식으로 반기를 들곤 했다.

강원 감영에서 출발한 악공들이 유원역에 도착한 것은 이황 일행이 출발 준비를 마친 후였다.

"자자, 관찰사 나리께서 곧 오신다고 하니까 연습을 해보자구."

책임자가 악공들을 채근했다. 악공들이 각자의 악기를 펼쳐놓고 연습을 시작했다. 북과 장구 소리가 주변을 울리고 태평소는 선잠을 깨울 정도로 컸다. 악공들의 연주를 흥미롭게 바라보던 홍림이 "감영 소속

운평들이네요"라고 말했다. 운평은 궁궐 소속의 흥청과 달리 지방 관아에 소속된 여악女樂들이었다.

궁에 있었던 홍림으로서는 수준 차이가 느껴지는 것이었지만 악공들은 곧 당도할 관찰사를 위해 최선을 다하고 있었다. 운평의 악기는 거문고와 가야금, 비파를 삼현三絃으로 북과 장구, 해금, 태평소 한 쌍, 피리를 육각六角으로 하여 삼현육각三絃六角을 편성했다.

"저하, 자리를 비켜주시는 게 좋을 듯싶습니다."

박치영이 이황의 귀에다 낮게 속삭였다.

"그러지."

이황은 강원도 관찰사로 승차한 강징이 자신을 보고는 어떤 표정을 지을까 궁금했지만 어쩌면 마주치지 않는 게 서로에게 좋을 것 같기도 하여 유원역을 뒤로했다.

길을 떠난 이황 일행은 치악산을 바라보며 걸었다. 경기의 산과 달리 치악산은 단풍이 절정이었다. 단풍은 울긋불긋 산을 타고 너른 들과 민가에까지 내려와 있었다.

곁에서 걷던 압송관이 치악산은 지역의 명산으로 정상인 비로봉을 중심으로 그 일대는 황장목을 함부로 벨 수 없게끔 황장금표黃腸禁標가 설치되어 있으며, 태종과도 인연이 많은 산이라고 했다. 태종은 임금이 되기 전 치악산 각림사에 머물며 공부를 한 적이 있었고, 임금이 된 후엔 스승이었던 운곡 원천석을 만나기 위해 치악산을 찾았다고 한다. 그런데 원천석은 형제간 골육상쟁을 벌이며 임금의 자리에 오른 태종을 만나주지 않고 숨어버렸다고 한다. 태종은 결국 원천석을 만나지 못하고 돌아갔는데, 그 일로 원천석의 사람됨이 세상에 널리 알려졌다고 한다. 압송관은 그때 태종이 수레를 타고 넘었다는 고개를 이곳 사람들은 수레너미재라고 부르고 있다며, 옛날이야기를 하듯 술술 잘도 풀어냈다.

작은 개울을 건너 마을로 들어서니 식송점植松店이 나타났다. 식송점에서 요기를 한 이황 일행은 다시 길을 떠났다.

"박 내관, 등짐을 지고 따라오는 자들의 거동이 수상합니다."

뒤를 살피던 선복이 박치영에게 말했다.

"이포나루에서 본 얼굴들은 아닌 듯하오."

"그자들은 흥원창에서 수운판관을 만나고 돌아가는 것을 내 직접 확인했소."

"그럼 저자들은 누구란 말이오?"

"흥원창에서부터 따라붙은 것으로 봐서 사람이 바뀐 모양이오."

"그냥 등짐장수일 수도 있지 않겠소?"

"그럴 수도 있지만 어쩐지 저들의 눈치가 이상합니다."

"알겠소. 이 몸도 저자들의 행동을 유의 깊게 살피겠소."

박치영이 속도를 늦추며 말했다.

식송점을 출발한 지 한 시진이 지났다. 식사 후 걷는 걸음이라 모두들 나른했다. 햇볕을 가릴 그늘도 없었다. 말갛던 이황의 얼굴이 거칠어지기 시작했으며 희디흰 물금의 얼굴 또한 벌겋게 익어갔다. 다들 말수도 부쩍 줄었다. 다리가 아파오고 하품이 나는 시간이기도 했다. 걷는 것이 지루했던 홍림이 풀피리를 만들어 입에 물었다. 홍림이 풀피리를 연주하자 걸음걸이가 한결 가벼워졌다.

이황은 풀피리 소리를 들으며 아비를 떠올렸다. 갑자년(1504년 · 연산군 10년)에 임금과 맞서다 죽임을 당하거나 유배에 오른 자가 239명이나 되었다. 모든 일이 마무리 되었을 때 연산은 이황에게 이렇게 말했다.

"아비가 부왕이신 성종의 그늘에서 벗어나는 데 십 년이나 걸렸다. 아비가 처음 임금이 되었을 때 권신들은 선왕께 그러했듯 내게도 권력을 나누길 원했다. 하지만 나는 그럴 수 없었다. 나는 조선의 임금이므로 임금의 길을 걸어야 했다. 그 때문에 많은 이들이 죽었다. 아비로 하여금 부왕이신 성종과 같은 성군이 되길 바랐던 많은 이들이 죽었다. 나는 선왕처럼 유약한 임금은 되기 싫었기 때문에 그들을 칠 수밖에 없었다. 그중엔 죄가 큰 자도 있었지만 조금은 억울하게 죽은 자도 있었다. 아비는 그것을 알지만 아비가 가야 할 길을 포기할 순 없었다. 아비 대에 왕권을 확고히 하지 않으면 이 나라는 결국 신하가 권력을 휘두르는 나라가 될 것이고 저들은 끝내 자기들끼리 붕당을 지어 싸움만 하다가 조선이라는 나라를 말아먹을 것이다."

왕권 확립에 대한 연산의 의지는 확고했다. 그는 성리학이 임금까지 지배하려는 이념이라 하여 경연에 나가는 것조차 싫어했다. 하루 세 차례 경연장에 나가 신하들과 성리학에 관해 논하는 것조차 임금을 길들이는 것으로 보았던 것이다. 입으로만 성리학을 내세웠지 그 이론을 실천하며 살아가는 신하가 드물었던 탓이기도 했다. 그 때문에 연산은 세자가 학문을 게을리한다 하여 그 스승을 국문하거나 타박하지 않았다.

이황도 시강원에서의 공부가 고역이었던 적이 있었다. 대부분의 스승은 이황에게 군자의 도를 이야기하면서 자신들의 생각을 주입시키려 애썼다. 스승 중에서는 양희지楊稀枝가 가장 나았다. 김시습과도 교유했던 그는 우빈객右賓客으로 임명된 이황의 노스승이었다. 어느 날 양희지가 말했다.

저하, 자공子貢이 공孔께 물었습니다.

"스승님, 오늘날 임금의 신하 중에서 가장 어진 신하가 누구입니까?"

잠시 생각에 잠겼던 공께서 답했습니다.

"제나라의 포숙鮑叔과 정나라의 자피子皮가 있지 않느냐."

자공이 의외라는 생각으로 공께 반박했습니다.

"스승님, 제나라엔 관중管仲이 있고 정나라엔 자산子産이라는 명재상이 있지 않습니까?"

공께서 답했습니다.

"자공아, 너는 눈에 보이는 것만으로 세상을 판단하는구나. 관중과 자산이 어질긴 하지만 그들보다 더 어진 신하는 관중과 자산을 추천한 이들이니라. 그 이유는 내 지금까지 관중과 자산이 자기보다 더 어진 이를 추천했다는 소릴 듣지 못했기 때문이니라. 그러하니 관중을 추천한 포숙과 자산을 추천한 자피를 어진 신하로 보아야 하느니라."

자공이 머릴 숙이며 답했습니다.

"이제 알겠습니다. 스승님의 말씀을 듣고 보니 과연 포숙과 자피가 어진 신하입니다."

스승 양희지는 자공과 공자의 대화를 빌어 어진 신하에 관한 이야기를 해주었다.

"저하, 저하께서도 훗날 보위에 오르시면 신하로 천거하는 자를 눈여겨보시어 곁에 두소서."

"스승님, 신하로 천거하는 자들이 자신의 욕심을 채우기 위하거나 혹은 세를 불리기 위해 친인척이나 주변인을 천거한다면 그땐 어찌해야 합니까?"

이황이 스승 양희지에게 물었다.

"어진 신하는 어진 눈으로 찾으면 보일 것이고, 권세를 탐하는 신하는 임금의 눈으로 보면 보일 것이니 가려 쓰면 될 것입니다."

양희지가 답하자 이황이 다시 물었다.

"그렇다면 스승님은 아바마마께 어진 신하입니까?"

"소신은 어질고자 했으나 불어오는 바람이 어질지 못해 곤란도 겪었습니다. 제게로 불어오는 바람이 어질지 못한 것 또한 소신의 잘못이니 결국 소신은 어진 신하가 아닌 것입니다."

노스승 양희지는 자신을 그렇게 낮추었다.

양희지는 그 말을 남기고 시강원을 나섰다. 그리고 얼마 후 세상을 떠났다. 연산은 양희지가 죽자 그를 애도하기 위해 며칠 동안 경연을 중단했다.

이황은 포숙과 자피 같은 어진 신하가 아바마마께도 있었을까 생각해보았지만 딱히 떠오르지 않았다. 어진 신하가 있었다면 이미 죽임을 당했을 것이고, 살아 있는 자들이라면 다들 박원종의 무리에 가담했을 것이 분명하기 때문이었다.

이런저런 일들을 생각하니 눈물이 울컥 솟구쳤다.

"저하, 무슨 일이십니까?"

이황이 눈물을 보이자 물금이 물어왔다.

"아, 아니다. 먼지가 눈에 들어가서 그런 것뿐이니라."

이황이 눈물을 훔치며 얼버무렸다.

들길을 따라 한참을 걷자 부채고개가 나타났다. 그리 높지 않은 고개였지만 이미 발이 부르튼 이황에겐 쉬운 고개가 아니었다. 홍림이 끌고 물금이 이황의 뒤를 밀었다. 고개를 내려서자 평장역平庄驛(횡성 소초면)이 눈에 들어왔다.

"오늘은 오원역烏原驛(횡성 우천면)까지 가야 합니다. 그러니 평장역에서 잠시 쉰 후 출발하겠습니다."

이번엔 압송관들이 먼저 주저앉았다. 그늘도 없는 길을 내내 걸은 탓이었다. 압송관들은 평장역에서 땀을 씻어낸 후 다시 오원역을 향해 출발했다. 몇 개의 작은 고개를 넘어 오원역에 도착했을 땐 해가 넘어가고 있었다. 황금 들판에 내려앉은 저녁노을이 무척이나 아름다웠지만 이황에겐 감상에 젖을 힘도 탄성을 내지를 힘도 남아 있지 않았다. 피곤에 지친 이황은 저녁을 먹자마자 쓰러졌다.

이황 일행은 까마귀 우는 소리에 잠이 깼다. 오원역 주변은 안개로 자욱했다. 조반을 먹은 이황 일행은 곧장 오원역을 떠났다. 이황은 모처럼 푹 잔 데다 물금이 찜질까지 해주어 걷는 데 불편함은 없었다.

"웬 놈의 까마귀가 이렇게 많아. 에이 퉤!"

압송관들이 까마귀를 향해 침을 뱉었다.

까마귀가 나타나는 곳엔 흉한 일도 함께 일어나는 터라 선복과 박치영은 잔뜩 긴장을 했다. 더구나 오늘 넘어야 할 고개는 한낮에도 호랑이가 나타난다는 회현檜峴(전재)이었다. 무엇보다 선복의 신경을 건드리는 것은 일행을 따르던 등짐장수들이 보이지 않는다는 것이었다.

"회현이나 문점門岾(문재)은 대낮에도 호랑이가 나타나는 높은 고개들입죠. 고개를 넘나드는 선비나 부보상들의 보따리를 터는 토적土賊들도 있고요."

선복이 오늘 가야 할 길에 대해 물었을 때 오원역 역장은 그렇게 답했다. 뭔가 느낌이 좋지 않았다. 선복과 치영은 일행을 벗어나 정선에서 온 부보상 상보를 만나러 갔다.

간밤 부보상 상보가 숙소를 찾아왔다. 자신을 정선 임방의 부보상이라고 밝힌 상보는 폐세자를 정선까지 무사히 모시라는 유길만의 명을 받고 왔다고 했다. 일대의 부보상을 통해 살수의 행적을 파악한 상보는 선복과 박치영에게 그 사실을 알렸다. 선복도 그런 느낌이 있었노라 답하자 상보는 회현을 넘을 때 살수들의 공격이 있을 것이라고 말해주었다.

안개가 걷히며 주변의 산들이 오롯이 드러났다. 이황은 오늘 넘어야 할 회현을 올려다보았다. 치악산 줄기인 회현은 산 하나를 꼴딱 넘는 것과 다르지 않을 정도로 까마득하게 높았다. 굽이굽이 이어진 산길을 한참 오르니 호랑이가 사람을 잡아먹었다는 쇠호랭이골이 나타났다. 음산한 골짜기를 따라 조금 더 오르자 샘물터가 나왔다. 이황 일행은 샘물가에 모여 목을 축였다. 압송관들도 복장을 풀어헤치며 흐르는 땀을 닦았다. 땀을 식힌 후 아무렇게나 둘러앉아 쉬고 있을 때였다. 복면을 한 자객 십여 명이 낙엽더미에서 솟구쳤다. 깜짝 놀란 물금과 홍림이 혼비백산하며 비명을 질렀다. 압송관들이 황급히 검을 챙겨 들었으나 이미 때는 늦었다.

"무기를 버려!"

"어떤 놈들이냐! 우린 공무를 수행 중인 의금부 병사들이니라. 썩 물러나지 못할까!"

압송관들이 이황과 물금, 홍림을 에워싸며 소리쳤다.

"의금부 졸개들이라니, 잘 만났다. 우린 홍길동洪吉童패의 수하들이다."

"홍길동? 그자라면 이미 우리가 잡아들이지 않았더냐! 네놈들이 홍길동을 사칭하여 조정과 민심을 혼란케 하려는구나!"

검을 치켜든 압송관 서넛이 호기 있게 앞으로 나아갔다. 하지만 이들은 수적으로나 실력으로나 상대가 되지 않았다. 압송관들은 몇 합을도

겨루지 못하고 자객에게 무릎을 꿇고 말았다.

"이 도적놈들!"

"의금부 병사의 실력이 고작 이 정도였던가."

자객들이 코웃음을 치며 압송관의 목에 검을 겨누었다.

"이놈들, 검을 거두지 못할까!"

물금의 치마폭에 숨어 있던 이황이 앞으로 나서며 자객들을 향해 소리쳤다.

"하하, 이 어린놈이 죽고 싶어 환장을 했구나. 원한다면 네놈부터 죽여주지."

자객들이 일제히 웃음을 터트렸다.

"이놈들, 내 비록 폐세자가 되었다 하나 이 나라의 국본이었느니라! 어서 검을 버리지 못할까!"

"후후, 스스로 정체를 말해주니 이거 눈물이 다 나려고 하는군."

자객 하나가 검을 겨누며 이황에게로 다가갔다. 이황의 낯빛이 하얗게 변해갔다. 이황이 고개를 돌려 선복과 박치영을 찾았다. 하지만 그 둘은 보이지 않았다. 자객이 검을 치켜들며 말했다.

"잘 가시오. 세자."

자객의 검이 이황의 목을 향해 움직였다. 이황이 비명을 지르며 눈을 질끈 감았다. 곁에 있던 홍림이 몸을 날리며 자객을 막아섰다.

"저하, 몸을 피하시옵소서!"

"이건 또 뭔가?"

자객이 눈을 부릅뜨며 홍림의 얼굴을 들어 올렸다. 자객이 홍림의 뺨을 후려치더니 검을 치켜들었다. 그때였다. 바위틈에서 날아든 화살이 자객의 심장을 꿰뚫었다. 화살을 맞은 자객이 외마디 비명을 지르며 통

나무처럼 쓰러졌다. 자객들의 시선이 화살이 날아온 곳으로 향할 때 또 하나의 화살이 날아왔고, 다른 곳에선 표창까지 날아들었다. 순간적으로 세 명의 자객이 가슴을 움켜쥐며 쓰러졌다. 당황한 자객들이 우왕좌왕하고 있을 때, 선복과 박치영이 검을 뽑아들고 자객들을 향해 날았다. 자객들이 하나둘 목을 감아쥐고 쓰러졌다.

"네놈이 무리의 두목이렷다! 누군지 정체를 밝혀라!"

선복이 자객의 복면을 벗기며 목에 검을 찔러 넣었다. 자객의 목에서 피가 주룩 흘러내렸다. 통증이 몰려오자 자객의 얼굴이 일그러졌다.

"우린 도적일 뿐이다. 죽여라!"

"아무리 홍길동의 패거리라고 해도 도적의 검법이 이렇게 훌륭할 순 없지. 누구의 명을 받고 왔는지 토설하라!"

"여기에도 있습니다! 이자들을 족치면 뭔가 나올 듯싶습니다."

숲에서 상황을 엿보던 두 명의 사내가 끌려나왔다. 등짐을 진 채 이황 일행을 미행하던 자들이었다. 포승줄을 잡고 있는 사람은 딱새의 수하인 상보였다.

"수고했소."

선복이 말했다.

"저하, 무탈하시옵니까?"

상보가 이황 앞에 부복을 했다.

"무사하오만 그댄 누구시오?"

"소인은 정선에서 온 부보상 상보라고 합니다. 상보가 저하를 뵈옵니다."

상보가 이황에게 예를 갖추었다.

"아, 그렇구려. 아침에 선복에게 말은 들었소. 고맙소."

"감읍할 따름입니다. 여기서부터는 소인들이 저하를 모실 것이옵니다."

상보가 이황에게 배례를 한 후 자리에서 일어났다.

"죽는 줄만 알았습니다. 대체 어딜 다녀오신 겝니까?"

홍림이 가슴을 쓸어내리며 선복과 박치영을 향해 눈을 흘겼다.

"자객들의 뒤를 밟느라 잠시 자리를 비웠으니 용서를 바랍니다."

선복이 홍림에게 고개를 숙이며 말했다.

"이번만은 용서할 것이니 앞으론 저하와 이년 곁을 떠나지 마세요. 아셨죠?"

"허허, 그리하겠습니다."

선복이 답하고는 이황에게 갔다.

"저하, 뒤처리는 소신들이 할 것이니 이자와 함께 떠나시옵소서. 뒤따르는 무리가 있을지 모르니 이곳을 서둘러 벗어나야 할 것입니다."

언제 또 불순한 무리들이 들이닥칠지 알 수 없는 노릇이었다.

"알았네."

박치영이 압송관들에게 말했다.

"어서 출발하시오!"

압송관들이 다시 앞장을 서고 상보와 부보상들이 이황 일행의 뒤를 따랐다.

"네놈들을 보낸 자가 누구냐!"

이황 일행이 떠나자 선복이 자객을 취조했다.

"우린 홍길동패의 수하이다."

"홍길동 도적패는 몇 해 전 다 섬멸되었다. 누가 보냈느냐?"

박치영이 검을 겨누며 물었다.

권력의 비호를 받으며 도적질을 했던 홍길동은 하삼도(충청·경상·전라)를 중심으로 활동하던 도적의 두령으로 연산 6년(1500년) 10월에 체포되었다. 홍길동은 중추원 정3품 무관직인 첨지僉知 복장을 한 채 지방 관아를 제집 드나들 듯하며 도적질을 일삼았다. 그 때문에 조정에서는 홍길동을 강도라고 표현했지만 백성들에겐 속이 후련한 사건이 아닐 수 없어 영웅 취급을 받았다.

서자 출신인 홍길동이 아무렇지 않게 관아나 사대부 집을 털 수 있었던 배경엔 무리의 뒷배를 봐준 권력자가 있었기 때문이었다. 드러난 것만 보면 홍길동으로부터 뇌물을 받고 한 패가 된 자는 엄귀손嚴貴孫이었다. 그는 홍천洪川이 고향으로 조정의 고위직인 정3품 무관 첨지였다. 그저 그렇게 살았던 그는 홍길동과 인연을 맺으면서 부자가 되었으며 홍길동이 숨을 수 있는 은신처를 제공하는 등의 후견인 역할을 했다. 그는 홍길동의 장물을 처분한 죄로 유배형을 받았다가 유배를 떠나기 전 옥에서 죽음을 맞았다.

당시 임금 이융은 엄귀손이 당상관까지 오른 일 자체가 부정이 있었기에 가능한 일이라며 그에 대한 조사를 명했지만 따르는 신하가 없었다. 좌의정을 지낸 어세겸魚世謙은 "엄귀손이 비록 홍길동의 음식물을 받아먹었지만 이것은 인정人情에 보통 있는 일이니 그다지 허물할 것은 못 됩니다"라며 감싸주기까지 했다. 당시 홍길동이 도적질로 벌어들인 재물이 엄귀손을 통해 삼정승에게 흘러들어갔거나 성종의 후궁이자 엄귀손의 인척인 엄비에게 흘러들어갔을 것이라 추정했지만 그 또한 그냥 묻히고 말았다.

그때 박치영은 임금의 명을 받고 은밀히 홍길동과 내통한 자들을 찾아 나선 적이 있었다. 홍길동의 비호 세력은 따로 있는데 엄귀손이 모든 죄를 혼자 뒤집어썼다는 소문이 무성했기 때문이었다. 박치영의 목록에 오른 혐의자만 해도 홍길동에겐 조카가 되는 성종의 후궁 숙용 홍씨를 비롯해 홍씨의 아들인 유순과 유자광, 홍경주 등 십수 명이었지만 결국 아무런 증좌도 찾지 못한 채 수사를 마무리해야 했다. 그 후 홍길동은 남해의 한 섬으로 유배를 떠났다 얼마 안 되어 그 섬에서 도망쳤는데, 지금껏 그 행방이 묘연했다.

"우린 도적일 뿐이다. 죽여라!"

"어리석은 놈이로구나."

선복이 더 이상 상대하기 싫다는 듯 자객의 목을 베었다. 피가 솟구치자 자객이 목을 움켜쥐며 뒹굴었다.

"자, 보았더냐? 다시 묻겠다. 누가 보냈느냐!"

이번엔 박치영이 상보에게 끌려온 사내의 목에 검을 겨눴다.

"우, 우린 모르오."

"저하를 노린 이유가 무엇이냐?"

박치영이 사내의 가슴에 검을 찔러 넣으며 물었다.

"우린 아무것도 모르오. 죽여주시오!"

사내가 비명을 지르며 소리쳤다. 그러자 옆에 있던 사내가 부들부들 떨며 오줌을 지렸다. 박치영이 사내를 베자 선복이 오줌을 지리고 있는 사내의 턱을 치켜세웠다.

"누가 보냈는지 말하라!"

"살려주십시오. 저, 저자들은 도성에서 온 살수들입니다."

"그럼 너는 누구냐!"

"사, 살수들의 일을 봐주는 사람입니다. 일이 끝나면 보고하는 역할을 맡았습니다."

사내의 몸이 사시나무 떨 듯 떨렸다.

"누구에게 말이야?"

"구, 궁에서 나온 사람입니다."

사내의 목소리가 심하게 떨렸다.

"궁에서? 그가 누구냐?"

"그, 그건 모릅니다."

"누굴 죽이라는 명을 받았나?"

"모, 모두 죽이라 했습니다. 호, 홍길동 도적패를 사칭하고 죽이면 조용히 끝난다고 했습니다."

"그렇다면 돌아가서 모두 죽였노라 보고하라."

선복이 말하자 사내가 "가, 감사합니다" 하곤 꽁지가 빠져라 산을 내려갔다.

"차라리 죽이지 그랬소."

박치영이 사내의 뒷모습을 보며 말했다.

"어차피 부보상들에게 잡혀 죽을 놈이오."

선복이 입가에 웃음을 머금으며 말했다. 산 아래에 상보의 사람들이 기다리고 있을 것이었다.

"살수들을 보낸 자가 누구인지 짐작 가는 데라도 있소이까?"

박치영이 물었다.

"궁이라면 박원종 일당 말고 누가 있겠소."

선복이 당연하다는 듯 대꾸했다.

충의군

달무리가 곱게 퍼지고 있었다. 밤이 깊어지자 마을에는 개 짖는 소리만이 가득했다. 그 시간 사내 둘이 대음강大陰江(조양강)을 건너고 있었다. 나룻배에 오른 이는 백오담에서 온 김팔발 일행이었다. 덕치가 앞 노를, 뒷 노는 김팔발이 잡았다. 유길만과 약속한 시각이 임박했던 터라 둘은 빠르게 노를 저었다. 장정 둘이 노를 젓자 노 젓는 소리가 신경이 쓰일 정도로 크게 들려왔다.

끼륵끼륵…….

"형님, 오늘따라 왜 이렇게 조용하죠?"

덕치가 주변을 살피며 물었다.

"호랑이도 잡는 사람이 웬 호들갑인가. 아직은 우리의 움직임을 알고 있는 자가 없을 테니 긴장하지 말게."

그렇게 말하는 김팔발의 음성도 조금은 흔들렸다.

"암만 해도 그놈들이 호랑이보담 더 무서운 모양입니다."

"허허, 자네 지금 두려운가보이."

"호랑이는 힘만 세지 권력은 없지 않습니까."

"그러고 보니 자네 말이 맞네. 호랑이는 힘으로 대적할 수 있지만 권력을 가진 놈들은 힘만으론 대적할 순 없겠지."

김팔발이 노를 힘껏 저으며 말했다.

"힘 말고 필요한 게 뭘까요?"

"명분이야. 명분이 없으면 권력을 얻는다 해도 세상을 얻을 수는 없다네."

"반란 세력처럼 말입니까?"

"그렇지. 박원종과 성희안 패거리가 권력을 쥐었다고 해도 역사는 그들을 반역도당으로 기록할 걸세."

"그럼 우리의 명분은 무엇인가요?"

"유길만이 우리의 뜻을 정리해두었으니 말해줄 걸세."

"알겠습니다. 늦진 않았겠죠?"

두 사람이 탄 나룻배가 나루에 닿았다.

"그래도 서두르세. 벗들이 기다리고 있잖나."

두 사람은 강변을 넘어 유길만의 집으로 향했다.

김팔발과 덕치가 유길만의 집에 도착했을 땐 회합에 참여해야 할 사람들이 다 와 있었다. 간단한 수인사가 끝나자 유길만은 불빛이 새어 나가지 않도록 문에다 이불 호청을 걸었다. 호청이 걸리자 밖으로는 불빛 한 점 새어 나가지 않았다. 호청 때문에 방 안의 공기는 더 없이 아늑해졌지만 사람들은 더욱 긴장된 표정을 지었다. 잠시 침묵이 이어지고 잔기침 소리마저 들리지 않자 유길만이 입을 뗐다.

"다들 반갑소이다. 공孔께선 '배는 물이 없으면 움직이지 못하고, 배에 물이 가득 차면 가라앉게 되며, 임금은 백성이 없으면 다스릴 수가 없고, 백성이 임금을 범하게 되면 나라는 기울어진다'라고 말씀하셨소이다. 이미 들어서 알겠지만 박원종 일당이 반란을 일으켜 임금을 강제로 폐위시킨 후 진성 대군을 임금으로 옹립했습니다. 신하가 무력으로 임금을 폐위시키는 일은 패륜 중에서도 가장 악질적인 패륜일 것입니다. 반란을 주도한 박원종과 성희안, 유순정, 이들은 임금의 총애를 누구보다 많이 받으며 권력을 누렸던 자들입니다. 그런 자들이 반란을 일으켰다는 것은 임금의 권력까지 자신들의 손으로 주물럭거리겠다는 것과 다르지 않소이다.

신하의 권력이 커질수록 백성들은 도탄에 빠질 것이 자명하고, 백성들은 과도한 세금과 군역을 견디다 못해 노비가 되거나 도적이 될 수밖에 없을 것입니다. 지금 백성은 이리 치이고 저리 치이는 신세입니다. 백성이 백성다운 대접을 받으며 살기 위해서는 불의한 역사부터 종식해야 할 것입니다. 그런 다음 가진 자나 못 가진 자의 구별이 없는 모두가 잘 사는 공평한 세상, 평등한 세상을 열어 자손만대 물려주어야 합니다. 공께서 말씀하신 바와 같이 조선이 망하기 전에 우리의 힘으로 위기에 빠진 조선을 구해야 한다 이 말입니다. 이 같은 대의에 다들 함께하여 주시겠소이까?"

유길만이 방 안에 둘러앉은 사람들을 향해 분명한 어조로 말했다. 음성은 나직했지만 그 내용은 실로 엄청난 것이었다. 자리에 함께했다는 사실만으로도 역모 죄로 개죽음을 당할 수도 있는 일이었다. 긴장된 표정으로 유길만의 입을 바라보던 이들의 고개가 끄덕거려진 것은 누군가 낮은 소리로 "백성이 대접 받는 평등세상……"이라고 되뇐 후였다.

"고맙소이다. 이제부터 우리의 조직을 충의군忠義軍이라 칭하겠소이다."

"충의군이면 군대 조직인데 우리에겐 군사도 무기도 없지 않습니까?"

전용길全庸吉이었다. 그는 정7품 관리로 한 해 전 정선 향교에 부임하여 교생들을 가르치고 있었다.

정선 향교는 기숙하며 수학하는 내사생內舍生이 스물이고, 내사생이 되기 위한 증광생增廣生이 스물이나 되는 정선의 유일한 정규 교육기관이었다. 향교엔 지역의 토반이나 양인 자제들만 입학할 수 있으며, 향교에 적을 둔 사람은 세금과 군역이 면제되기에 인기가 높았다. 전용길은 향교의 훈도訓導로서 박원종 등이 종묘와 사직을 유린하는 것을 두고 볼 수 없다며 충의군에 참여했다.

"군사직제는 오늘 발표할 것이며 무기는 곧 마련될 것입니다."

"충의군이 내세우는 명분은 무엇입니까?"

덕치가 물었다.

"충의군은 정선으로 오시는 저하를 임금으로 옹립한 후 모두가 함께 잘사는 차별 없는 세상을 만들 것이오."

유길만의 답에 덕치가 두 주먹을 불끈 쥐었다.

"충의군만으로 도성으로의 진입이 가능하겠습니까?"

전용길이 또 나섰다.

"민심은 곧 천심이라 했습니다. 백성이 잘사는 조선을 만들기 위해서는 반드시 성공해야 할 것입니다."

"성삼문, 박팽년도 노산군을 복위시키려다 실패했고, 함경도에서 봉기했던 이시애李施愛도 결국 실패했습니다. 충의군도 그에 대한 대책이 있어야 할 것입니다."

전용길의 말에 낙중이 나섰다.

"전 훈도의 말씀이 지당하다고 생각됩니다. 만에 하나 실패를 가정한다면 그에 대한 대책 또한 세워놓아야 할 것입니다."

"성삼문 무리는 노산군의 복위를 꾀했지만 과감하지 못해 실패한 것이고, 이시애는 과감했으나 민심을 얻지 못했으며 수하의 배신까지 더해져 실패한 것이라 보면 될 것이오. 우리는 그러한 예를 반면교사 삼아 성공할 수 있는 확률을 높여야 할 것이오. 만약의 경우 실패한다면 죽음밖에 없소이다. 그러니 죽을 각오로 싸워야 할 것이오. 필사즉생必死卽生 필생즉사必生卽死라고 하지 않소이까. 죽음이 두렵다면 이제라도 이 자리를 떠나도 좋소이다."

"목숨이 아까웠다면 이 자리에 오지도 않았을 겁니다. 이 한 몸 충의군에 맡길 테니 잘 써주십시오. 다들 그렇지 않습니까?"

딱새가 좌중을 둘러보며 말했다. 다른 이들도 딱새의 말에 동의한다는 듯 고개를 끄덕였다.

"고맙소. 그럼 이제부터 충의군의 대장군을 추대하겠소. 이 몸은 충의군 대장군으로 김팔발 장사를 추대하오. 여러분의 생각은 어떻소이까?"

"대장군이라니, 내가 감당하긴 너무 과한 자리네. 이 자리엔 나보다 훌륭한 분들이 많네."

김팔발이 손사래를 쳤다.

"아니네. 내가 아는 자네는 지혜에 가까워지기 위해 서책을 읽었고, 어진 사람이 되기 위해 배운 것을 행하였으며, 용맹스러움 또한 그대를 따를 자가 없으니 대장군은 자네가 맡아야 하네. 내 장담컨대 이 자리에 자네를 넘어설 수 있는 이는 아무도 없으니 마다하지 말고 대장군 자릴 맡아주게."

유길만의 말에 모두들 적임자라며 한마디씩 했다.

"허 참. 알았네, 알았어."

김팔발이 덩치에 어울리지 않게 뒷머리를 긁적이며 대장군직을 승낙

했다.

"이 미천한 몸을 대장군으로 추대해주시니 몸 둘 바를 모르겠소이다. 고맙소이다. 저하와 여러분을 모시고 궁궐로 갈 생각을 하니 벌써부터 가슴이 뛰납니다. 내 대장군으로서 여러분과 함께 새로운 세상을 꼭 만들겠소이다."

김팔발이 눈을 부릅뜨며 말했다.

"허허, 기분 좋은 말씀이오. 꼭 그렇게 될 수 있도록 이 몸도 대장군께 맡기오리다."

전용길이 김팔발의 손을 잡으며 말했다.

"전 훈도께서 많이 지도해주십시오."

김팔발이 머릴 숙이며 전용길에게 예를 갖추었다.

"자, 그럼 지금부터 충의군을 이끌 부대장들을 발표하겠소."

유길만이 미리 준비한 작은 두루마리를 펼쳤다. 그는 선봉을 맡을 1군에 포수 덕치를 부대장으로, 보급품과 무기 조달 등의 후방 지원을 담당할 2군은 포수 낙중을, 부보상 부대엔 임방 딱새, 교생 부대는 향교 훈도 전용길, 노비 부대는 유길만의 집 노비였다가 면천된 석돌개石乭价에게 맡겼다.

"아니, 생원님은 뭐하시고요?"

딱새가 두 눈을 동그랗게 뜨며 물었다.

"허허, 난 김팔발 대장군을 보좌하는 군사를 맡을 것이네."

"난 생원님께서 계속 은둔하시려는 줄만 알았구먼요."

"허허, 이사람. 나도 궁궐 구경은 해봐야 하지 않겠나."

유길만이 크게 웃자 모두 목젖이 보이도록 웃었다.

조직을 구성한 유길만은 덕치와 낙중 그리고 딱새, 전용길, 석돌개에게 두루마리를 하나씩 건넸다. 두루마리엔 거사 준비를 위한 각자의 임무가 적혀 있었다.

"조직의 보안을 위한 일이니 읽은 후에는 이 자리에서 바로 소각해 주시오."

유길만이 화로를 방으로 들여왔다. 어떤 일이 벌어질지 모르는 일이니 회의 내용을 문서로 남겨서는 안 된다는 것이 유길만의 생각이었다. 그와 함께 각 부대장의 임무를 서로 알 수 없게 하여 만일의 사태 또한 대비했다.

충의군 부대장들은 유길만이 건네준 두루마리를 풀어 내용을 확인했다. 덕치가 펼친 두루마리에는 강원도와 경상도 일대에서 활동하는 포수들을 모으라는 명이 있고, 낙중의 두루마리엔 관아 습격에 따른 준비와 대책을 마련하라 적혀 있고, 딱새에겐 부보상 부대를 조직하라는 명과 함께 박원종 등이 임금의 외척 세력을 제거하기 위해 음모를 꾸미고 있다는 소문을 퍼트리라 했으며, 전용길에겐 박원종 등을 탄핵하라는 상소를 집중적으로 올리라 했고, 석돌개에겐 외거 노비를 포함한 노비 부대를 조직하라 명했다.

"다들 확인하셨으면 태워주시오."

유길만의 명이 있자 부대장들이 두루마리를 화로에 집어넣었다. 불꽃이 사그라들자 유길만이 반닫이에서 종이 뭉치를 또 꺼냈다.

"자, 지금 드리는 벽서壁書에는 박원종 일당이 반란을 일으킨 것과 저하께서 유배를 당해 정선으로 오고 계신다는 내용이 들어 있습니다. 언문과 한문을 같이 썼으니 백성들이 잘 볼 수 있도록 마을 벽에 붙여 주시기 바라오."

유길만이 준비한 벽서를 충의군 부대장들에게 나누어주었다.

"자, 다 받으셨으면 떠납시다."

김팔발이 먼저 덩치를 일으켰다. 그 뒤를 따라 전용길과 석돌개 등이 차례로 유길만의 방을 빠져나갔다.

"딱샌 아니 가는가?"

"잠시 드릴 말씀이 있습니다."

딱새가 어둠 속으로 사라지는 사람들을 보며 말했다.

"무슨 일인가?"

"내일 미시未時쯤 소금배가 정선에 도착한답니다."

"소금이? 이거 기쁜 소식이군. 그래 소금의 양은?"

"이백 석이라 합니다."

"그 정도면 정선 사람들 모두가 겨울을 날 수 있겠구먼. 우리에게 나쁜 소식은 아니로군."

"그래서 드리는 말씀인데 충의군이 그 소금을 확보하면 요긴하게 쓰이지 않을까 싶습니다."

딱새의 말에 유길만이 화롯불을 뒤적이며 뭔가를 생각했다.

"그 소금을 충의군이 확보하여 백성들에게 푼다?"

"그러합니다. 충의군이 원활하게 움직이기 위해선 백성들의 도움이 절실한데 소금을 활용하면 큰 힘이 될 것이라 생각합니다."

"그거 좋은 생각이야. 문제는 저들이 무엇을 원하는 것인가 하는 거네. 우리가 쉽게 구할 수 있는 것이라야 가능할 것인데, 안 그런가?"

"이번엔 집을 짓는 데 쓸 목재라고 합니다."

"그런가? 그렇담 목재는 내가 책임질 것이니 자넨 소금을 책임지고 확보하게. 아시겠나?"

"진정 가능하십니까?"

"그렇다마다."

정선은 목재로 쓸 수 있는 질 좋은 황장목이 지천이었다. 당장 쓰기 위한 목재로는 유길만이 사숙을 짓기 위해 준비해둔 목재도 있었다. 충분히 건조된 목재라 집 짓는 목재로는 최상품에 속할 것이었다.

"알겠습니다. 그럼 소인은 그렇게 알고 준비하겠습니다."

"근데 도성에 목재가 많이 부족한 모양이로군."

"예, 소인이 도성에 갔을 때에도 못 보던 집이 많이 생겼더군요. 소금 장수가 목재를 필요로 하는 걸 봐서는 도성에 목재가 품귀 현상을 빚고 있을 가능성이 높습니다."

"왕실 사람들과 공신들이 어디 한둘이던가. 집이 많이 필요하겠지."

이미 수백 명을 넘어선 공신을 제외한다고 해도 태조 이래 성종 때까지 태어난 대군大君과 군君, 공주 그리고 옹주만도 126명에 이르렀다. 그들이 낳은 자식과 그 자식들까지 합하면 그 수가 일천은 족히 될 것이었다. 그들이 가정을 이룸과 동시에 집이 있어야 하니 목재가 귀해지는 것은 당연한 일이었다.

다음 날, 진시辰時가 막 시작될 무렵이었다. 어둠만 물러났지 활동하기엔 이른 시간이었다. 조반이나 떴을까 싶은 나졸邏卒 십수 명이 아침 공기를 가르며 강을 건넜다.

"나졸들이 이른 시간부터 어딜 간다냐?"

물을 뜨러 강으로 나가던 아낙이 고개를 갸웃하며 중얼거렸다.

"뭔 일이 또 있겠지. 저건 이구식이잖어? 하이고, 저놈이 또 어느 집에 가서 뭔 짓을 할라고 저러는지. 이참에 물에라도 확 빠져 죽었음 좋겠구먼."

"호호, 자네들 오늘 재수 옴 붙었네. 아침부터 저런 작자를 보다니."

"호호, 그러게 말야."

아낙 서넛이 저들끼리 말을 주고받으며 깔깔거렸다.

이구식李九植은 관아의 색리였다. 키가 작달한 데다 눈까지 길게 찢어져 한눈에도 선한 인상은 아니었다. 그는 정선 관아의 색리 중에서 가장 악질로 소문난 자로 탐관오리의 전형적인 인물이었다. 군역을 면제해주고 뒷돈을 받는 것은 예사이고, 환곡을 빼돌리거나 각종 송사에까지 끼어들어 제 잇속을 차리는 자로 그 행실에 대해 고을 백성들의 원성이 자자했다. 그런 이구식이 이른 아침 나졸들을 인솔하여 어디론가 가고 있었다.

"이것들이 굼벵이를 처먹었나? 서두르지 못해! 이래 가지고 오늘 안으로 돌아올 수 있겠어!"

이구식의 눈에 나졸들의 걸음이 느리다 싶었다. 이구식이 말채찍을 흔들며 나졸들을 다그쳤다. 나졸들은 혹여 자신에게 채찍이라도 날아올까 싶어 뛰기 시작했다. 엉거주춤 뛰는 나졸들을 지켜보던 이구식이 씨익, 웃더니 채찍으로 말 엉덩이를 쳤다.

"칫! 색리 주제에 분수도 모르고 말이라니!"

나졸 하나가 입을 삐물며 뒤를 힐금거렸다.

"그런 말 마. 분수야 정선 관아에서 최고 아닌가."

"저놈하고 형방만 없어도 살겠는데, 이거야 원 밸이 꼴려 살 수가 있나."

"임금이 바뀌었으면 저런 놈이나 좀 잡아들일 것이지 원."

"무슨 말씀, 새 임금이 들어온 이후 이구식이가 더 날뛰는데 뭘 그래."

"동아줄이라도 잡았나?"

"들리는 소리로는 이번 반란에 가담한 공신 중에서 친척이 있다고 하던데?"

"어휴, 그래서 더 기고만장이로군."

"백성들만 더 괴로운 거지 뭐."

나졸 둘이 턱을 치켜들고 또각또각 따라오는 이구식을 향해 험담을 퍼부었다. 이구식의 재촉으로 그들은 한 시진도 걸리지 않아 백오담에 도착했다. 백오담 연못가에 말을 맨 이구식은 마을을 쓰윽 둘러본 후 개울을 건너 도두터로 갔다. 그들이 도착한 곳은 도두터에 있는 초가집이었다.

"자, 어여 끝내고 내려가자구. 알겠어?"

이구식이 곰팡내 나는 방 안을 들여다보며 소리쳤다.

이구식의 군소리에 나졸들의 움직임이 빨라졌다. 초가를 올린 집은 산촌의 집이 다 그러하듯 작은 툇마루에다 방은 두 개이고 무쇠솥이 걸려 있는 정지가 전부였다. 정지에 붙은 건물은 소를 키웠던 마구간이었으나 텅 비어 있고, 조금 떨어진 곳에 정낭이 있었다.

작업에 나선 나졸들은 울타리부터 둘러쳤다. 몇은 싸리나무를 베고 몇은 칡넝쿨을 이용해 울타리를 엮어나갔다. 또 몇은 방과 정지를 정리한 후 아궁이에 불이 잘 들어가는지 불을 피우기도 했다. 도두터에서 한바탕 소란이 일자 백오담에 사는 사람들이 뭔 일인가 싶어 쭈뼛쭈뼛 구경에 나섰다.

"뭔 일이래?"

"글씨, 저놈들 속을 알 수가 있어야지."

집에서 그 모습을 지켜본 김팔발도 나졸들의 행동이 수상쩍다 싶어 개울을 건넜다.

"이 색리께서 여긴 어쩐 일이우?"

"아, 팔발이. 초막을 단장하러 왔네."

이구식이 턱짓으로 초막을 가리키며 말했다.

"빈집을 단장하다니 그게 무슨 말이우?"

"낸들 아나 위에서 시키니 하는 거지."

"군수도 없는데 누가 감히 이 색리께 일을 시키우?"

김팔발이 빈정거리듯 말했다.

"허, 이 사람. 궁에서 그러지 누가 그래."

그렇게 말하는 이구식의 목소리엔 힘이 잔뜩 실렸다.

"궁이요? 궁에서 정선엔 무슨 일루다?"

"세자가 정선으로 유배를 오고 있는데 여기가 유배소로 정해졌네."

"아하! 그렇구려. 근데, 저하께서 유배를 오시면 기와집이라도 마련해야지 이건 뭐유."

김팔발이 모른 체하며 능을 쳤다.

"죄인에게 기와집은 무슨, 이 정도도 과분하지."

이구식이 미간을 찌푸리며 말했다. 김팔발은 이구식에게 수고하라는 말을 남기고 곧장 길을 나섰다.

간밤에 붙인 벽서로 인해 정선 곳곳이 술렁거렸다. 백성들은 둘만 모였다 하면 임금이 바뀐 이야기에 덧붙여 박원종이 외척을 제거할 것이라는 이야기를 나누었고, 임금이 조카인 세자를 정선으로 유배 보냈다는 이야기까지 한 데 버무리더니 소문을 더 키워냈다. 종잡을 수 없이 좌충우돌 굴러가던 이야기는 나중엔 별의별 소문으로 각색되어 각처로 퍼져나갔다. 그렇게 민심이 요동치고 있음에도 관아에서는 나졸들을 시켜 벽서를 급히 제거한 것 빼고는 벽서를 붙인 이들을 찾아 나서거나 하는 등의 움직임은 없었다.

저자를 둘러보던 유길만이 의미심장한 웃음을 지으며 낙중에게 "우리 작전이 성공한 듯싶으이" 했다.

"충의군들이 일을 잘 처리한 것 같습니다."

"무슨 일이 벌어질지 모르니 낙중이 자넨 관아의 동태를 잘 살펴야 할 것이네."

"그리하겠습니다."

유길만과 낙중이 딱새가 있는 임방으로 걸음을 옮겼다. 임방에서도 반란 세력에 관한 이야기로 열기가 후끈 달아올라 있었다.

"허허, 이거 어딜 가도 벽서 이야기뿐일세. 애썼네."

유길만이 딱새에게 말했다.

"이건 시작에 불과합니다. 발 없는 말이 천리를 간다고 했으니 이 소문들이 곧 평창, 원주, 양근을 지나 도성까지 달려갈 겁니다. 그뿐이겠습니까. 며칠 안으로 아래로는 하삼도(충청 · 전라 · 경상)에서 위로는 양계(함경도 · 평안도)까지 조선 팔도가 들썩일 것입니다."

"그거 반가운 소리로군. 이젠 저들끼리 자중지란을 일으키며 한바탕 하겠군."

"반드시 그리될 겁니다."

딱새가 자신 있는 음성으로 말했다.

"저하께서는 언제 도착하시는가?"

"상보에게 연락이 왔는데, 내일 저녁이면 벽탄역에 도착할 거라고 합니다."

"거진 다 오셨구먼. 이번에 상보가 큰일을 했어."

"그게 다 생원님께서 손을 빨리 쓰신 덕분이 아니겠습니까요."

딱새가 말했다.

유길만은 폐세자가 정선으로 온다는 사실을 안 다음 날 딱새에게 저하를 보호하라는 급명急命을 내렸다. 그 즉시 상보가 떠났고, 살수들의 동태를 파악할 수 있었다.

"자네들의 공이지. 누가 감히 그런 일을 할 수 있겠는가."

"우리 재주를 그리 칭찬하시니 몸 둘 바를 모르겠습니다."

"아니네. 앞으로도 자네들이 할 일이 많네."

"그 옛날 백달원 어르신이 태조 임금을 도와 조선을 열었듯 어르신의 후예인 우리도 큰일 한 번 내보겠습니다."

"기대가 크네."

"그나저나 소금배가 도착할 시간이 되었는데 목재는 어찌할 요량이십니까?"

"내가 마련해둔 목재가 있네. 그걸 소금값으로 쓸까 하네."

"그건 몇 해 전 봉화치에서 벌목한 소나무가 아닙니까?"

"그랬지."

"그 소나무라면 소금값으로 치긴 좀 아까운데요. 수령 이백 년 이상인 소나무가 아니던가요."

"사숙私淑을 지으려고 했던 것이니 괜찮네. 그 일이야 다음에 해도 되지 않겠나."

경치 좋은 곳에 사숙을 지어 후학을 양성하는 일은 유길만이 오랫동안 지니고 온 염원이었다. 유길만은 그곳에서 공자와 맹자 등의 성현을 스승으로 삼아 그 가르침을 실천에 옮기고 싶었다.

공자께서는 "시詩를 모르면 어리석게 되고, 글을 모르면 남을 속이길 잘하고, 음악을 모르면 사치하게 된다. 역易을 모르면 도둑질을 하게 되고, 예禮를 모르면 번거롭게 되며, 춘추春秋를 모르면 어리석게 되는 법이다. 하여 사람됨이 온화하며 두텁고 후하며 어리석지 않으면 그것은 시詩를 깊이 공부한 사람이고, 사리에 통하고 앞일을 알며 남을 속이지 않으면 글공부를 깊게 한 사람이다. 또 사람이 너그럽고 사치하지 않으면, 이는 음악을 깊게 공부한 사람이다. 깨끗하고 자세하며 도둑질을 하지 않으면 이는 역易을 깊이 공부한 사람이고, 공손하고 씩씩하며 번거롭지 않으면 이는 예절을 깊게 공부한 사람이며, 모든 말이 사실과 틀림없고 어지럽지 않으면 이것은 춘추春秋를 깊이 공부한 사람이다" 라고 했다. 유길만은 공자가 말했듯 시를 짓고 예악을 하고 역과 춘추까지 두루 섭렵한 선비다운 선비를 양성하고 싶었던 것이다.

"후에라도 사숙을 지으시면 소인도 제자로 받아주시는 거죠?"

딱새가 물었다.

"이를 말인가. 자네에게 지식이 스며들면 지금보다 훨씬 더 큰 일을 하게 될 걸세."

"감사합니다, 생원님."

이때 김팔발이 거친 숨을 몰아쉬며 임방으로 들어섰다. 색리 이구식을 만난 후 백오담을 출발한 김팔발이 그 시간이 되어서야 당도한 것이었다.

"이보게들, 저하의 유배소가 도두터로 결정되었네."

"그래? 어디서 들었는가?"

"아침나절에 나졸들이 도두터에 와서 비어 있던 초막을 수리하기에 물었더니 저하께서 계실 곳이라 하더군."

김팔발이 옷소매로 흐르는 땀을 훔치며 말했다.

"그래서 이렇게 부리나케 달려온 게로구먼. 덕치는 어딜 갔는가?"

"포수들을 모은다고 이곳저곳을 돌고 있을 걸세."

그 사이 딱새가 물바가지를 들고 왔다. 김팔발이 물을 들이키고는 숨을 길게 토해냈다.

"도두터라면 노산군의 유배지인 청령포와 비슷한 절해고도인데, 우리가 뭔가 챙겨다놓아야 하는 거 아닌가요?"

낙중이 나섰다.

"좋은 생각이네. 저하께서 들어가시면 반드시 수직守直 보초가 세워질 테니 그 전에 식량과 이부자리를 비롯해 약재나 비상식품 등을 넉넉하게 준비해놓아야 할 걸세."

"그 일은 내가 맡음세."

김팔발이 나섰다.

"좋네. 그럼 다들 식사 전이니 함께 요기나 하러 가세."

"거 좋지. 정신없이 걸었더니 그러잖아도 출출함세."

유길만은 김팔발과 낙중 그리고 딱새를 데리고 저자의 주막으로 갔다.

"나으리 오셨습니까요."

주막집 주인 끝순이가 유길만을 반갑게 맞이했다. 그녀는 유길만의 집에서 밥과 음식을 만들던 반비飯婢 출신으로 몇 해 전 가족 전체가 면천이 되었다. 자유의 몸이 된 그녀는 저자에 주막을 냈고, 음식 솜씨가 좋아 이젠 부자 소리를 들을 만큼 토지도 모았다.

"자네가 만드는 음식이 그리워 이렇게 왔네."

유길만이 예전 기억을 떠올리며 말했다.

"아이고, 그렇다면 옛날 솜씨를 발휘해보겠습니다요."

"허허, 고마우이. 하지만 오늘의 셈은 딱새 방수가 할 테니 딱새의 입맛에 맞추는 게 좋을 걸세."

"하하, 생원님. 소인도 이집 음식 맛에 반한 사람이니 그리하실 것 없습니다."

딱새가 손을 홰홰 저었다.

"아닙니다요. 오늘은 이년이 한턱내겠습니다요."

"허허, 그건 아니 될 일이네."

유길만이 고개를 저었다.

"무슨 말씀을요. 이년이 이렇게 잘살게 된 게 누구 덕인뎁쇼. 음식이 곧 준비되니 잠시만 기다려주시라요."

끝순이가 앞치마를 펄럭이며 정지간으로 달려갔다.

"낙중이, 저 끝순이 위의 언니 중에서 영금이라는 여인이 있는데 지금 관아 주방廚房의 주자廚子(지방 관아에서 음식 만드는 사람)로 있다네. 관아를 치는 일에 어떤 도움이라도 받을 수 있으니 만나보게."

유길만이 주변을 살피더니 낙중의 귀에다 낮게 속삭였다.

"형님, 그거 기가 막힌 정보입니다."

낙중이 그러잖아도 관아를 효과적으로 칠 수 있는 방법을 찾고 있는 참이었다.

"만나서 내 이야기를 하면 도움을 줄 걸세."

"그리하겠습니다."

낙중이 머릿속으로 무슨 생각인가를 하곤 고개를 끄덕였다.

유길만 때문인지 식사는 금방 차려졌는데, 상차림은 전에 없이 푸짐했다.

"맛있게 잘 먹겠네. 근데 자네 소금은 넉넉하게 준비해뒀는가?"

유길만이 끝순이에게 물었다.

"여기야 소금이 늘 부족합니다요. 한 파수 전 이년 아비가 강릉에서 소금을 사 오긴 했는데, 그것도 다 떨어져가고 있습니다요."

"올 가을엔 소금값이 비싸다지?"

"아유, 을매나 올랐는지 정신이 없을 지경입니다요."

끝순이가 고개를 흔들며 정지간으로 갔다.

정선에서 쓰이는 소금은 도성에서 올라오거나 강릉이나 삼척에서 령嶺을 넘어왔다. 강릉이나 삼척에서 무거운 소금을 지고 오는 일은 힘이 들기도 하지만 어쩌다 비라도 만나면 여간 낭패가 아니었다. 그 때문에 정선에서는 소금이 금보다도 더 귀한 대접을 받았다.

식사를 끝낸 후 유길만과 딱새는 소금배가 오는 나루로 가고, 김팔발과 낙중은 세자에게 필요한 물품들을 준비하러 갔다.

"딱새, 우리가 소금을 확보하면 호방戶房이 가만히 있을까?"

"다른 때 같으면 호방이 자기 몫을 챙기겠지만 이번은 소금과 목재를 직거래하기 때문에 호방이 끼어들 여지가 없을 겁니다."

"하여튼 그자들은 뭘 그리 챙기는지 원. 백성들을 하루라도 괴롭히지 않으면 몸살이라도 나는 모양이야."

"생원님, 세상을 바꾸면 그런 자들부터 쓸어버려야 하지 않겠습니까?"

"그래야지. 백성들에게 가렴주구한 자들은 그 대가를 반드시 치르게 해야 할 걸세."

나루에 도착하니 사람들이 제법 모여 있었다. 아는 자도 있지만 처음 보는 얼굴도 많았다. 호방도 예외 없이 나와 상황을 지켜보고 있었는데, 다들 소금배가 온다는 소식을 듣고서 나온 사람들이었다.

"저자들은 처음 보는 얼굴들인데 누군가?"

유길만이 턱짓으로 한 무리의 사내들을 가리켰다.

"원주 객주에서 일하는 자들입니다."

"저들이 웬일인가?"

"소금 때문에 온 듯싶습니다."

"소금을 매점매석하여 돈을 벌어보겠다는 심산이겠군."

"그러합니다. 소금만 잡으면 큰돈을 벌 수 있으니 정선까지 온 겝니다."

"그렇다면 저기 있는 자들이 전부 경쟁자들이란 말인가?"

유길만이 나루에 모여 있는 사람들을 보며 놀라움을 감추지 못했다.

"그렇다고 봐야 할 겁니다. 영월과 충주에서 온 자들까지 있습니다."

"허, 이거 참. 소금을 확보하는 일이 그리 쉬운 게 아니었군 그래."

"소인이 알아서 할 테니 그건 염려하지 않으셔도 됩니다."

딱새가 사람들이 모여 있는 곳으로 성큼성큼 걸어 들어갔다. 딱새는 안면이 있는 자들과 인사를 나누며 서로의 안부를 물었다.

"딱새 방수도 소금 사러 나왔는가?"

호방이 턱수염을 쓸며 물었다.

"그렇소이다. 호방께선 어쩐 일로?"

"거래가 제대로 되고 있는지 확인하는 게 내 임무가 아니던가."

"그러시다면 오늘은 쇠파리들이 많이 꼬인 듯싶으니 공정하게 지켜 보아주시죠."

딱새가 주변을 둘러보며 말했다.

"험, 정상적으로 거래를 한다면야 무슨 문제가 생기겠는가?"

호방이 짐짓 거드름을 피웠다.

"아무렴요."

딱새가 맞장구를 쳐주었다. 소금을 확보하려면 호방의 도움이 이래저래 필요하니 일부러 심기를 건드릴 이유는 없었다.

그때 하류에서 황포 돛을 단 소금배가 모습을 드러냈다. 배는 두 척이었다. 어느 해는 수량이 부족해 사람들이 인력으로 배를 끌어올린 적도 있었지만, 오늘은 배가 오르는 데 있어 문제는 없어 보였다.

배가 나루에 닿자 딱새가 유길만에게로 왔다.

"생원님, 소나무는 몇 재材나 됩니까?"

딱새가 유길만의 귀에 낮게 속삭였다.

"삼백 재는 될 것이니 다 사용해도 되네."

"알겠습니다. 흥정은 소인이 할 테니 생원님은 무슨 일이 벌어져도 모른 척 구경만 하십시오."

부보상으로 잔뼈가 굵은 딱새였다. 유길만이 알았다며 고개를 끄덕였다.

소금 가마니가 나루에 부려지자 짠맛이 주변으로 훅 퍼졌다. 오랜만에 맡아보는 소금 냄새는 향긋하기도 하여 지켜보는 사람들의 입엔 군침이 고이기도 했다.

"자, 이번 소금은 도거리로 목재와 교환을 할 터이니 도거리에 응할 임방이나 객주들은 나서시오."

소금을 싣고 온 자가 손을 모아 소리쳤다.

"이 소금은 어디에서 온 소금이오?"

딱새가 나섰다.

"부안 줄포에서 온 최상품 자염煮鹽이우."

"줄포에서 온 게 확실하우?"

이번엔 원주에서 온 자들이다.

소금장수가 "거참, 거란 놈들을 닮았나 사람 말을 안 믿네. 맛을 보고도 그런 말이 나오나 봅시다"라며 소금 한 바가지를 풀었다. 사람들이 우르르 모여들어 소금 한 줌씩을 집었다.

"달달한 게 소금이 잘 익었구먼."

소금 맛을 본 이들이 한마디씩 했다.

"자, 시간이 없으니 지금 거래를 시작하겠소. 다만 우리가 필요로 하는 목재는 당장 쓸 수 있을 정도로 건조된 황장목으로 수령 일백 년 이상은 되어야 하니 그 조건이 되지 못한 임방이나 객주는 공연히 나서지 말길 바라오. 더불어 이번 거래는 드림셈은 절대로 없을 것이니 혹여 드림셈을 생각하고 있는 임방이나 객주 또한 거래에 참여하지 말아주시우. 아시겠수?"

소금장수가 거래 조건을 제시했다. 까다로운 조건이라 거래를 포기하는 이도 있었지만 딱새는 속으로 쾌재를 불렀다. 소금장수가 제시한 조건을 완벽하게 갖춘 이는 자신뿐이기 때문이었다.

곧 거래가 시작될 판이었다. 지켜보던 호방이 소금장수에게 다가갔다.

"이봐, 목재를 싣고 곧장 떠나겠다는 건가?"

호방이 시비조로 물었다. 적어도 호방인 자신에게 인사치레라도 해야 하는 게 아니냐는 말투가 역력했다.

"그러하오. 새 임금이 보위에 오르면서 도성의 목잿금이 하늘을 치고 있으니 얼른 돌아가야지요."

소금장수가 들뜬 마음을 숨기지 않았다.

"허, 알 만한 자들이 왜 그럴까? 하루 이틀 장사하고 말 건가? 이것도 인연인데 서로 인사는 하고 살아야지. 내가 정선 관아의 호방일세. 호방!"

호방이 소금 가마니를 발로 차며 말했다.

"아고, 아무리 호방이라도 소금 가마니를 차면 어쩝니까? 소금이 얼마나 귀한데."

"아무래도 이 소금이 장물 같아 보이는구먼. 내 관아에 가서 장물인지 아닌지 확인을 좀 해봐야겠구먼."

호방이 가마니를 열어보며 으름장을 놓았다. 호방의 트집이 시작된 것이었다. 그때에야 소금장수가 들뜬 표정을 감추더니 "아이고, 무슨 말씀을!" 하며 호방의 팔을 잡아끌었다. 관아로 불려가 장물이니 뭐니 하면서 조사를 받게 되면 며칠은 붕 뜨게 되는데 시간이 소금보다 귀한 소금장수로서는 호방의 입부터 막아야 했다.

잠시 후 소금장수가 돌아오고 나졸들에 의해 소금 열 섬이 들려나갔다.

"허, 사람 후려치는 솜씨가 우리보다 낫소이다."

원주 객주에서 온 사내들이 호방을 향해 한마디씩 던졌다. 그러자 호방이 "자네들도 관아에 가서 조사 한번 받아볼 텨!" 하고 눈을 부라렸다. 그 사이를 소금장수가 가로막으며 소리쳤다.

"자자, 시간이 없으니 얼른 거래를 시작하겠소. 소금은 현재 백아흔 섬이고 목재를 가장 많이 제시하는 곳으로 소금을 보내겠소."

소금이라는 것이 시간을 끌수록 손이 나는 물건이라 소금장수의 마음이 제법 다급해졌다.

"충주 도임방에서 왔소. 소금 백아흔 섬에 목재 백마흔 재를 내겠소."

충주에서 온 사내들이었다.

"목재는 어디 있소?"

"그짝이 도성으로 가는 길에 쉽게 싣고 갈 수 있도록 목계 나루에 준비해두었소."

충주 목계 나루면 도성으로 가기 위해서는 반드시 들러야 하는 길목이었다.

"아까 거래 조건을 말했다시피 우린 건조된 황장목이어야 하오. 그런 목재가 있단 말이오?"

"그렇소이다."

"알겠소. 다른 곳은 없소?"

소금장수가 사람들을 둘러보며 물었다.

"영월에서 왔소이다. 우린 백쉰 재를 내겠소. 목재는 덕포 나루에 쌓아두었소."

영월에서 온 사내들이 손을 번쩍 들었다.

"좋소. 또 없소?"

"원주 객주요. 우린 목재 백예순 재를 내겠소. 목재는 은섬포에 있으니 목계 나루보다 운송이 편리할 거요."

은섬포면 목계 나루보다 하류에 있어 도성은 더 가까웠다. 딱새로서는 만만치 않은 상대를 만난 셈이었다.

"드림셈은 없소이다."

소금장수가 다시 한 번 명토를 박았다.

"도거리라는 거 알고 있소이다."

"또 없소?"

"정선 임방이오. 우린 백스무 재를 내겠소."

딱새가 나섰다.

"원주에서 백예순 재를 내겠다고까지 했는데 겨우 백스무 재로 흥정을 하겠단 말이우? 예끼, 이보슈. 소금을 날로 먹겠다는 거유 뭐유!"

소금장수가 발끈했다.

"그럴 리가 있겠소이까. 대신 우린 그짝에서 필요로 하는 황장목이 있소이다. 원주나 충주에서 제시한 목재의 수량이 우리보단 많지만 실상 어떤 목재인지 알 순 없잖소. 하지만 우린 저기 본뵈기로 나무를 준비해놓았으니 확인해보고 결정하슈."

딱새가 가리키는 곳을 바라보니 사내들이 목도로 목재를 옮기고 있었다. 그 모습을 지켜보고 있던 유길만은 딱새의 치밀함에 새삼 놀라워했다. 목재가 나루로 옮겨지자 소금장수를 비롯해 소금을 확보하기 위해 경쟁하던 사람들까지 목재 상태를 살피기 시작했다.

"어떻소? 정선 봉화치에서 벌목한 황장목이오. 건조한 지 삼 년이 넘었으며 수령은 평균 이백 년 이상이오. 내 그짝이 가지고 온 소금이 바닷길을 따라 경강으로 와서 또 거기에서 강을 거슬러 정선까지 오기까지 많은 시간과 노력이 필요한 걸 아오. 그러했기에 소금이 고가를 형성할 수 있다고 보오. 그러나 정선의 황장목 또한 임금의 관棺으로 쓰일 만큼 질이 좋은 데다 뒤틀림이 없어 도성 사람들에게 고가로 팔리고 있소이다. 소금이 최상품이듯 여기에 있는 황장목 또한 최상품이오. 그짝도 이 목재를 도성으로 가지고 가면 부르는 게 값이라는 거 정돈 알고 있을 것이오. 그러니 확인하지도 않은 목재를 선택하시겠소? 아니면 여기에 있는 이 목재를 선택하시겠소?"

딱새가 목재를 이리저리 굴리며 소금장수의 마음을 흔들었다. 소금장수가 봐도 이 정도 목재라면 궁에 들이밀어도 최상품 대접을 받을 수 있을 것 같았다. 문제는 딱새가 제시한 수량이 다른 곳보다 적다는 데 있었다. 소금장수가 팔짱을 끼더니 목재를 한참 동안 노려보았다. 그렇게 1각刻이 흘렀다. 나루에 모여 있는 사람들도 소금장수가 어떤 결정을 내릴지 흥미롭게 지켜보고 있었다.

"우린 목재를 백여든 재로 올리겠소."

소금장수의 마음이 흔들리고 있다고 판단했던지 원주 객주가 목재 수량을 인상하여 제시했다. 목재가 스무 개나 오르자 지켜보던 사람들이 탄성을 질렀다. 딱새가 흠칫 놀라며 소금장수의 표정을 살폈다. 어떡한다. 딱새의 생각이 깊어졌다. 목재는 삼백 재나 있었다. 그중 이백 재를 제시한다 해도 귀한 정도로 보면 밑지는 장사는 아니었다. 하지만 수량을 인상한다면…… 그건 아니다. 그것은 딱새 자신이 좋아하는 방식도 아닌 데다 상대와의 심리전에서 지는 것이었다.

"제시하는 수량이 늘어나는 걸 보니 은섬포에 목재가 있다는 게 거짓이거나 정선 임방에서 준비한 목재보다 품질이 낮은 모양이외다. 조금만 더 있으면 이백 재까지 올라가겠소. 안 그러오?"

딱새가 대수롭지 않다는 듯 한마디 던졌다. 그러나 딱새의 말에도 원주에서 백여든 재를 제시했어도 소금장수의 표정은 변화가 없었다. 그렇게 1각刻이 더 흘러갔다. 그 모습을 지켜보는 유길만의 속도 바짝 타들어갔다. 모두가 소금장수의 입만 바라보고 있는데, 소금장수가 팔짱을 풀며 딱새의 두 손을 잡았다.

"소금을 인수하는 곳으로 정선 임방을 결정하겠소."

소금장수의 말에 다들 박수를 보냈다. 그 순간 딱새는 환호를 질렀고, 유길만은 긴장이 풀리며 땅바닥에 털썩 주저앉았다.

"우리가 백여든 재까지 제시했는데 소금을 정선 임방에 주는 건 뭐요?"

원주에서 온 사내들이 소금장수에게 불만을 터트렸다.

"그렇게 결정한 이유가 있소이다. 그 첫 번째 이유는 그쪽의 말을 믿을 수가 없었다는 것이고, 두 번째 이유는 제시한 수량이 적긴 하지만 이 같은 목재를 만나기란 쉽지 않아서였소이다."

소금장수가 말하자 원주에서 온 자들이 끙, 하며 소태 씹은 얼굴을 했다.

"고맙소이다."

딱새가 소금장수에게 고개를 숙이며 인사를 건넸다.

"아니오. 그건 내가 할 말이오."

소금장수도 자신의 결정에 만족한 듯 껄껄 웃었다.

그날 밤 유길만의 집에 딱새와 낙중 그리고 전용길과 석돌개가 모였다.

"그래서 목재 백스무 재로 소금 백아흔 석을 확보했단 말이오?"

전용길이 있을 수 없는 일이라는 듯 물었다.

"나도 딱새의 배포가 그렇게 클 줄은 짐작도 못 했소."

"별말씀을 다 하십니다. 저 이래 봬도 새가슴입니다. 여기 보십시오."

딱새가 옷고름을 풀며 가슴팍을 열어 보였다.

"딱새 방수 새털이 아주 푹신하외다."

낙중이 딱새의 가슴에 난 털을 쓸며 웃었다.

"허허, 그뿐이 아니오. 소금장수가 목재를 확인하러 와서는 남은 목재까지 사겠다고 애걸을 하는데, 거기서 딱새가 또 한 건을 했지 뭐겠수."

"뭐였습니까요. 나으리?"

석돌개가 무릎을 당겨 앉으며 물었다.

"딱새가 '이 목재는 이미 미곡 이백 섬과 교환하기로 약조가 되어 있소이다'라고 말하는 게 아닌가. 그러니 소금장수가 '쉰 섬을 더 얹어줄 것이니 내게 넘겨주시오'라며 애걸을 하더만."

"그래서 남은 목재로 미곡 이백쉰 섬을 벌어들였다는 건가요?"

낙중이 물었다.

"그렇다네. 그 자리에서 충의군의 식량이 이백쉰 섬이나 생겼다네. 하하."

유길만이 우스워 죽겠다는 듯 배를 잡고 웃었다.

"정말 대단하오. 환곡 창고를 털어야 하나 하고 고민을 하고 있던 중인데, 일을 덜어주어 참으로 고맙소이다."

후방 지원을 맡은 낙중이 딱새를 부둥켜안았다.

"소금에다 식량까지 마련되었으니 이제 무기만 있으면 될 것 같소이다."

훈도 전용길이 함께 기뻐했다.

"관아를 치는 일은 모든 준비가 끝난 후 일정을 잡도록 합시다."

유길만이 말했다.

"그 일은 제가 알아서 치밀하게 준비를 하겠습니다."

"그렇게 함세. 전 훈도께서는 상소 준비가 되었소이까?"

"이미 오늘 낮에 일부는 보냈고 내일 일부를 또 보낼 계획입니다."

"수고하셨소이다. 딱새가 퍼트리는 소문과 상소가 더해지면 궁에 한바탕 난리가 날 겁니다."

"당연히 그렇게 만들어야지요."

전용길이 눈을 부릅뜨며 말했다.

"석돌개 일은 어떻게 추진되고 있는가?"

"외거 노비들이 참여하기로 했습니다만 아직 충의군 이야기는 하지 않았습니다."

석돌개가 말했다.

"잘했네. 관아를 치는 날까지 충의군의 존재가 세상에 드러나서는 안 될 일이네."

"그리하겠습니다, 나으리."

"내일 저녁이면 저하께서 벽탄역에 도착할 것이오. 대장군과 내가 저하를 뵈러 갈 터이니 각자 맡은 임무를 차질 없이 준비해주길 바라오. 딱새는 이 사실을 상보에게 알려주시게."

"알겠습니다."

"오늘도 모두들 수고했소. 박원종 역적패당의 목을 벨 날이 점점 가까워지고 있으니 힘을 냅시다."

"알겠습니다."

회의가 끝나자 하나둘 유길만의 사랑방을 나섰다. 대문까지 따라나선 유길만은 "매사 조심하는 거 잊지 맙시다"라며 부대장들과 포옹을 했다. 충의군들이 고샅길을 지나 곧 달빛 속으로 사라졌다.

반란, 그들만의 잔치

오랜만에 비가 촉촉하게 내렸다. 가을비였다. 비는 새벽녘부터 내렸는데, 푸석하던 땅을 흠뻑 적시고도 남았다. 간혹 불어오는 바람으로 낙엽이 우수수 떨어지기도 했다. 박원종은 오랜만에 돌아온 집에서 빗소리를 들었다. 낙숫물 소리에 잠을 깬 박원종은 여긴 어딜까, 했다. 정신을 차려 불을 쓴 다음에야 박원종은 자신의 집임을 알아차렸다. 반란을 일으킨 지 고작 열흘 남짓한 시간이 흘렀을 뿐이었다. 박원종은 먼 길을 떠났다 돌아온 여행자처럼 방 안의 물건들을 한참동안 바라보았다. 서안書案과 그 위에 놓인 서책은 누가 만진 흔적도 없이 집을 나설 때의 모습 그대로였다. 세조 때 이시애의 난을 평정하고 적개공신이 된 아비 박중선朴仲善의 유품인 검劍도 그 자리에 있었다.

아비 박중선은 의경 세자의 첫째 아들인 월산 대군이 보위에 올랐다면 국구가 될 몸이었다. 그러나 그는 둘째 아들 자을산(성종)의 장인인 한명회에게 밀려 사위 월산 대군을 보위에 올리지 못했다. 그것은 가문의 수치였다. 그 한이 남아서인가. 아비의 검은 삼십 년이 지난 지금까지도 날이 시퍼렇게 서 있었다. 박원종은 아비의 검을 어루만지며 '아버님, 조선이 소자의 손아귀에 들어와 있습니다. 그러하니 이젠 편히 눈 감으소서'라고 중얼거렸다.

지난 구월 초하룻날 집을 나설 때 박원종은 마지막이 될지도 모른다는 생각에 방 안에 있는 것들을 어루만져보았다. 다시는 돌아오지 못할 길을 떠나는 심정이었다. 만약 돌아오게 된다면 임금의 권위를 넘어서는 사람이 되어서 돌아오는 것이었으나 그렇지 못하면 역적이 되어 비참한 죽음을 맞게 될 것이었다. 그러나 막상 원하던 권력을 쥐고 보니 모든 게 하찮고 우습게 여겨졌다.

박원종은 내리는 비를 바라보며 앞으로 무슨 일을 해야 할까 생각했다. 새 임금 이역이 보위에 오른 후 좌참찬左參贊에 이어 며칠 만에 우의정右議政이 되었다지만, 어차피 모든 일이 자신을 중심으로 돌아가고 있기에 임금이 되지 않을 바엔 영의정이든 우의정이든 관직 따위는 중요하지 않았다. 하늘을 나는 새도 떨어뜨릴 수 있는 권력을 얼마나 오랫동안 영영세세 누릴 수 있을 것인가가 지금은 더 절실했다.

그러니 박원종은 이제부터라도 권력을 지킬 수 있는 방안을 강구해야만 했다. 권신들이나 대간들은 지금 당장이야 입안의 혀처럼 굴겠지만 곧 반격을 해올 것이 분명했다. 태생이 그런 자들이니 비난할 일은 아니겠으나 박원종으로서는 그들에게 그 어떤 여지도 주지 않는 것이 중요했다. 그러기 위해서는 연산 시절 경상좌도 병마절도사로 울산蔚山에 있을 때 병영성兵營城 앞에 세운 삼사정三思亭 건물부터 헐어버려야 했다. 삼사정이라는 게 무엇이던가. 임금과 어버이를 사모한다는 뜻이 아니던가. 당시의 임금이면 연산이었으니 이는 반대파에게 공격할 수 있는 빌미를 주는 것과 다름이 없었다.

또 요즘 들어 자순 대비가 자신의 생각과는 다르게 움직이고 있어 적지 않게 고민이 되었다. 중전을 책봉해야 한다며 금혼령까지 내렸지만 임금의 모후인 자순 대비는 꿈쩍도 하지 않았다. 그녀는 며칠 전 중전의 간택에 관한 것은 자신의 고유 권한이니 누구라도 함부로 입 밖에 내지 말라며 박원종의 심기를 건드렸다. 자순 대비가 이처럼 중전 간택을 미루는 것은 외척인 파평 윤씨의 득세를 위한 시간 벌기가 분명할 것이었다. 만에 하나 중전 자리가 파평 윤씨에게로 넘어간다면 박원종으로서는 박씨 문중의 여식을 하나 찾아 후궁에라도 들여보내야만 했다. 기왕이면 가세가 기운 박씨 문중의 여식이어야 할 것이고 반드시 양녀로 삼은 후 후궁으로 들여야 할 것이었다.

이제 열아홉의 나이에다 성후聖候가 한창인 임금에게 어떤 여인이 밉게 보일 것인가. 후궁의 적임자는 임금보다 두어 살 위가 적당할 것이다. 후궁이라도 임금의 총애만 받으면 중전 자리가 부럽지 않으니 가능한 한 농염하며 애교가 넘치는 아이를 찾아야 했다. 지난 역사를 살펴보면 중전이라고 해서 그 자리에 영원히 앉아 있는 것도 아니었다. 후궁에서 중전이 될 수 있는 기회는 언제든지 올 것이고 끝내 올 것 같지 않으면 그때야 만들면 되는 것이었다. 기실 그런 일이야 식은 죽 먹기보다 쉬운 일이 아니던가.

박원종은 낙숫물 떨어지는 소리를 들으며 그런 생각을 했다. 그러나 정작 염려가 되는 것은 성희안이나 유순정, 신윤무, 박영문 등도 같은 생각을 할 것이고 외척인 윤형로, 윤금손 등도 마찬가지라는 것이 문제였다. 하여 박원종은 그들의 욕구를 넘어서는 확실하고도 확고한 뭔가를 찾아야 했다. 그것만이 자신의 권세를 오랫동안 유지할 수 있는 자산이 될 것이었다.

"대감, 벌써 등청하십니까?"

두 번째 부인인 창녕 성씨가 박원종의 방으로 들어왔다. 박원종이 우의정이 되면서 정경부인이 된 성씨는 집 안에 있으면서도 패물을 치렁치렁 달고 있었다. 박원종은 그런 부인을 힐긋 보곤 입을 뗐다.

"그러오."

"모처럼 집에 오셨는데 운雲이 얼굴이라도 보고 가시지요."

박운朴雲은 박원종이 두 번째 부인 성씨에게서 얻은 아들로 이제 열네 살이었다. 첫 번째 부인에게서 아들을 얻지 못한 박원종으로서는 건강하게 자라는 운이가 마냥 든든할 수밖에 없었다. 간밤 모처럼 아들과 마주한 박원종은 아들에게 무한한 믿음을 보냈다. 그러면서 아비의 세상이 왔으니 어서 나이가 차서 아비를 보필해야 할 것이라고도 일러두었다. 말귀를 충분히 알아들었을 것이니 굳이 인사를 받을 일은 없었다.

"아니오. 그냥 가겠소."

"대감, 잠시만 기다리시죠."

성씨가 안방으로 가더니 관복함을 들고 왔다. 성씨가 함을 열자 새로 지은 관복인 듯 비단 냄새가 향긋하게 퍼졌다.

"오늘 관복은 이걸로 입으시죠."

관복함엔 새로 만든 오사모烏紗帽와 홍색 비단에 물소 뿔이 장식된 서대犀帶가 놓여 있고, 그 아래로 고운 청색 비단으로 지은 관복이 들어 있었다. 성씨가 관복을 펼치자 화려한 금색 수를 놓은 공작孔雀 흉배와 단령團領, 직령直領 그리고 철릭帖裏 등이 겹겹이 드러났다.

"이건 어디서 났소?"

박원종이 관복을 살피며 물었다.

"선물 들어온 거라오."

"정성이 갸륵하구려. 뉘 댁인지 사연이 있으면 직접 도당都堂으로 오라 전하시오."

박원종이 관복을 챙겨 입으며 말했다. 그 즈음 박원종의 집은 궐이 부럽지 않았다. 선물이나 뇌물을 바치기 위해 드나드는 사람들로 인해 문지방이 닳을 지경이었다. 친인척은 물론이고 먼 일가붙이와 공신록에 오르고 싶은 자나 관직에 나가고 싶은 자뿐 아니라 유배지에 가 있는 자들의 가족까지 박원종의 집을 찾았다.

"호호, 그리하겠나이다."

성씨가 조금은 호들갑스럽게 웃었다.

"내 다녀오리다."

박원종이 성씨의 배웅을 받으며 집을 나섰다. 비는 잦아들었고, 박원종은 준비된 가교駕轎에 올라 궐로 갔다. 박원종이 대루원待漏院(조선시대 관원들이 입조하기 전에 궐문이 열리기를 기다리며 잠시 머무르던 장소) 앞에 이르렀을 때 누군가 가교를 세웠다.

"우상 대감, 이판께서 급한 일이 있다며 뵙자고 하십니다요."

이판이면 성희안이었다.

"어디 계시느냐?"

"도당 뜰에 계시옵니다."

"알겠느니라. 곧 가겠다고 이르거라."

궐에 도착한 박원종은 수하부터 불렀다.

"지금 즉시 울산으로 달려가 병영성 앞에 있는 삼사정을 헐고 현판은 반드시 불태우고 오너라."

연산이 임금이던 시절 박원종은 경상좌도 병마절도사로 있으면서 아침저녁으로 삼사정에 올랐다. 박원종은 그곳에서 임금이 계신 도성을 향해 자신을 조정으로 불러주길 간곡하게 기원했다. 그런 노력이 통했던지 박원종은 얼마 후 정3품 내직인 첨지중추부사를 제수받았다. 하지만 그 자신, 연산을 폐위시킨 장본인으로서 삼사정에서 있었던 역사는 이제 감쪽같이 지워져야 할 역사였다. 그러하니 삼사정은 사람들의 기억 속에서도 사라져야만 했다.

"알겠사옵니다."

박원종의 수하가 급히 말을 달려 울산으로 향했다. 수하가 떠나는 것을 지켜본 박원종이 도당으로 걸음을 옮겼다. 그때 성희안이 달려왔다.

"우상 대감, 살수들이 실패했다는 게 사실이오?"

"그렇소이다."

박원종이 미간을 찌푸리며 대답했다.

"이런 쯧쯧, 어쩌다 그런 일이 생겼단 말이오?"

종9품 말단 부사용이었던 성희안은 반란에 성공한 후 형조판서를 거쳐 이조판서에 올라 있었다.

"폐주가 호위무사를 딸려 보낸 듯싶소."

"이 몸도 홍원창의 판관에게 들었소이다. 아무리 호위무사가 있다고 해도 살수라는 자들이 그걸 해결하지 못하다니 쯧쯧……."

성희안이 못마땅하다는 표정을 지었다.

"험, 송구하게 되었소이다."

"목을 베고 난 후 어린아이라 먼 길을 가다가 병에 걸려 죽었다고 하면 끝날 일인데 일이 꼬입니다 그려."

"폐세자가 살아 있어서는 결코 안 될 것이니 어떻게든 해결을 해야겠지요."

"당연하신 말씀이오. 후환은 빨리 제거해야 할 겝니다."

"그래야지요. 방법이 있을 터이니 함께 찾아봅시다."

"그보다 이상한 소문을 듣지 못하셨소이까?"

성희안이 자신의 입을 손으로 가리며 작은 소리로 말했다.

"이상한 소문이라니요?"

박원종이 화들짝 놀라며 되물었다.

"우리가 파평 윤씨 세력을 제거한다는 소문이 도성에 쫙 퍼졌습디다."

"자다가 봉창을 두들기는 것도 아니고 그건 또 무슨 말씀이오?"

"말 그대로 우리가 임금의 외척을 제거한다는 소문이 깔렸다는 것이오. 그뿐이 아니오. 우리의 사이가 틀어져서 서로 아귀다툼을 한다는 소문까지 돌고 있습디다."

"허, 이거 참. 대체 그런 소문은 어디서 들었소?"

박원종이 답답하다는 듯 가슴을 텅텅 쳤다.

"밖에 나가 아무나 붙잡고 물어보시우, 뭐라고 하나. 소문뿐이면 내 말을 안 하겠소. 대감과 나를 탄핵하라는 상소까지 올라오고 있더이다."

"탄핵 상소요?"

박원종이 어이가 없다는 듯 고개를 설레설레 흔들었다.

"그렇소이다. 지방 유생들이 쓴 상소인데 그건 내가 알아서 처리했소이다. 하지만 그런 상소가 계속되면 전하께서도 곧 알지 않겠소."

"허, 이거 갈수록 가관입니다. 대비께서도 이러한 사실들을 알고 있소이까?"

"상소야 내가 묻어두고 있지만 소문은 알고 있다고 보아야지요."

"이거 큰일이오. 상소도 상소지만 기실 상소보다 무서운 게 소문인데, 누가 이렇게 해괴망측한 소문을 만들었단 말이오?"

박원종이 황당하다는 표정을 지었다.

"이 몸도 대감께 여쭙고 싶었던 말이외다."

성희안의 음성이 거칠게 나왔다.

"허, 공연히 날 의심하진 마시오. 내가 보기엔 우리를 이간하려는 자들이 만들어낸 게 아닌가 싶소."

박원종이 말했다.

"그들이 누구요?"

성희안이 두 눈을 동그랗게 떴다.

"그거야 필시 소문으로 인해 이득이 생기는 측이 아니겠소."

"그렇다면 자순 대비 쪽이 아니겠소이까?"

"의심이 가지 않는 것은 아니지만 그래야 할 명분이 약하오. 우리와 싸우는 것은 공멸을 의미하는 건데 우인愚人이 아닌 이상에야 그런 모험을 할 리가 없잖소. 설령 우리를 견제하기 위해 소문을 만들었다고 해도 그 시기가 너무 빨라요."

"혹여 신윤무는 아닐까요?"

성희안이 눈을 가늘게 뜨며 말했다.

"신윤무가 왜?"

"거 왜 신윤무가 지금 함북절도사로 가고 있지 않소이까. 그러하니 당연히 불만이 있지 않겠소이까. 일등 공신이면 조정의 핵심 자리에 앉아도 시원찮은데 한직으로 쫓겨났으니 우상 같으면 기분이 좋겠소이까?"

반란 세력의 핵심 인물 중 한 명이었던 신윤무는 반란 이후 일등 공신이 되었지만 함경북도 절도사로 임명되었다. 함북 지역은 도성에서 먼 데다가 국경수비대의 성격을 가지고 있어 누구라도 기피하는 직책이었다. 박원종에게 그런 사단이 벌어졌다면 임금을 바꿔버리든가 조정을 발칵 뒤집어놓을 만한 일이기도 했다. 신윤무를 그런 한직으로 내몬 것은 박원종으로 같은 무인 출신인 신윤무의 세력을 견제하기 위함이었다.

"그렇지요. 나 같으면 아예 떠나지도 않았겠지요."

신윤무는 함경도로 떠나면서 "우상 대감, 이 신윤무에게 함경도로 가라니요. 이건 유배와 다름이 없질 않습니까?"라고 했었다. 박원종이 잠시만 가 있으라고 달랬지만 신윤무의 화까지 달랠 순 없었다.

며칠 전엔 신윤무의 화가 극에 달하는 일도 있었다. 117명의 공신이 책정된 날이었다. 신윤무는 자신의 사람들이 빠져 있다는 이유로 불같이 화를 냈었다. 비단 그 일뿐이 아니었다. 신윤무는 공신의 상격賞格을 의정議定하는 데에도 자신의 의견이 채택되지 않았다며 불만을 크게 터트렸다. 공신의 상격을 의정하여 임금에게 올린 것은 박원종과 성희안, 유순정, 세 사람이었다.

박원종과 성희안, 유순정, 신윤무 등의 일등 공신은 3자급을 초수超授하고, 그 부모와 처자에게도 관작官爵을 주어 3자급을 초수하되, 아들이 없는 이는 생질이나 사위에게 2계階를 초수하며, 반당伴倘(병졸) 10인, 노비奴婢 13구口, 구사丘史 7명, 전지田 1백 50결結, 은銀 50냥兩, 표리表裏(옷감) 1단段, 내구마內廐馬 1필匹을 내리라.

이등 공신은 2계를 초수하고, 그 부모와 처자에게 관작을 주어 2계를 초수하되, 아들이 없는 이는 생질이나 사위에게 1자급을 더하며, 반당 8인, 노비 10구, 구사 5명, 전지 1백 결, 은 30냥, 표리 1단, 내구마 1필을 내리라.

삼등 공신은 1계를 더하고, 그 부모와 처자에게 관작을 주어 1계를 더하되, 아들이 없는 이는 생질이나 사위에게 품계를 더하며, 반당 6인, 노비 8구, 구사 3명, 전지 80결, 은 20냥, 표리 1단, 내구마 1필을 내리라.

사등 공신은 1계를 더하고, 그 부모와 처자에게 관작을 주어 1계를 더하되, 아들이 없는 이는 생질이나 사위에게 품계를 더하며, 반당 4인, 노비 6구, 구사 2명, 전지 60결, 은 10냥, 표리 1단, 내구마 1필을 내리라.

공신의 상격에 대한 임금의 전교가 있자 신윤무는 자신의 관모를 벗어던지며 소리를 버럭 질렀다. 품계나 상격이 마음에 차지 않는다는 게 불만의 이유였다. 그러하니 신윤무가 그런 소문을 만들었을 가능성도 충분히 있을 것이었다.

"우상 대감, 일을 꾸미고 있는 자들이 자순 대비 측인지 신윤무인지 알아내어 무슨 대책을 세워야 하지 않겠소이까?"

성희안이 다그쳤다.

"그래야지요. 우선은 소문의 근원지를 찾아내고 상소를 보내거나 충동질한 자들 또한 은밀히 색출해야겠지요."

"어서 청천부원군을 만나뵈러 갑시다. 이거 죽 쒀서 개 주게 생겼소이다."

성희안이 유순정과 대책을 숙의하자며 박원종의 팔을 끌었다.

가도 가도 산길

회현을 넘은 이황 일행은 실미원實美院(횡성 안흥면)을 지나 안흥역安興驛(횡성 안흥면)에서 한숨을 돌렸다. 다시 출발한 이황 일행은 얕은 물길을 찾아 주천강酒泉江을 건넜다. 안흥을 지나자 골짜기는 더 좁았다. 너른 들은 더 이상 보이지 않았다. 문점을 넘을 땐 산적을 만나기도 했다. 다들 지방 관리들의 횡포를 견디지 못해 산으로 올라간 토적들이었다. 그들은 선복과 박치영에 의해 무릎을 꿇었고, 그들의 사연을 불쌍하게 여긴 홍림이 궁에서 받은 노리개를 풀어주었다. 그날 밤을 운교역雲交驛(평창 방림면)에서 머문 이황은 다음 날 방림역芳林驛(평창 방림면)으로 향했다. 단풍든 길을 따라 방림에 이르니 비로소 조금씩 시야가 넓어지며 평창강平昌江이 나타났다. 방림역에서 점심을 해결한 이황 일행은 곧장 길 떠날 채비를 했다.

방림역리芳林驛吏 홍순달洪淳達은 방림에서 좌측으로 길을 잡으면 대화역이 있고 대화를 지나 모릿재를 넘으면 청심역이 나온다고 했다. 그는 또 청심역에서 진부와 횡계를 지나 대관령을 넘으면 강릉이고, 강릉에서 아래로 내려가면 삼척과 울진 등으로 갈 수 있고 위로 올라가면 양양을 지나 고성에 이르면 금강산이 나온다고도 했다.

홍순달은 또 정선으로 가려면 대화 방향으로 가다가 사축거리沙軸巨里에서 안미安味를 지나 밸패재碧波嶺(벽파령)를 넘어도 되고 평창으로 해서 성마령星摩嶺을 넘어도 되는데, 어느 고개나 높고 험하기 때문에 오늘 중으로는 넘기 힘들다고 했다. 그 이야기를 들은 압송관들은 이황 일행과 어느 방향으로 갈 것인지 숙의해보겠다고 했다. 압송관과 이황 일행 모두 쉽게 결정을 내리지 못하자 홍순달이 지나가는 말로 덧붙였다.

"성마령은 하늘의 별을 딸 수 있다 하여 관원들이 좋아하고 밸패재는 벼슬하는 사람이 넘으면 안 좋다는 전설이 있어서인지 잘 안 갑디다."

방림역리 홍순달의 말이 있자 압송관들이 "그럼 성마령을 넘읍시다"라고 의견을 모았다. 선복이나 박치영도 마다할 것 없는 일이라 선뜻 동의했다. 그 결정을 누구보다 반긴 것은 홍림이었다. 그녀는 내심 근동으로 시집온 언니 집에 들렀으면 하는 마음을 먹고 있던 참이라 속으로 환호에 가까운 소리를 질렀다.

이황 일행은 평창으로 가야 했기에 우측으로 난 길을 잡았다. 평창 방향으로 조금 걷자 고개가 나타났다. 고개는 지금까지 넘었던 고개에 비해 높지 않았다. 고개를 내려서니 주막거리가 나왔다. 압송관들이 주막에서 목이나 축이고 가자며 빈 주막을 찾아 들어갔다.

"저하, 발을 좀 내어주세요."

물금이 주막에서 얻어온 밥풀을 이기며 말했다.

이황이 발을 내어놓자 부르튼 발엔 물집이 잡혀 있고 핏기도 서려 있었다. 물금은 상보가 구해다준 도라지 잎과 피마근蓖麻根 가루를 꺼냈다. 상보는 도라지 잎과 피마근을 빻아 만든 가루가 부르튼 발을 치료하는 데 쓰이는 민간 약재라고 했다. 침으로 물집을 터트린 물금은 밥풀과 가루를 이겨 만든 것을 상처에 바른 다음 도라지 잎을 덧대었다.

"너도 치료를 해야 하지 않겠냐?"

이황이 물금의 발을 만져보며 말했다.

"저하, 저는 방림역에서 치료했으니 괜찮습니다."

"홍림인 어딜 간 게냐?"

"언니 집이 근동에 있다며 부보상 상보와 먼저 떠났습니다."

"그랬군."

이황이 시무룩한 표정을 지으며 말했다.

목을 축인 압송관들이 이황에게 와서 출발을 알렸다. 주막거리를 지나 한참을 걸으니 방림에서 만났던 평창강이 또 나타났다. 나루로 가자 배는 건너편에서 사람들을 태우고 있었다. 동리 사람과 부보상 몇이 배를 타고 강을 건너왔다. 배가 나루에 닿자 이황 일행이 배에 올랐다. 물길을 가로지른 배는 이내 건너편 나루에 닿았다.

"저하, 이곳에서 노산군께서 계시는 곳이 하룻길이라고 합니다."

배에서 내리자 박치영이 말했다.

"멀지 않은 거리로구나."

이황이 한숨을 폭 내쉬었다. 비록 상황은 노산군의 경우와는 많이 다르지만 생각할수록 노산군과 자신의 처지가 비슷했다. 임금이었던 노산군도 죽은 지 오십 년이나 흘렀어도 무덤 하나 없는데, 폐세자인 자신의 경우 흔적은커녕 역사 속에서 영원히 사라질지도 모를 일이었다. 세조의 후손들이 노산군을 역사에서 지워버렸듯 숙부 이역의 후손들 또한 폐세자 이황과 관련된 모든 흔적을 지워버릴 것이 분명했다. 저들이 그렇게 하기 전에 이황도 뭔가 대책을 세워야만 했다.

"정선에서 일을 준비한다는 자들은 언제 볼 수 있느냐?"

이황이 선복에게 낮게 물었다.

"내일 밤 처소로 찾아온다고 했습니다."

선복이 압송관들을 피해 작게 속삭였다.

"알겠다."

정선에서 거사를 준비하고 있다는 소식은 어둠 속에서 만나는 한 줄기 빛이었다. 그들은 아비 연산의 꿈을 이어갈 수 있는 소금 같은 존재들이기도 했다. 이황은 그들과 만날 시간을 어기지 않으려 힘을 내어 걸었다. 논이 있는 너른 들판이 나오는가 싶더니 마을이 나타났다. 마을 어귀에 이르자 홍림이 작은 보따리를 들고 일행을 기다리고 있었다.

"언니 집이 이 마을에 있었더냐?"

이황이 홍림을 보며 반가워했다.

"그러하옵니다. 저하."

"언니를 만났다니 좋았겠구나."

이황이 홍림을 부러운 눈으로 바라보았다.

"그러했습니다."

"……."

이황은 아우들이 보고 싶었다. 아우들과 마음껏 놀던 때가 그립기도 했다. 구문경에게 시집간 휘신 공주는 더 보고 싶었다.

"저하, 이것 좀 드세요."

홍림이 보따리에서 뭔가를 꺼냈다.

"무엇이더냐?"

"엿이옵니다."

홍림이 손바닥만 한 엿반대기를 내놓았다. 엿은 검은빛으로 조청과 닮아 있었다. 이황이 엿을 어쩌지 못해 이리저리 돌려보자 홍림이 엿을 길게 늘였다.

"저하, 이렇게 드시는 겁니다."

홍림이 엿을 길게 늘어뜨려 손으로 주물주물했다. 홍림은 그렇게 만든 엿을 이황의 입에 넣어주었다.

"궁에서 먹던 약과나 엿강정보다 맛있구나."

달달한 것이 입안에 들어가자 피곤이 풀리는 것 같았다. 이황이 자신의 엿을 물금과 박치영에게 나눠주었다.

"여깃분들 것까지 챙겨 왔으니 저하께서 많이 드세요."

홍림이 엿반대기 하나씩을 일행들에게 건넸다. 다들 심심하던 차에 잘 되었다며 엿을 쭉쭉 늘렸다.

"위솔 나리도 맛있죠?"

홍림이 생글생글 웃으며 선복에게 다가왔다. 고향이 가까워지면서 홍림의 얼굴엔 생기가 넘쳐흘렀다.

"이런 엿은 처음인데 아주 맛있소."

선복이 입을 오물거리며 대답했다.

"더 있으니 많이 드세요. 아셨죠?"

홍림이 애교 섞인 목소리를 냈다.

"고, 고맙소."

그렇게 말하는 선복의 얼굴이 홍림의 얼굴보다 더 발그레해졌다. 그 모습을 본 홍림이 까르르 웃으며 깨금발을 놓았다.

홍림이 엿을 가지고 온 덕에 평창까지의 걸음은 전혀 지루하지 않았다. 이황 일행이 상보와 만나기로 한 평창 임방에 이르렀을 땐 해가 뉘엿뉘엿 지고 있었다. 평창 임방에 도착한 이황 일행은 잠시 다리쉼을 한 후 평창 관아로 향했다.

"평창군수는 지금 누구신가?"

이황의 물음에 박치영이 대답했다.

"성종 임금 때 평창군수平昌郡守로 한성서윤漢城庶尹을 지낸 김순성金順誠을 임명했으나 궁벽한 고을로 가는 것이 마음에 들지 않았던지 아내의 병을 핑계로 평창으로 오지 않았습니다. 그 후 공석으로 남아 있던 자리를 사간원司諫院 헌납獻納을 지냈던 김성경金成慶이란 자가 내려와 몇 해째 군수직을 맡고 있다가 근간엔 윤기흔尹基欣이라는 자가 군수로 있었는데, 난이 일어나자 사직을 청하고 도성으로 올라갔다고 합니다."

"저하, 군수라는 자가 세상이 바뀌니 더 좋은 자리를 구하러 도성에 간 게 아니겠습니까요."

홍림이 나섰다.

"그렇겠지."

이황이 한심스럽다는 듯 대꾸했다.

압송관과 이황 일행이 관아로 들어서자 이방이 길을 막아섰다. 낮술을 했는지 이방의 입에선 술 냄새가 풀풀 났다.

"어디서 오는 분들이오?"

"우린 의금부에서 왔소. 관아에서 하루 묵을 터이니 준비를 해주시오."

의금부라는 말에 이방이 고개를 갸웃했다.

"의금부에서 평창엔 어쩐 일이랍디까?"

이방이 시큰둥하게 물었다.

"지나가는 길에 들렀소."

압송관이 구차하게 설명하기 싫다는 표정을 지었다. 공무 시간 중에

술을 마시는 행위만으로 치도곤을 칠 수 있었으나 압송관은 괜한 일을 만들고 싶진 않았다.

"그렇다면 객사로 듭지요."

이방이 홍림을 흘깃 보고는 이황 일행을 동헌 뒤에 있는 객사로 안내했다. 객사 건물은 그런대로 사용할 만했으나 내부 관리는 엉망이었다.

"저하, 잠시만 기다리시죠."

박치영이 말했다.

"이보시오, 이방. 이런 곳에서 묵으란 말이오?"

박치영의 말에 이방이 콧수염을 실룩거렸다.

"시골 관아라 형편이 그만하니 그냥 묵으시오. 원한다면 이부자리쯤은 바꿔드리겠소."

이방의 말에 박치영이 "저, 저자가!" 하며 검을 잡았다. 선복이 박치영을 막아서며 "좋소이다. 이부자리나 좀 바꿔주시오"라고 말했다. 선복의 말에 이방이 미간을 찌푸렸다. 그리곤 일손이 부족하니 직접 가져가라는 말을 던지고 휘적휘적 침방針房으로 향했다.

"이년이 다녀오겠습니다."

홍림이 이방을 따라나섰다. 그 사이 물금은 이황이 머물 방을 정리했다. 그렇게 일각이 지났으나 침방으로 간 홍림이 돌아오지 않고 있었다. 물금이 홍림에게 가보아야겠다며 신을 꿸 즈음 침방 쪽에서 여인의 비명이 들려왔다.

"홍림의 비명입니다."

선복과 박치영이 비명이 나는 곳을 찾아 뛰었다. 그 뒤를 이황과 물금이 따랐다. 두 사람이 침방에 이르자 이방이 장도를 꺼내들고 홍림을 위협하고 있었다.

"사, 살려주세요!"

홍림이 두려움에 가득 찬 목소리로 애원했다.

"네 이년, 가만히 있지 못하겠느냐!"

이방의 손이 홍림의 저고리 고름을 잡아챘다.

"이러지 마시오!"

홍림이 애원하듯 말했다.

"가만 있거라. 내 오늘 네년의 머릴 올려줄 것이다."

홍림의 옷섶을 헤치고 있는 이방의 눈이 허옇게 뒤집혀 있었다.

"네 이놈! 뭐하는 짓이냐?"

선복과 박치영이 동시에 검을 뽑았다.

"이놈이라니! 내가 이래 봬도 평창 관아의 이방이다. 이놈들이 죽고 싶어 환장을 했구나. 고얀 것들, 검을 내리지 못할까!"

이방이 선복과 박치영을 향해 큰소리를 치더니 나졸들에게 명했다.

"여봐라! 어서 저놈들을 포박하라!"

이방의 외침에 나졸들이 우르르 몰려왔다. 소란이 일자 압송관들도 검을 들고 달려왔다.

"이방은 어서 그 여인을 풀어주라!"

압송관이 검을 뽑으며 소리쳤다.

"흐흐, 저놈들도 포박하라! 의금부를 사칭하는 걸 보니 저놈들은 필시 홍길동 패거리가 분명하느니라!"

이방이 홍림의 머리채를 흔들며 소리쳤다. 홍림이 고통을 참지 못하고 비명을 질렀다. 영문을 모르는 나졸들은 이쪽저쪽을 번갈아 볼 뿐 어떤 행동도 취하지 못했다.

이황이 "저, 저놈이 무슨 짓을 하는 게냐!" 하며 앞으로 나서려는 것을 선복이 가로 막았다.

"저하, 소신들이 처리하겠나이다."

"알았으니 홍림을 빨리 구하라."

이황을 진정시킨 선복이 이방을 향해 검을 휘둘렀다. 실로 눈 깜짝할 사이였다. 검이 왔다갔는지 오기나 했는지 눈으로 확인한 사람은 아무도 없었으나 이방의 도포 자락이 주르륵 흘러내렸다. 그와 동시에 박치영이 품에서 승명패承命牌를 꺼내 보이며 소리쳤다.

"네 이놈! 당장 무릎을 꿇라!"

승명패는 왕명을 받은 내관이 지참하는 패牌로 패를 본 자는 지위고하를 막론하고 부복해야만 했다. 승명패임을 확인한 이방이 깜짝 놀라며 홍림의 머리채를 놓고 무릎을 꿇었다. 이방의 손에서 벗어난 홍림이 급히 침방을 뛰어나왔다.

"수, 술이 과하다보니 소신이 죽을죄를 지었습니다. 한 번만 살려주시옵소서."

이방의 얼굴빛이 파래지다 못해 검게 죽어갔다.

"여봐라! 저놈을 태형笞刑으로 다스리되 대두경大頭徑 2분 7리의 나무로 서른 대를 친 후 형옥에 가두고 일주일간 물 한 모금 주지 마라! 만약 죄인을 돕는 자가 있다면 같은 죄로 다스릴 것이니 그리 알라. 형을 당장 집행하렷다!"

박치영이 추상같은 명을 내리자 관아의 나졸들이 이방을 포박했다.

"많이 놀랐겠구나. 몸은 괜찮으냐?"

이황이 안쓰러운 표정으로 물었다.

"예, 무탈하옵니다."

그렇게 말하는 홍림의 눈에 눈물이 그렁그렁 맺혔다. 곁에 있던 물금이 홍림의 흐트러진 옷매무새와 머리를 매만져주었다.

잠시 후 형틀에 묶인 이방이 살려달라며 애원했다. 박치영이 동헌으로 가 이방의 태형을 직접 집행했다. 동헌 앞마당에서 소란이 일자 관아의 색리와 하급 관리들이 하나둘 모여들었다. 그들 역시 사정을 모르긴 마찬가지라 이방이 매타작을 당하고 있음에도 눈만 껌벅거릴 뿐이었다.

태형을 마친 이방이 형옥으로 들어가자 형방이 쫓아왔다.

"나으리, 무슨 일이온지요?"

"알 것 없느니라."

박치영이 대답했다.

"이방은 무슨 일로……?"

"궁의 여인을 탐하다가 벌을 받은 것이니 그리 알라."

"아, 알겠사옵니다."

형방이 머릴 조아렸다.

"우린 조용히 머물다 떠날 터이니 관아의 공무가 한 치도 소홀함이 없도록 아랫것들 단속을 잘해야 할 것이네. 아시겠나?"

박치영이 형방에게 명했다. 형방이 그리하겠다며 허리를 굽실거렸다.

이튿날 아침, 이황 일행이 평창 관아를 나설 땐 관아의 관리들이 죄다 나와서 배웅을 했다. 이방의 일로 인해 본의 아니게 후한 대접도 받았다. 호방의 지휘로 풀이 잘 먹은 새 이부자리가 깔렸고, 저녁 식사로 두부 요리와 닭백숙이 나오더니 조반엔 고깃국이 나왔다.

"이방은 한 시진 후에 풀어주고 치료를 하게 하라."

박치영이 관아를 나서며 그렇게 이르자 형방이 백골이 난망이라며 고개를 연신 숙였다.

"박 내관, 지방 관아의 기강이 이렇게 해이해도 되는 건가?"

이황이 박치영에게 물었다.

"태종조에 사병을 혁파하고 중앙 집권 체제를 갖추었다고 하나 아직은 많이 미흡합니다. 지방의 호족들이 군수나 현감의 권력을 넘어서는 곳이 한두 고을이 아닙니다."

"어찌하면 그 폐단을 없앨 수 있겠느냐?"

이황이 물었다.

"권력은 재물에서 나오는 것이니 양전사업量田事業과 노비추쇄奴婢推刷를 통해 지방 호족들이 지니고 있는 재산을 국고로 환수하면 그들의 날개가 꺾일 것입니다."

"아바마마께서도 그 일을 추진하다가 박원종 일당에게 당했다고 들었다. 그런데도 답은 그것뿐이더냐."

"그러하옵니다."

"고려 개국 초기 광종光宗도 중앙 집권 체제 확립과 왕권 강화를 목적으로 노비안검법奴婢按檢法을 실시했지만 끝내 귀족들의 권력을 이기지 못했다. 고려가 귀족의 권력으로 유지된 나라라면 조선은 권신들의 권력으로 유지되고 있는데, 그 문제가 과연 풀리겠느냐?"

"외람된 말씀이오나 그 문제를 해결하지 않고서는 조선에서 임금이란 영원히 허수아비에 불과할 것입니다."

박치영이 자신의 의견을 굽히지 않았다.

"아바마마께서도 그런 말씀을 자주 하셨느니라. 아바마마께선 즉위 초부터 공신들의 토지와 노비들을 회수하려 했으나 번번이 실패했다. 충신이던 영의정 유순도 다른 것은 다 들어주어도 공신들의 재산 환수만큼은 극구 반대했다. 그 이유가 무엇이겠느냐. 국가 재정이야 어떻게 되든 말든 자신들의 것은 하나도 내놓지 않겠다는 게 아니겠느냐?"

영의정 유순은 '지당'이 별호일 정도로 연산의 충신이었다. 그는 연산이 하는 일은 모두 "지당하신 말씀이옵니다"라며 찬동해주었다. 그런 유순도 공신들의 재산을 회수하는 것만큼은 극렬하게 반대했다. 유순이 반란에 가담해 정국공신이 된 것은 어쩌면 당연한 일이었다.

"저하의 정치를 펼 수 있는 새로운 조선을 꿈꾸시면 답이 있을 것입니다."

"새로운 조선이라…… 고민해보자꾸나."

도성을 떠나 정선으로 향하면서 이황의 정신세계는 나날이 성숙해지고 있었다. 시강원에서 스승들에게 배울 수 있는 공부는 어쩔 수 없는 한계가 있었다. 그들은 신권에 대해서만 이야기했지 왕권을 확립하는 문제는 입 밖에도 꺼내지 않았다. 권신들은 왕권을 확립하는 일 대신 왕권의 안정을 추구했으며, 왕권을 안정시키는 일이라는 것도 고작 종사를 위해 후사를 잘 잇는 것뿐이었다. 임금은 후사만 잘 이으면 되고 나머지는 자신들이 알아서 하겠다는 것이 그들의 전략이었다.

시강원에 있을 때 이황은 스승에게 물었다.

"스승님, 한 말씀 여쭙겠습니다."

"하문하시옵소서."

"순자荀子께서 말씀하셨습니다. '임금은 배이고 백성은 물이다. 물은 배를 띄우기도 하지만 전복시키기도 한다'라고 말입니다. 여기에서 조선의 신하는 배입니까? 물입니까?"

"당연히 물입니다."

이황이 다시 물었다.

"모든 신하가 물이었으면 좋겠습니다. 그러나 이 몸이 생각하기에 몇몇 신하는 물이 아니라 배를 마음대로 몰고 가는 뱃사공 같은데 스승님께선 어떻게 보시는지요?"

"그런 자들이 분명 있을 것이지만 소신은 언제나 물입니다."

"그럼 스승님께선 배를 띄우는 물입니까? 전복시키는 물입니까?"

"조선에서 배를 전복시키는 물은 있을 수 없사옵니다. 그러하니 소신을 배를 띄우는 물이라 여겨주시옵소서."

그렇게 답했던 스승도 반란에 가담하여 공신이 되었다.

저자를 벗어난 이황 일행은 강변으로 내려갔다. 강변엔 모래가 곱게 깔려 있었다. 모래사장은 발을 내딛을 때마다 푹푹 꺼지는 것이 자갈길보다 걷기에 좋았다. 모래가 깔린 강변을 따라 조금 걸으니 나루가 나타났다.

"가도 가도 산이요, 건너도 건너도 강이로구나."

이황이 고요하게 흐르는 강을 보며 중얼거렸다. 안홍을 지나면서부터는 산과 산이 끊임없이 이어졌고, 골짜기에서 흘러내린 물은 실개천을 이루었으며 그것들은 다시 큰 강을 만들어냈다.

이황 일행은 배를 타고 강을 건넜다. 무심히 노를 젓는 뱃사공은 조정의 권신들처럼 배를 광폭하게 몰지도 함부로 다루지도 않았다. 그는 배에 탄 손님을 안전하게 건네주는 것이 본인의 사명인 듯 배가 닿아야 할 지점에 정확하게 이황 일행을 내려주었다.

강을 건넌 이황 일행은 다시 길을 걸었다. 굽이를 돌자 작은 개울이 나타났다. 이번엔 돌로 아무렇게나 만든 징검다리를 건넜다. 걷는 일이 지루하다 싶을 즈음 고개가 나타났다. 미장치美長峙였다.

굽이진 산길을 따라 한 시진이나 걸었을까. 등줄기로 땀이 흐르기 시작할 즈음 마루에 당도했다. 마루에 올라서니 주변의 풍광이 시원스레 펼쳐졌다. 미장치 정상은 가을이 더욱 깊어 있었다. 바람이 불자 낙엽이 우수수 떨어졌다. 바람을 맞으며 다리쉼을 하던 홍림이 품에서 흙피리를 꺼냈다.

애절하게 울려 퍼지는 흙피리 소리는 바람을 타고 먼 데까지 날아갔다. 새들마저 홍림의 흙피리 소리가 신기했던지 울음을 뚝 그쳤다. 이윽고 홍림의 연주가 끝나자 가만히 듣고 있던 압송관들이 박수를 보냈다.

"이런 곳에서 흙피리 연주를 듣고 있자니 내가 마치 신선이 된 거 같소이다."

"감사합니다."

홍림이 얼굴을 살짝 붉히며 부끄러워했다. 선복이 그 모습을 보며 빙긋 웃었다. 홍림은 자신에게 쏟아지는 시선을 느낀 듯 "저하, 바람이 선득해집니다. 너무 오래 쉬면 고뿔에 드실 수 있으니 떠나셔야 하옵니다"라며 길 떠날 채비를 했다.

고개를 내려가면서는 홍림이 길잡이로 나섰다. 구불구불 이어진 산길을 내려가니 노송 숲이 나타났다. 솔향이 은은하게 퍼지는 길을 따라 한참을 걷자 삼거리가 나왔고, 그곳엔 작은 관방官房이 있었다. 관방은 군사용 검문소로 창을 든 병사 몇이 수직을 서고 있었다.

홍림이 길을 잘 안다는 듯 우측으로 난 길로 접어들었다. 실개천을 따라 조금 걷자 초가집이 하나둘 보이기 시작했다. 곧 나타난 마을은 집들이 제법 모여 있었는데, 미탄美灘이었다. 마을을 지나친 홍림은 가을빛이 곱게 물든 개울을 따라 걸었다. 청옥산에서 흘러내린 물은 맑고 찼으며 물소리 또한 제법 컸다. 개울 옆으로는 손바닥만 한 밭들이 이어졌고, 밭엔 메밀과 콩 등이 심어져 있었다. 고향이 점점 가까워진다는 생각에 밭둑을 걷는 홍림의 걸음은 날아갈 듯 가벼워 보였다. 밭이 끝날 즈음 평안역平安驛(평창 미탄)이 나타났다.

"오늘 안으로 성마령星摩嶺을 넘으려면 이곳에서 점심을 드신 후 출발해야 합니다."

홍림이 압송관들에게 말했다.

"알겠소."

압송관들이 역리를 찾아 일행의 점심을 부탁했다.

"저하, 이곳에서 산 하나를 넘으면 정선입니다."

홍림이 이황에게 말했다.

"그러하냐? 그럼 나는 유배지에 다 온 것이고, 너는 고향집에 다 온 것이로구나."

"송구하옵니다."

"아니다. 내 비록 유배객이지만 정선은 이제 내가 살아야 할 고을이 아니더냐. 그러니 나도 어서 가서 쉬고 싶구나."

"내일이면 그러실 수 있을 것이옵니다."

"그래야지. 그럼 홍림인 역장인 아비를 만나러 역으로 가는가?"

"그럴 것이옵니다."

홍림이 아이처럼 좋아하며 대답했다.

"이제 홍림의 피리 연주를 들을 수 있는 시간도 얼마 남지 않았구나."

"아니옵니다. 아비를 만나고 나면 저하를 찾아뵐 것이옵니다."

"뜻은 갸륵하지만 아니 될 일이다. 너는 아비와 행복하게 살도록 하거라. 알겠느냐?"

"이년은 저하 말씀을 따르지 않을 것입니다. 그리 아시고 수라나 많이 젓수십시오. 아시겠사옵니까?"

홍림이 장난기 어린 표정을 지으며 말했다. 그때 물금이 음식을 들고 와 이황 앞에 놓았다.

"고약하구나. 알겠으니 너도 많이 들거라."

이황이 수저를 들었다.

일행이 식사를 하고 있을 때 한 무리의 부보상이 평안역으로 뛰어왔다. 그중엔 상보도 끼어있었다. 상보가 식사 중인 선복에게로 갔다.

"나리, 이 고갠 지금까지 넘었던 고개와는 달리 무척 험한 데다 높기도 으뜸이라 저하께서 걷기엔 무리인 산입니다. 하여 소인들이 저하를 업어서 넘을 것입니다. 정선에서 그리하라 했으니 소인은 그 명을 따를 것이옵니다."

상보가 선복에게 말했다.

"알겠소, 그리해주시오."

선복이 눈앞에 펼쳐진 산을 올려다보며 고개를 끄덕였다.

"그리고 이걸로 두 분 항아님의 발을 챙겨주시죠."

상보가 품에서 두터운 짐승 가죽을 꺼냈다.

"고맙소."

식사를 끝낸 선복은 물금과 홍림의 복장을 살폈다. 도성을 떠날 때와 달리 물금의 복색은 말이 아니었다. 얼굴도 검게 그을려서 시골 아낙을 연상케 했다. 홍림 또한 곱게 차려입었던 복색이 무색할 정도로 형편없이 구겨지고 때도 잔뜩 묻어 있었다. 궁에서 나올 때 신은 가죽신 또한 꿰맸다고는 하나 발가락이 보일 정도로 헤어져 있었다.

"산이 무척 높다 하오. 단단히 준비를 해야 할 거요."

선복이 상보에게서 받은 짐승 가죽으로 물금과 홍림의 발을 감싸주었다.

"가죽신보다 편할 거요."

"아유, 정말 편하네. 위솔 나리, 고맙습니다."

홍림과 물금이 동시에 선복을 향해 환하게 웃었다.

"허허, 이 몸은 심부름만 했을 뿐이오. 상보가 준비한 것이니 그에게 감사를 전하시지요."

선복이 쑥스러운 듯 겸양을 떨었다.

"어머, 저하도 챙겨드려야 하는데?"

물금이 이황을 보며 화들짝 놀랐다.

"걱정 마시오. 저하는 부보상들이 업어서 고개를 넘기로 했소."

"어머, 다행이다. 이 고개는 당찬 어른도 넘기 힘들 정도로 높고 험하거든요. 그뿐 아니라 호랑이나 표범까지 나타나는 곳이라 대비를 하지 않으면 큰 낭패를 볼 수 있는 고개입니다."

"일대를 잘 아는 부보상들이 앞서거니 뒤서거니 할 테니 그런 염려는 하지 않아도 될 겁니다."

선복이 자신의 화살과 검을 살피며 말했다.

오후에 접어들자 평안역 마당에 모인 사람의 수가 서른을 넘기고 있었다. 평안역까지는 가마를 타고 온 사람도 있고 말을 타고 온 사람도 있었으나 성마령이 워낙 험한 탓에 가마는 빈 가마로 넘어야 하고 말은 끌고 넘어야 했다. 상보는 떠날 준비가 끝났음에도 역 마당에 있는 나무 그림자를 살피고 있었다. 고개를 자주 넘나드는 이들에겐 그들 나름대로 출발 시각이 정해져 있는 듯했다. 상보는 시간을 더 기다려 한 무리의 사내들이 합류하자 고개를 넘을 때의 주의 사항 등을 일러주었다.

"아시겠지만 성마령은 강원도에서 가장 험한 고개 중 하나이오. 산

짐승이 자주 출몰하므로 어떤 급박한 일이 있어도 개인행동은 금해주길 바라오. 오늘은 정선 임방의 부보상들이 호행護行을 할 것이니 그리 아시고 지금부터 출발하겠소이다."

주의 사항을 전달한 상보가 평안역에 모인 사람들을 출발시켰다. 상보가 고갯길을 오르기 시작한 그 시간 역 마당의 나무 그림자는 미정시未正時를 가리키고 있었다.

산길을 따라 조금 걷자 이내 오르막길이 시작되었다. 상보가 한 부보상에게 눈짓을 주자 그가 이황에게 등을 내밀었다.

"저하, 이놈 등에 업히시죠."

이황이 멈칫거리며 선복을 바라보았다.

"저하, 길이 험하니 그렇게 하시옵소서."

"알겠네."

이황이 부보상의 등에 업혔다.

산길은 가파르면서도 구불구불했다. 여기저기에 머루와 다래넝쿨이 보였지만 모두들 탐스럽게 익었다는 말만 할 뿐 어느 누구도 머루나 다래를 따러 가지는 않았다. 시간이 흐르면서 산길을 오르는 이들의 호흡이 점점 가빠졌고, 땀도 비 오듯 흘러내렸다. 농담을 주고받으며 산길을 오르던 사람들도 힘이 들었던지 입을 꾹 닫고 앞만 보고 걸었다. 말고삐를 잡은 사람과 가마꾼들은 후미에서 따라왔고, 물금과 홍림은 행렬의 중간쯤에서 걸었다. 끝도 없이 이어지는 길은 좁은 데다 험악하기 이를 데 없었다. 시누대 길을 지나고 굴참나무 숲을 지날 즈음엔 홍림의 다리가 후들거리기 시작했다. 이황을 업고 있는 부보상은 벌써 두 번째 사내로 이들은 넷이서 한 조를 꾸려 돌아가며 이황을 업었다. 부보상의 거친 호흡이 이황에게까지 전해졌다.

"힘들지 않느냐?"
이황이 물었다.
"아니옵니다. 이놈들이 하는 일이라는 게 등짐이라 전혀 힘들지 않사옵니다."
부보상이 건재하다는 듯 더욱 힘차게 걸음을 내딛었다.
"힘들면 언제든지 쉬어 가자꾸나."
"그러겠사옵니다."
부보상은 답을 하며 주변을 살폈다. 이황이 지나는 곳이 호랑이나 표범이 자주 출몰하는 지역인 것이었다. 상보를 비롯한 부보상들도 그 사실을 알고 있던 터라 주변을 더욱 철저히 경계했다. 행렬의 처음과 맨 끝에 있는 부보상은 몇 걸음에 한 번씩 나무판자로 만든 딱딱이를 부딪치며 맹수의 접근을 막는 것과 동시에 자신의 존재를 확인시켜주었다.
산길은 오를수록 더욱 거칠었다. 경사가 심한 데다 길엔 바위까지 널려 있었다. 앞선 이들이 바위 지대를 지날 때였다. 뒤따르던 홍림이 발을 헛딛으며 아래로 주룩 미끄러졌다.
"악!"
홍림이 외마디 비명을 지르며 숲으로 굴렀다. 홍림의 비명에 산길을 걷던 이들이 급히 걸음을 멈추었다.
"무슨 일입니까?"
상보와 선복이 홍림에게로 달려왔다.
"아…아……!"
홍림이 발목을 감아쥐곤 고통스런 표정을 지었다. 선복이 "어디 봅시다"라며 홍림의 발목을 만져보았다. 발목 상태를 살피는 선복의 손이 옮겨질 때마다 홍림의 입에선 비명 같은 신음이 흘러나왔다.

"다행이오. 발목을 삐진 않은 거 같소."

선복이 근심 가득한 표정을 짓고 있는 상보에게 말했다.

"그래도 조치를 해야 하니 잠시만 기다리시죠."

상보가 장도를 빼들고는 재빨리 숲으로 들어갔다. 그 뒤를 부보상들이 따랐다. 상보는 잠시 후 산부추 한 움큼을 캐서 돌아왔다. 상보는 캐온 산부추를 돌로 짓이기더니 홍림의 발목에 붙였다. 그러곤 짐승 가죽을 두르고 그 위에 나무 막대를 묶어 발목이 흔들리지 않도록 고정을 시켰다. 상보가 홍림의 발목을 처치하는 데 걸린 시간은 일각도 걸리지 않았다. 선복이 놀랍다는 듯 혀를 내둘렀다.

"허허, 상처를 처치하는 솜씨가 무예로 단련된 나보다 낫소이다."

"부보상이면 누구나 이 정도는 다합니다요. 그나저나 어차피 걷기 힘들 터이니 술 한 모금 마시고 한숨 푹 주무시지요. 소인들이 항아님을 업겠습니다."

상보가 홍림에게 술이 담긴 호리병을 내밀었다.

"술은 무슨 일로?"

선복이 영문을 모르겠다는 표정을 지었다.

"이놈은 그냥 술이 아니라 약입니다. 마시고 나면 통증이 덜할 것입니다."

"아, 그렇구려."

홍림이 상보가 건넨 호리병을 열어 술을 홀짝거렸다.

"홍림은 내가 업을 터이니 부보상들은 저하와 일행을 책임지시오."

선복이 상보에게 그렇게 말하고 홍림을 들쳐업었다. 홍림을 업은 선복은 긴 다리를 이용해 성큼성큼 산길을 올랐다.

"저 때문에 시간이 지체되었습니다. 송구합니다."

선복의 등에 업힌 홍림이 잠이 쏟아지는지 새근거리며 말했다.

"아니오, 크게 다치지 않아 천만 다행이오."

"그리 말씀해주시니 감사합니다."

홍림이 말을 할 때마다 옅게 술 냄새가 풍겼다. 그 냄새가 아득하기도 하여 선복은 잠시 멈칫했다.

"마음 쓰지 마시고 한숨 주무시오."

선복이 그렇게 말하곤 다시 산길을 오르기 시작했다. 선복이 걸음을 내딛을 때마다 쿵쿵 하는 울림이 홍림의 가슴까지 전해졌다. 홍림은 그 소리를 들으며 까무룩 잠이 들었다. 몇 걸음 떼던 선복은 고개를 돌려 홍림을 바라보았다. 홍림은 두 팔을 선복의 등에 대고 아이처럼 편안한 얼굴을 하고 있었다.

그렇게 얼마나 시간이 흘렀을까. 홍림은 자신의 몸이 공중에 붕 떠있는 느낌이 들었다. 어쩐지 기분도 몽롱했다. 설핏 뜬 홍림의 눈으로 하늘까지 키를 키운 떡갈나무가 들어왔다. 바람이 불자 떡갈잎이 팔랑팔랑 흔들렸다.

어릴 적이다. 당시만 해도 역리였던 아비는 가을이면 역전驛田에서 추수한 쌀로 떡을 쪘다. 그러면 아비는 어린 홍림에게 떡갈나무 잎을 따오라는 심부름을 시켰다.

"홍림아, 떡갈나무 잎 좀 따오렴."

아비의 심부름을 받은 홍림은 근처에 있는 떡갈나무로 갔다. 홍림은 떡갈잎을 한 장 두 장 따서는 그것을 안고 아비에게로 달려갔다.

"아부이!"

홍림이 떡갈잎을 내밀면 아비는 딸의 머리를 쓰다듬으며 "우리 홍림이 이제 다 컸구나. 이렇게 이쁜 놈을 누구에게 보내누" 했다. 아비는 홍림이 따온 떡갈잎에다 떡을 곱게 싸서는 그 떡을 이웃에 나누었다.

"홍림아, 이 떡 좀 전해주고 오렴."

홍림은 아비가 건네준 떡을 들고 폴짝폴짝 뛰었다. 그러면 아비는 "홍림아, 넘어질라 뛰지 말거래이!"라고 소리쳤다. 어린 홍림은 아비의 말을 장난처럼 되뇌며 아우라지로 뛰어가곤 했다.

'아부이…… 홍림이가 가고 있어요…….'

아비를 떠올리던 홍림은 혼절하듯 잠에 떨어졌다. 홍림이 다시 정신을 차린 것은 선복의 등이 땀에 흠뻑 젖어 있을 때였다. 선복의 등은 축축했지만 김이 피어오를 정도로 따뜻했다. 그 온기가 좋았던 홍림은 몸을 더욱 밀착시켰다.

경사가 급해지면서 선복의 숨소리가 조금씩 거칠어지기 시작했다. 숨을 크게 몰아쉴 때마다 선복의 상체가 부풀어졌다가는 가라앉고 했다. 그때마다 홍림의 몸도 선복과 같이 부풀어졌다간 가라앉기를 반복했다. 가슴으로 느껴지는 선복의 숨소리는 홍림을 야릇한 감정에 빠지게 했다. 밀착된 젖가슴이 조금씩 팽팽해지면서 홍림의 호흡 또한 가빠지기 시작했다.

홍림의 몸에서 일어나는 반응이 어느 순간부터 선복에게도 전해졌다. 처음 홍림을 업었을 때 등으로 전해지는 젖가슴은 그저 풍만하다는 정도였는데, 지금 느껴지는 홍림의 젖가슴은 살아 있는 듯 뜨겁게 꿈틀거렸다. 대체 등에서 무슨 일이 벌어지고 있는 걸까. 선복은 이 상황을 어떻게 정리해야 할지 난감했다. 등에 업힌 여인은 비록 궁에서 쫓겨났다고 해도 궁인이 아니던가. 선복이 함부로 희롱하거나 마음에 담을 수 있는 여인이 아닌 것이었다. 그런 운명을 진 여인이 지금 선복의 등에 업혀 있었다. 지금의 상황을 모른 척해야 하는 건지 선복으로서도 쉬이 판단이 서지 않았다.

그때 상보가 "나리, 힘드시면 소인이 업겠습니다"라며 홍림의 상태를 살폈다.

"정상은 아직 멀었소?"

"거의 다 왔습니다."

"그럼 정상까지 가겠소."

선복이 걸음을 멈추며 목덜미로 흐른 땀을 훔쳐냈다.

"알겠습니다."

"저하는 어떠시오?"

"저하께서는 방금 전에 깨어나셨습니다."

"알겠소이다."

선복이 다시 걸음을 옮겼다. 그때 선복의 등에 얼굴을 묻고 있던 홍림이 살포시 고개를 들었다.

"나리, 저 이제 괜찮으니 내려주세요."

홍림이 두 팔로 선복의 어깨를 감싸 안으며 낮게 속삭였다.

"아, 깨어났소? 아직 오르막이니 정상에 가서 상태를 봅시다."

"나리, 나리의 등에 업혀 있기 민망해서 그럽니다."

홍림이 얼굴을 붉히며 말했다.

"걷긴 무리오. 그냥 갑시다."

선복의 마음도 흔들리고 있지만 그렇다고 이 느낌을 끝내고 싶진 않았다.

"알겠소?"

홍림의 반응이 없자 선복이 고개를 돌리며 물었다.

"그리하겠습니다……."

홍림이 고개를 끄덕이곤 선복의 등에 자신의 몸을 더욱 밀착시켰다. 그러자 뭉클 하는 느낌이 선복의 온몸으로 번져나갔다.

"나리…… 홍림이 무겁지 않사옵니까?"

홍림이 두 팔로 선복의 목을 감더니 속삭이듯 물었다.

"아, 아니오."

귓전이 후끈해지자 당황한 선복이 더듬거리며 대답했다. 그때 앞서 가던 이들의 입에서 함성이 터졌다.

"정상이다!"

"나리, 홍림이 업혀 왔다고 소문 내지 마세요. 아셨죠?"

홍림이 선복의 목덜미로 흐르는 땀을 닦아주며 낮게 말했다.

선복이 고개를 끄덕이며 홍림을 바닥에 내려놓았다.

"홍림아, 다쳤다고 하던데 괜찮으냐?"

이황이 기다렸다는 듯 홍림에게 다가왔다.

"심려를 끼쳐드려 송구합니다."

홍림이 땀으로 젖은 앞섶을 두 손으로 감싸며 말했다.

"저하, 제가 살펴보겠습니다."

상보가 무릎을 꿇어 홍림의 발에 묶인 나무 막대를 풀었다. 짐승 가죽까지 풀자 가느다란 홍림의 발목이 드러났다.

"발목을 움직여보십시오."

"어머, 하나도 아프지 않네요?"

발목을 돌려보던 홍림이 신기하다는 듯 눈을 동그랗게 떴다. 상보가 홍림의 발에 짐승 가죽을 씌우며 말했다.

"이젠 걸으셔도 됩니다."

"걱정했는데 잘되었구나."

이황이 근심을 풀며 좋아했다.

선복은 상보를 따로 불러 "호리병에 든 술을 약이라고 했는데 뭐로 만든 거요?"라고 물었다.

"양귀비 술입니다. 만병통치약인데, 우리처럼 먼 길을 다녀야 하는 이들에겐 필수품이죠."

상보의 대답이 있자, 선복은 그제야 홍림의 행동을 이해할 수 있을 것 같았다.

"선복아, 참으로 대단한 고개이지 않더냐. 정선으로 가는 일이 이토록 멀고 험한 걸 보니 박원종이 나를 정선으로 보낸 이유가 짐작이 되는구나."

이황이 발 아래로 펼쳐진 능선을 바라보며 말했다. 고개 주변으로는 봉수대烽燧臺도 있었으나 관리가 되지 않아 곳곳이 허물어진 데다 봉수군烽燧軍조차 보이지 않았다.

"그러하옵니다."

"유배가 아니라 유람을 다닌다면 이곳을 삼신산이라 해도 믿겠구나."

이황은 단풍이 곱게 물든 산자락을 둘러보며 감탄을 했다.

"소신도 그렇게 보입니다."

선복이 도성을 떠나 성마령을 오르기까지의 여정을 떠올리며 눈시울을 적셨다.

"저하, 해가 곧 떨어질 것이니 어서 고개를 내려가야 하옵니다. 인근에 행매원行邁院이 있으니 다리쉼은 그곳에서 한 후 벽탄역으로 가면 될 것이옵니다."

상보가 이황에게 말했다.

"알겠소. 그러나 여기서부터는 내 발로 걸을 것이니 그리 아시오."

이황이 말했다. 오를 때야 길이 험하니 어쩔 수 없다고 해도 내리막 길에서까지 업힌다는 것은 사내로서 자존심이 상하는 일이기도 했다.

내려가는 길은 낙엽이 쌓여 있어 폭신한 데다 경사도 완만해 걷기에 그만이었다. 구불구불 이어진 길은 단풍 숲이 끝도 없이 이어졌다. 고개를 들어보니 하늘빛보다 노랗고 빨간 단풍빛이 더 많이 보였다. 상보가 "부보상들은 이 길을 콧노래 길이라 부릅니다. 고개를 무사히 넘은 데다 단풍이 이토록 아름다우니 저도 모르게 콧노래가 술술 나오거든요"라고 말했다. 그의 말이 맞았던지 호행을 하던 부보상들이 저마다 콧노래를 흥얼거리기 시작했고, 그 콧노래는 행매원에 도착해서야 멈추었다.

"저하, 먼 길 오시느라 노고가 크시었습니다."

행매원 원주院主가 이황 앞에 부복했다. 그와 함께 행매원에 소속된 원리院吏들이 삶은 밤과 마실 것을 내어왔다.

"저하, 여기서부턴 어떤 위험도 없을 것이니 마음을 편하게 가지셔도 됩니다."

상보가 이황에게 말했다.

"고맙소."

회현에서 살수들의 습격이 있은 후 겉으론 태연했지만, 내심 언제 어느 때 자신을 해하려는 무리가 나타날지 몰라 마음을 졸인 적이 한두 번이 아니었다. 선복과 박치영 그리고 부보상들이 아니었으면 이미 까마귀밥이 되었을지도 모를 일이었다.

백성을 위한 조선을 여소서

밤이 깊었다. 대음산을 훌쩍 뛰어오른 달이 흐뭇한 표정으로 마을을 굽어보고 있었다. 성마령을 넘은 이황 일행이 머물고 있는 벽탄역碧呑驛도 그 위치를 짐작할 수 있을 정도로 달빛이 훤했다. 벽탄역은 정선에 있는 역驛 중에서 여량역에 이어 두 번째로 역리와 역노비가 많은 곳이었다. 세자가 왔다는 소식을 접한 벽탄역 역장 권집權輯은 도포 자락을 휘날리며 부산한 밤을 보내고 있었다.

"자자, 군불도 더 때고 음식도 푸짐하게 차리거라."

권집의 채근에 역노비들도 덩달아 바빠졌다. 아궁이에서는 장작 타는 소리가 타닥타닥 나고 무쇠 솥에서는 김이 모락모락 피어오르고 있었다.

압송관들도 방 하나를 차지하고 술과 음식을 대접받았다. 이황을 정선 관아에 인계하고 나면 다시 도성까지 먼 길을 떠날 사람들이었다. 그들은 그간에 있었던 일들을 이야기하며 먹고 마시고 취했다.

"나리님들, 더 필요한 게 있으면 언제든지 말씀하셔요. 아셨죠?"

역노비들이 수시로 압송관들이 있는 방으로 와서는 불편한 일은 없는지 확인했다.

"이보게. 이왕 온 것이니 술 단지나 하나 더 가지고 오게."

취기가 오른 한 압송관이 역노비에게 소리쳤다.

"예, 곧 대령하겠습니다요."

역노비가 창고에 있던 술 단지 하나를 압송관들의 방에 들여주었다.

"자네들도 좀 먹고 하게."

권집이 역노비의 등을 토닥였다.

"감사합니다요."

역노비들이 허리를 굽실거렸다.

읍내를 출발한 유길만 일행이 당도한 것은 그 즈음이었다. 벽탄역은 주변을 훤히 밝혀놓고 있었고 굴뚝에선 연기가 폭폭 올라왔다. 유길만 일행은 말고삐를 역노비에게 넘겨주고 권집을 찾았다.

"역장은 어디 계시는가?"

"저쪽에 계시옵니다."

역노비가 분주하게 움직이고 있는 권집을 가리켰다. 유길만 일행이 권집이 있는 주방으로 뛰어갔다.

"형님, 고생이 많습니다."

유길만이 인사를 했다. 유길만과 함께 온 김팔발과 딱새도 권집에게 인사를 꾸벅했다.

"허허, 자네들 왔는가."

"저하는 어디 계십니까?"

"처소에 계시니 안으로 들어가시게."

권집이 유길만을 이황의 처소로 안내했다. 권집과 유길만은 이종사촌으로 권집이 이종형姨從兄이었다.

"저하, 유 생원이 도착했사옵니다."

권집이 이황 일행이 들어 있는 방 앞에서 아뢰었다. 문이 열리고 유길만 일행이 방으로 들어갔다. 그들은 이황에게 배례를 한 후 무릎을 꿇었다.

"저하, 먼 길에 옥체는 상하지 않으셨는지요. 소생 정선 사람 유길만이라고 하옵니다."

"부보상 상보를 통해 말은 많이 들었소. 만나게 되어 반갑소."

이황이 유길만을 반가이 맞이했다.

"저하, 함께 온 이들이 있습니다. 여긴 충의군 대장군 김팔발 장군이고, 그 옆은 정선 부보상 방수 딱새라고 합니다."

유길만이 두 사람을 소개하자 김팔발과 딱새가 "소인들, 저하를 뵙사옵니다"라며 머리를 조아렸다.

"김팔발 대장군이라고 했소? 과연 듣던 대로 덩치가 크오. 충의군 덕분에 위험한 상황을 여러 번 넘겼소. 이 자릴 빌려 감사드리오."

이황이 두 사람을 바라보며 말했다.

"송구하옵니다, 저하."

"송구하기론 내가 그대들보다 훨씬 더하오. 내 비록 세자라고는 하지만 어린 탓에 역적들의 발호跋扈를 막지 못했소."

이황이 눈시울을 적시며 말했다.

"저하, 이젠 충의군이 있사옵니다. 힘을 내시옵소서."

"고맙소. 내 그대들의 충심을 잊지 않겠소."

"감읍하옵니다, 저하."

유길만 일행이 이마가 방바닥에 닿을 정도로 머리를 조아렸다. 낮게 엎드렸던 유길만이 고개를 들며 이황에게 물었다.

"저하, 충의군 부대장들이 기다리고 있으니 소생은 곧 돌아가야 하옵니다. 하여 시간이 없으니 거두절미하고 여쭙겠습니다. 저하께서 이루고자 하시는 조선은 어떤 조선입니까?"

"내 아직 어려 많은 것을 알진 못하오. 다만 궁을 나와 이곳까지 오면서 내내 생각했던 것은 있소."

"그것이 무엇이옵니까?"

"임금은 백성을 위한 정치를 펴야 한다는 것이오. 내 이곳으로 오면서 백성들의 삶을 엿볼 수 있었는데, 그 삶이라는 게 딱하기 그지없었소. 하여 임금이 백성 편에 선다면 백성들이 그나마 희망을 품지 않겠소."

"훌륭하신 생각이옵니다. 하지만 조정을 장악한 권신들이 어떤 자들입니까? 그들은 결코 임금이 백성의 편에 서는 것을 원하지 않을 것입니다."

"그건 나도 알고 있소. 그러나 권신들을 어떻게 해야 할지에 대한 해답은 나도 아직 모르오. 혹, 알고 있다면 알려주오."

이황이 다리를 고쳐 앉으며 물었다.

"소생들이 충의군을 만든 목적은 간신과 모리배들을 그냥 둔 채 임금만 바뀌는 그런 조선이 아니라 천민과 귀족이 따로 없는 모두가 평등한 새로운 조선을 열고자 함입니다."

"평등?"

이황이 눈을 크게 뜨며 물었다.

"그러하옵니다."

"평등하면 모두가 잘 살 수 있소?"

"그러하옵니다. 평등의 시작은 백성이 백성 대접을 받는 것입니다.

잘사는 사람과 못사는 사람의 차별이 없고, 권력이 있는 자와 없는 자의 차별이 없으면 평등하다고 할 수 있습니다. 평등한 세상은 부정한 방법으로 재산을 축재한 권신들의 땅과 노비는 물론이고 오래된 왕족과 공신들의 재산 또한 환수하여 그것을 백성들에게 돌려줄 때 비로소 이루어질 것이옵니다."

"공신들의 재산을 환수하는 일은 고려 광종도 실패했고 태종과 세조 임금, 아바마마도 실현하지 못했소."

"저하께서 정선까지 유배를 온 사연이 거기에 있음을 소생도 잘 알고 있사옵니다."

"그렇게 어려운 일을 내가 할 수 있겠소? 저들은 힘이 세고 나는 어린 데다 힘도 없소."

"소생들이 돕겠사옵니다. 도적 홍길동이 왜 백성들로부터 지지를 받은 줄 아시옵니까? 그것은 그들이 가렴주구를 일삼는 탐관오리들의 재산을 빼앗았기 때문이었사옵니다. 그 누구도 하지 못했던 일을 그들이 했기에 백성들은 환호하고 응원하는 것이옵니다. 도적들도 했던 일이온데, 하물며 저하께서 못 하실 이유가 없으십니다. 저하께서 그 일을 하시면 조선의 만백성이 저하께 환호와 응원을 보내드릴 것이옵니다."

"만백성이 행복해질 수만 있다면 나도 그대의 말처럼 하고 싶소. 하지만 나는 아직 어리고 그대들 또한 충의군을 조직했다고 하지만 저들의 적수가 되기엔 약해 보이오. 난 그것이 걱정이오."

"그것은 염려하지 않으셔도 됩니다. 소인들은 이미 죽기를 각오했사옵니다."

곁에서 듣고 있던 김팔발이 나섰다.

"대장군. 나도 충의군과 대장군을 믿소. 하지만 저들은 훈련이 잘된 정예 군사를 보유한 무장들이오. 내 그래서 꺼낸 말이오."

"소인도 알고 있사옵니다. 하지만 소인과 충의군은 저들이 두렵지 않사옵니다."

"고마운 일이오. 내 노파심이 컸소이다."

"저하, 충의군은 백성의 군대이자 저하의 군대이옵니다. 충의군을 믿어주시옵소서."

"알겠소."

이황이 감격에 찬 음성으로 말했다.

"저하, 소인도 여쭐 것이 있사옵니다."

김팔발이 이황에게 아뢰었다.

"괘념치 말고 하시오."

"전하께서는 어떤 분이셨습니까?"

그 순간 곁에 있던 유길만이 고개를 번쩍 쳐들었다. 이황 곁에 있던 선복과 박치영의 얼굴도 긴장한 빛이 역력했다.

"사람의 팔이 안으로 굽는다는데, 하물며 자식이 아비를 어찌 박하게 평가하겠소. 백성들은 어떻게 평가할지 모르겠지만 내가 본 아바마마께서는 훌륭한 분이셨소. 비록 역도의 무리에게 보위를 빼앗긴 죄는 크지만 임금인 아바마마를 부끄럽게 생각했던 적은 한 번도 없소."

"진정이오리까?"

"그러하오. 아바마마께서 임금이 된 지 여섯 해가 되던 초가을인가 그러오. 그때 아바마마께서 예문관藝文館에 글 하나를 내렸는데, 내용은 이러하오."

백성들의 굶주린 기색이 있음을 매우 근심하고
윗사람을 업신여기는 풍습을 몹시 한스럽게 여긴다.
때때로 생각이 진실한 충성을 보고 싶고
내가 매일 생각하는 것은 신하들의 거짓된 충성을 막으려 함이로다.

"이 정도면 아바마마께서 어떤 고뇌를 하며 보위에 있었는지 짐작할 수 있지 않겠소?"

"저하, 잘 들었사옵니다."

유길만이 흡족한 표정을 지으며 예를 표했다.

이황의 곁에 있던 박치영이 말했다.

"신하가 임금을 업신여긴 일들이 어디 한두 번이었겠습니까. 어느 날 시문을 짓기 즐겨하는 전하께서 '그동안 짐이 쓴 시문詩文과 잡저雜著를 찬집撰集하여 바치라'고 명하신 적이 있었습니다. 그랬는데, 한 신하가 '제왕의 문장이 정치하는 도에 이익이 없음은 남송南宋 때의 유학자儒學者 진덕수眞悳秀가 대학연의大學衍義에서 남김없이 말하였으니 굳이 찬집을 할 이유가 있겠습니까. 찬집하는 일을 정지하소서'라고 요구했습니다. 신하들이 이렇게 사사건건 임금을 업신여기니 전하께서 본인이 원하는 정치를 펼칠 수 있었겠는지요."

유길만 일행의 시선이 박치영에게 쏠리자 이황이 박치영과 선복에게 잠시 일어서라 했다.

"이들은 나와 함께 도성에서 온 자들이오. 방금 이야기를 한 사람은 아바마마의 호위를 맡았던 내관 박치영이고, 그 옆은 이 몸을 호위하는 익위사의 위솔 선복이오. 이 두 사람의 무예가 출중하니 충의군을 위해 분명 할 일이 있을 것이오."

이황이 두 사람을 소개하자 선복과 박치영이 가볍게 목례를 했다.

"그리고 여기 두 사람은 동궁전 나인 물금과 홍청이었던 홍림인데, 우리의 식구이니 역시 잘 부탁하오."

"먼 길 오시느라 고생이 많으셨소이다."

유길만 일행이 물금과 홍림에게 목례를 했다.

"아, 홍림은 집이 정선이라 했으니 여러분과는 같은 동향일 것이오."

이황이 홍림을 보며 말했다.

"그렇사옵니까? 댁이 어딘지요?"

정선이라는 말에 딱새가 눈을 새초롬 뜨며 물었다.

"여량입니다. 이년의 아비가 그곳의 역장으로 있습니다."

홍림이 쑥스러운 듯 입을 가리며 말했다.

"여량역장? 그럼 최은석 역장을 말하오?"

"그렇습니다."

홍림의 대답에 세 사람 모두 놀란 얼굴을 했다.

"이년의 아비를 아십니까?"

"아다마다요. 최 역장께선 지금 정선 관아 형옥에 갇혀 있는 걸요."

"아니, 아비가 무슨 죄가 있다고 옥에 갇힙니까요?"

홍림이 눈을 동그랗게 뜨며 물었다.

"궁에 들어간 여식 때문이라고 들었소."

딱새가 답했다.

"그럼 이년 때문에 아비께서 형옥에 갇히셨단 말이오?"

홍림이 두 손으로 얼굴을 가리며 흑, 했다.

"허, 이게 무슨 일인가?"

이황이 무슨 영문인지 모르겠다는 표정을 지었다.

"아마도 홍림이 궁에서 쫓겨나면서 생긴 일인 듯합니다."

박치영이 나섰다.

"저하, 이년의 아비를 어떡하면 좋겠습니까?"

곧 아비를 만날 수 있을 것이라 생각했던 홍림이었다.

"걱정마라. 곧 풀려나지 않겠느냐."

이황이 홍림에게 말했다.

"그러합니다. 우리 충의군이 최 역장을 반드시 구해낼 것이니 며칠만 기다려주십시오."

김팔발이 말했다.

"정말 그래주실 겁니까?"

홍림이 흐르는 눈물을 옷소매로 훔치며 물었다.

"그럼요. 곧 관아를 칠 것이니 그때까지만 기다리시면 될 것입니다."

"그 일에 이 몸도 끼워주시겠소?"

선복이 김팔발에게 물었다.

"위솔께서 함께해주신다면 우리야 감사할 따름이지요."

"고맙소."

"어차피 내일 저하께서 관아에 들를 것이니 최 역장을 잠시 뵐 수는 있을 것입니다. 그러니 염려는 그만하셔도 될 것입니다."

김팔발이 울음을 그치지 못하는 홍림을 위로했다.

"대장군이 부디 홍림의 아비를 잘 살펴주시오."

"알겠사옵니다. 저하."

김팔발이 큰 덩치를 흔들며 넙죽 엎드렸다.

"저하, 밤이 깊었으니 소생들은 이만 물러가겠사옵니다."

유길만이 머리를 조아렸다.

"만나서 반가웠소."

"저하, 편히 침소 드시옵소서."

유길만 일행이 이황에게 배례를 하곤 처소를 나왔다.

"저하는 뵈었는가?"

권집이 유길만에게 물었다.

"예, 뵈었습니다."

"밤이 깊었는데, 읍내로 떠날 텐가?"

"충의군이 기다리고 있어 가야 합니다. 저하를 잘 부탁드립니다."

"알겠네. 그런 걱정은 말고 조심해서 가시게."

"예, 형님."

유길만 일행이 권집에게 인사를 건네고 읍내로 말을 몰았다.

유길만 일행이 빠져나가자 이황의 처소는 잠시 적막감이 흘렀다. 선복과 박치영은 충의군에 대한 나름의 정리가 필요했고, 홍림은 아비에 대한 걱정으로 시름에 잠겨 있었다. 이황과 물금이 홍림을 위로해보았지만 홍림의 얼굴에 드리워진 불안은 쉽게 사라지지 않았다. 그 적막을 깬 것은 역노비들이었다.

"저하, 과질을 가지고 왔사옵니다. 적적할 때 드시옵소서."

"고맙소."

"더 필요한 것은 없으신지요?"

"목이 마르니 시원한 물이나 한 동이 가지고 오게."

박치영이 역노비에게 그렇게 말했다.

명을 받은 역노비는 옹기 가득 물을 채워 처소로 가지고 왔다. 항아리를 들여놓은 역노비는 동료들에게 돌아가 자신이 한 일을 자랑스레 늘어놓았다. 궁에 있는 사람을 본 적이 없던 역노비들로서는 어린 세자의 말투나 걸음걸이가 신기했던지 저들끼리 흉내를 내곤 했다.

"저하. 이곳에 오기까지는 저하의 신분을 숨겼기에 조용했는데, 오늘은 좀 부산스럽사옵니다."

박치영이 이황에게 말했다.

"괜찮네. 오히려 사람 사는 게 이런 건가 싶어 좋네. 박 내관도 살아보아서 알겠지만 궁 생활이라는 게 얼마나 답답한 곳이던가. 마음 놓고 웃어서도 아니 된다, 요란을 떨며 뛰어서도 아니 된다, 그저 아니 된다 아니 된다고만 하니 그게 어디 사람 사는 곳이던가."

"지금 생각해보면 그렇긴 하옵니다."

박치영이 입가에 미소를 달며 대답했다.

"저하, 충의군 대장군 김발팔이라는 자를 만나본 소회는 어떠하옵니까?"

선복이 물었다.

"아주 믿음직스럽더구나. 생각도 바른 듯해 보여 대장군직을 맡기에 적임이라는 생각이 들었네. 선복인 어떻게 보았는가?"

"저도 이런 산촌에서 묻혀 살기엔 아까운 인재라고 생각했습니다."

"생원 유길만은 어떠하더냐?"

"선비가 지니고 있어야 할 덕목을 두루 갖춘 인물이라고 보았습니다."

"잘 보았네. 유길만 같은 자가 조정에 있었다면 아바마마께서 그리 힘들어하시진 않았을 것이라는 생각이 들었네."

"소신은 충의군이 내세우는 새로운 조선이야 말로 저하께서 앞으로 펼쳐야 할 조선이 아닐까라는 생각을 하고 있었사옵니다."

박치영이 이황에게 말했다.

"나도 유길만의 이야길 듣고 그런 생각을 했다네. 그렇게만 된다면 조선은 누구도 넘볼 수 없는 강한 나라가 될 수 있지 않겠나."

이황이 들뜬 기분을 숨기지 않았다.

"그러하옵니다. 지금의 조선은 신하만 강했지 임금과 백성은 강하지 못하옵니다. 저하의 조선이 열리면 백성이 힘을 가질 수 있도록 그 길을 활짝 열어야 할 것입니다. 백성이 강해지면 조선이 강해질 것이고, 조선이 강해지면 대국의 꿈도 이룰 수 있사옵니다."

"대국이라…… 말만 들어도 가슴이 벅차오르는구나."

이황이 가슴에 손을 얹으며 말했다.

폭정

읍내로 돌아온 유길만 일행은 정선 임방으로 갔다. 일행이 오기만을 기다리던 상보가 이들이 타고 온 말을 마구간에 넣었다.

“다들 오셨는가?”

딱새가 상보에게 물었다.

“예, 한식경一食頃 전에 다들 모이셨습니다.”

“알겠네. 우린 안으로 들어갈 터이니 자넨 밖을 살피고 있게.”

“알겠습니다.”

상보가 수하들을 데리고 임방을 나섰다.

방으로 들어가자 훈도 전용길과 석돌개, 덕치, 낙중 등이 유길만 일행을 기다리고 있었다.

“어이구, 많이 기다렸소이다.”

유길만이 방에 있던 이들과 손을 마주 잡았다.

“형님, 애쓰셨습니다.”

덕치가 유길만을 뜨겁게 안았다.

"자네도 먼 길 다녀오느라 애썼네."

"자자, 다들 좌정하시지요."

딱새가 방문을 닫으며 말했다.

"저하를 만나뵈었습니까?"

훈도 전용길이 호기심 어린 얼굴로 물었다.

"예, 뵈었습니다."

"형님, 저하를 뵈었던 이야기부터 하시지요."

덕치가 마른 입술을 적시며 말했다.

"저하는 생각보다 강한 분이셨소."

"강하기만 하던가, 의젓하시기도 하더만."

유길만의 말에 김팔발이 대꾸를 달았다.

"맞소. 대장군과 소생이 저하께서 어떤 생각을 품고 계시는지 여쭈어 보았는데 차분하게 본인의 생각을 펼치셨소. 그 모습이 어찌나 의젓하던지 하마터면 탄성을 지를 뻔했소이다."

"충의군의 뜻은 전했소이까?"

전용길이 나섰다.

"그렇소이다. 충의군이 새로운 조선을 열어 보이겠다고 하니 저하께서 아주 좋아하셨습니다. 저하께서도 이번 일로 깨달은 것이 많았는지 세상을 보는 눈이 넓어진 듯 보였소이다. 우리 충의군이 내걸은 뜻과 명분을 충분하게 펼칠 수 있는 분인 듯싶어 모두가 기분 좋게 돌아왔습니다."

유길만의 말에 모두들 환하게 웃으며 고개를 끄덕였다.

"자, 그럼 지금까지 진행된 상황을 점검해보고 앞으로의 계획을 짜 봅시다. 먼저 포수들을 규합하기 위해 떠났던 덕치 부대장 보고부터 들어봅시다."

"저는 그동안 강원도와 경상도 일대의 포수들을 찾아다녔는데, 나라를 구하는 일이라면 목숨을 아끼지 않는 게 포수들인지라 충의군의 뜻을 전하는 데 있어 어려움은 없었습니다. 이틀 후까지 정선의 모처에 모이도록 하였으니 기대를 하셔도 좋을 것입니다."

덕치가 그간의 상황을 짧게 보고했다. 비밀이 누설될 것을 우려해 모이는 장소는 공개하지 않았다.

"인원은 몇이나 되는가?"

김팔발이 물었다.

"적으면 칠십이고 많으면 백여 명은 될 것입니다."

"대단한 숫자로구먼. 고생했으이."

낙중이 덕치의 어깨를 감싸 안으며 활짝 웃었다.

"이번엔 전 훈도께서 보고하시죠."

"전용길 부대는 향교의 내사생과 증광생 모두를 합해 마흔이오. 그동안 우리는 지방의 향교 교생들과 연계하여 박원종과 그 무리를 탄핵하는 상소를 꾸준히 올렸소이다. 결과는 아직 알 수 없지만 여기저기에서 들려오는 소문을 들어보자니 큰 반향을 일으킨 것만은 분명한 사실인 것 같소. 탄핵 상소를 꾸준히 올리다보면 크든 작든 물고기 한 마리 정도야 걸려들지 않겠소이까."

전용길의 보고가 끝나자 다들 껄껄 웃었다.

"허허, 그 물고기가 누군지 알 수 있겠소이다."

김팔발이 몸이 흔들릴 정도로 크게 웃으며 말했다.

"소인 석돌개도 보고 올리겠습니다. 석돌개 부대는 외거 노비를 포함해 마흔 정도 됩니다. 아직 합류를 결정하지 못한 노비들이 많으니 좀 더 적극적으로 조직하겠습니다."

"석돌개도 애썼네."

"부보상 또한 포수들과 마찬가지로 나라가 위급한 상황이 되면 몸을 던지는 조직입죠. 딱새 부대 또한 포수 부대와 마찬가지로 이틀 후까지 모이라고 했습니다. 정선으로 모이는 인원은 백여 명 정도로 예상합니다만, 도성으로 가게 되면 그 수는 수십 배로 늘어날 것입니다."

"듣기만 해도 기분이 좋아지는구려."

전용길이 입가에 미소를 달며 말했다.

"감사합니다. 훈도 나리."

"이거 다들 열심히 하셨는데, 저만 놀고 있었던 것은 아닌가 싶어 송구스럽습니다. 저는 정선 관아를 치는 일을 맡았는데, 밑그림은 다 그려진 상태입니다. 거사 날이 정해지면 그 그림을 공개하겠습니다."

낙중이 자신 있게 보고했다. 그 역시 보안을 위해 자세한 상황까지 공개하진 않았다.

"좋소, 기대하겠소. 다들 들으셨지만 각자 맡은 임무를 충실하게 진행하고 있기에 충의군의 조직도 현실화되고 있소이다. 충의군의 정예부대라고 할 수 있는 덕치 부대와 딱새 부대만 해도 군사의 수가 이백은 됩니다. 거기에다 석돌개 부대와 전용길 부대를 합하면 결코 적은 인원이 아닙니다. 저하께서도 무사히 정선으로 오셨으니 이젠 거사 날을 잡아야 할 것이외다. 각자의 의견을 개진해주시오."

유길만이 방 안을 둘러보며 말했다.

"지난 번 경강의 소금장수가 목재와 미곡을 교환하기로 했는데, 아직 미곡이 당도하지 않았습니다. 미곡이 당도하는 날을 거사 날로 정하는 게 어떻습니까?"

딱새가 의견을 냈다.

"그거 좋은 생각이오. 군량이 있어야 전투도 할 수 있는 게 아니던가요."

전용길이 딱새의 의견에 찬동을 했다.

"다른 의견은 없소이까?"

유길만이 물었다.

"내가 생각해도 그날이 좋을 듯싶소."

김팔발이 전용길과 같은 의견을 냈다.

"좋소이다. 일정을 늦출수록 위험 요소 또한 많아지니 그날을 거사날로 정하고 딱새 부대장은 미곡이 언제쯤 도착하는지 파악하여 보고해주시오."

"알겠습니다."

"그럼 오늘 회의는 이것으로 끝낼 터이니 편안하게 목을 축이며 이야길 나누어봅시다."

유길만이 딱새에게 눈짓을 하자 이내 주안상이 들어왔다. 술상이 차려지자 모두들 컬컬한 목을 축이기 바빴다.

"우리 딱새에게 도성 소식이나 들어봅시다."

술잔이 몇 순배 돌자 김팔발이 말했다.

"아유, 형님. 지금 도성은 난리가 났답니다."

"난리는 우리가 준비하고 있는데 무슨 난리가 또 나는가?"

"그런 거 말고요. 양반들이 조정에 들어가기 위해 삼대장(박원종 · 성희안 · 유순정)한테 줄을 대느라 난리가 났다는 겁니다."

"허허, 그런가? 그럼 어디 그 이야기 좀 들어보세."

"우선 배운 거 없이 무식하기만 한 우의정 박원종의 집으로 갑니다. 요즘 박원종의 집엔 뇌물이 천지사방에서 모여드는데, 그 수가 얼마나 많은지 뇌물을 보관할 창고를 급하게 지어야 할 정도라고 합니다. 그 뇌물의 종류도 다양해 조선에서는 구할 수도 없는 것들도 많아 박원종이 즐거운 비명을 지르고 있다는 소식입니다. 박원종을 더욱 신나게 하는 건 권력을 잡은 후 하사받은 토지가 바다만큼 넓고 궁에서 쫓겨난 궁인들은 또 얼마나 많이 챙겼는지 첩비妾婢만 해도 수십 명이 된다고 합니다. 그 많은 여인들을 재우려면 집이 필요하지 않겠습니까. 그 때문에 박원종이 요즘 별실 지으랴 여자들 간수하랴 난리라고 합니다. 박원종의 마누라 또한 음식과 뇌물이 얼마나 들어오는지 그걸 받느라 밥 먹을 시간도 내지 못할 정도라고 합니다."

"저런 죽일 놈을 봤나."

낙중이 주먹으로 방바닥을 치며 욕설을 뱉었다.

"도성 사람들이 그런 박원종을 두고 입방아질하길 '박원종이 저렇게 여자들한테 파묻혀 살다간 며칠 못 가 급사를 하게 될 거다'라고 한다는군요."

"어따, 내가 목을 분질러버릴 것인데 그렇게 빨리 죽으면 안 되지."

김팔발이 두 손으로 목을 비트는 시늉을 했다.

"박원종이 강원감사로 잠시 있을 때였소. 타고나길 여자를 워낙 좋아하는 자였는지 창기를 끼고 노느라 어전 회의에도 참석하지 못했던 적이 있었소. 그걸 안 대간들이 박원종을 국문하라고 탄핵을 빗발치게 했었소. 그때 박원종의 탄핵을 막아준 이가 임금 이융이었소. 그런 일이 그 후 몇 번이나 더 있었지만 그때마다 임금이 온갖 비난을 받아가면서까지 막아주었소. 그랬는데도, 그자는 자신을 그렇게 총애한 임금을 향해 검을 들었소이다."

유길만이 박원종의 일화 하나를 소개했다.

"박원종은 사람이 아니오. 적어도 사람이라면 그렇게 할 순 없을 거외다."

전용길이 목소리를 높이며 박원종을 성토했다.

"그렇소이다. 짐승도 저를 살려준 사람의 은혜를 안다고 했는데, 그걸 모르는 박원종은 금수만도 못한 자가 틀림없소이다."

김팔발이 맞장구를 쳤다.

"자, 금수만도 못한 자가 또 있습죠. 이번엔 이조판서 성희안의 집으로 갑니다. 성희안은 경솔한 사람이라고 알려져 있습죠. 의리도 없고 진득한 맛도 없는 사람이라는 거지요. 성희안도 반란에 성공한 후 받은 토지가 박원종 못지않은 데다 노비 또한 집안에 넘친다고 합니다. 지금 성희안의 사치는 극에 달하고 있으며, 집에 들여 놓은 시첩侍妾이 수십인데 그 미모가 타의 추종을 불허할 정도여서 어여쁘다고 하는 궁인들은 다 성희안의 집에 있다고 합니다. 여인은 많고 성희안은 혼자이고, 그러다보니 욕구를 채우지 못한 여인까지 생겨났는데, 참다못한 여인들이 저들끼리 밴대질을 하며 욕구를 푼다고 합니다. 암튼 지금 성희안도 박원종과 같이 시첩들이 머물 별채 지으랴 뇌물 받아 챙기랴 바쁜 나날을 보내고 있다니, 성희안 역시 오래 살지 못할 것이라는 소문이 자자합니다요."

"저런 쳐죽일 놈들! 지들 부귀영화 누리자고 반란을 일으켜!"

전용길이 분을 참지 못하고 식식거렸다.

"아아, 참으세요. 또 있습니다. 이번엔 청천부원군이 된 유순정의 집으로 가봅죠. 유순정 역시 반란에 참여한 대가로 받은 토지와 노비가 엄청납니다. 유순정은 또 뇌물이 많고 적음을 구별하여 관직을 내린다고 알려졌습죠. 그 같은 소문이 퍼지자 사람들은 너나없이 토지와 집까지 팔아 뇌물을 마련한다 합니다. 유순정 또한 첩비를 많이 두었는데, 어느 하루라도 집안에서 여인의 교태 소리가 나지 않는 날이 없다고 합죠. 도성 사람들이 그런 유순정 역시 여인들로 인해 천명을 다하지 못할 것이라며 손가락질 하고 있다니 요지경 속이 따로 없습죠."

"뇌물이 많고 적음에 따라 관직을 내린다면 장차 이 조선이 어떻게 돌아갈 것인지 보지 않는다 해도 훤하구먼. 이럴 거면 과거는 무엇 때문에 보는지 원."

유길만이 한숨을 크게 쉬며 말했다.

"이번 반란으로 박원종과 성희안, 유순정까지 이 세 가문은 대대손손 먹고살 수 있는 재물을 모았습니다. 어디 그뿐입니까? 애초 공신록에 이름을 올린 자가 일백이었는데, 자꾸만 늘더니 117명까지 늘었습니다. 그 117명 중에 박원종, 성희안, 유순정 이 세 사람의 가족과 친인척만 해도 스무 명이 넘는다니 순천 박씨와 창녕 성씨, 진주 유씨, 이 가문이 이번 반란으로 팔자를 고친 게 아니겠습니까?"

딱새가 열을 올리며 말했다.

"허, 성리학을 팔아 임금을 옥죄더니 결국엔 자신들의 배만 불리는군요. 어떻게든 우리가 이 썩어빠진 조정을 갈아엎고 새로운 조선을 열어야 할 것이외다."

전용길이 어금니를 으드득 깨물었다.

"아무렴요. 조선 백성의 이름으로 기필코 저들을 처단해야지요."

김팔발이 주먹을 불끈 쥐었다.

"조정만 썩어빠진 게 아닙니다. 정선 관아 또한 조정보다 더하면 더했지 덜하진 않을 겁니다. 당장 올 가을에 내야 할 세곡만 해도 불만이 많습니다. 정선의 경우 농토가 적고 척박하여 한 해 생산되는 양으론 지역 사람들도 먹고살기 힘들 정도인데, 색리들은 생산량의 절반 가까이나 세곡으로 내라고 합니다. 그뿐이면 그나마 견딜 수 있겠지만 우리가 바쳐야 할 공물貢物은 또 얼마나 많습니까? 정선 사람들이 당장 마련해야 할 토공물土貢物만도 자단향 · 백단향 · 황랍 · 봉밀 · 오배자 · 석영 · 정철 · 지초 · 칠 · 녹포鹿脯 · 장피獐皮 · 호피狐皮 · 이피狸皮 · 수달피 · 저모猪毛 · 웅모熊毛 등입니다. 여기에다 이 지역에서 생산되는 약재인 인삼 · 백급白芨 · 당귀 · 남칠藍漆 · 궁궁芎藭 · 복령 · 안식향 · 백교향白膠香 · 오미자 · 영양각羚羊角 · 백사화白花蛇 · 녹각鹿角 · 교단유膠貒油까지 부과가 되었습니다. 굶기를 다반사하며 모아도 힘들 정도인데, 정작 백성을 더 힘들게 만드는 건 색리들의 횡포가 아니겠습니까? 사정이 이러한데 백성들이 단 하루라도 맘 편하게 살 수 있겠습니까?"

딱새가 목소리를 높였다.

"딱새 방수 말이 맞소. 나만 해도 환곡에다 당장 준비해야 할 장피와 호피, 이피가 작년에 비해 배는 더 많습디다. 이래 가지고선 제 아무리 관동 포수라 해도 살아남기 힘들지요. 지금 관아의 행태를 보면 백성들을 아예 홀딱 벗고 살라고 하는 것과 하나도 다르지 않습니다. 백성들이 든벌이나 난벌이나 뭐 걸친 게 있어야 벗을 것도 있는 게 아닙니까. 조강糟糠도 먹지 못하는 집이 한두 집입디까?"

낙중이 빈 술잔을 탁 소리가 날 정도로 내려놓으며 울분을 토했다.

"그게 어디 세곡과 공물뿐이겠는가. 더 큰 문제는 환곡還穀의 관리라네. 바른 정치를 펴야 할 군수나 육방관속들이 환곡을 풀기는커녕 도리어 도둑질을 일삼으니 그 피해가 백성들에게 고스란히 돌아가고 있질 않던가."

김팔발이 답답한 듯 말했다.

이 무렵 군수와 육방관속은 백성들을 진휼賑恤하라고 한 환곡을 아무 거리낌 없이 양껏 도둑질했다. 그야말로 보는 사람이 임자였던 환곡은 도둑질한 양만큼 모래나 겨로 채워졌고, 백성들은 쭉정이 반 모래 반이 섞인 것을 환곡이라고 받았다. 백성들이 눈물로 항의했지만 소용이 없었다. 가을이 되어 추수기가 되면 봄에 받았던 환곡을 갚아야 했는데, 모래를 받은 백성이라 해도 후엔 알곡을 바칠 수밖에 없었다. 이조차 하지 않으면 이자가 눈덩이처럼 불어났고, 색리들은 환곡을 갚지 못한 집을 찾아가 원곡에다 모조耗條까지 내라며 행패를 부리기 일쑤였다. 폭정을 견디다 못한 백성이 도망이라도 치면 친척이나 이웃까지 찾아가 환곡을 갚으라고 횡포를 부렸다. 심지어는 생면부지인 사람에게 환곡을 대신 갚으라고 하는 포리逋吏까지 있어 백성들의 삶은 더욱 피폐해져만 갔다.

"그렇습니다. 이대로 두어서는 백성들이 하나도 살아남지 못할 것입니다."

석돌개가 말했다.

"조정이 개판으로 돌아가는데, 지방 관아야 말로 해서 무엇하겠소. 포흠逋欠질을 하지 않는 자가 죽반승粥飯僧 취급을 받는 세상이니 어서 이 더러운 세상을 바꾸어야만 할 것이오."

전용길이 혀를 끌끌 찼다.

"허허, 욕할 놈들이 하도 많다보니 시간 가는 줄 모르겠소이다. 벌써 삼경三更이라오. 이러다간 밤을 샐 것이니 오늘은 이만 헤어집시다. 내일은 저하께서 관아에 들렀다가 백오담으로 가실 터이니 바쁘지 않은 분들은 내일 오정시午正時에 관아 앞에서 뵙도록 합시다."

유길만이 기분 좋게 웃으며 말했다.

"그럽시다. 오늘 모처럼 즐거웠소."

전용길이 자리를 털고 일어났다.

유배지의 노래

잠자리에 든 홍림은 자신의 젖가슴을 가만히 눌러보았다. 처음엔 아무런 느낌도 전해지지 않았다. 그러나 선복의 등에 업혔던 순간을 떠올린 이후부터 젖가슴이 조금씩 부풀어 오르는 것을 느낄 수 있었다. 태어나 처음으로 느끼는 야릇한 감정이었다. 선복의 거친 숨소리만 생각해도 몸이 후끈 달아올랐고, 가슴을 쿵쿵 울리는 발소리만 떠올려도 심장이 후둑후둑 뛰었다. 고개를 흔들며 선복의 생각을 털어보지만 한 번 뜨거워진 홍림의 몸은 좀처럼 식지 않았다. 홍림은 달아오른 몸을 어쩌지 못해 밤새 뒤척이다 새벽녘에야 겨우 잠이 들었다.

"잘 잤소?"

아침에 만난 선복이 환하게 웃으며 물었다. 홍림은 차마 대꾸도 하지 못했다. 간밤에 있었던 일을 들키기라도 한 듯 귓불이 달아오르고 얼굴도 화끈거렸다. 조반을 뜨는 중에도 홍림은 고개를 숙인 채 선복의 손놀림만 바라보았다.

"홍림인 아직도 아비 걱정인 게냐?"

이황이 입을 닫고 있는 홍림에게 물었다.

"아, 아닙니다."

홍림이 고개를 저으며 밝게 웃어 보였다.

"충의군이 아비를 구해낸다 했으니 기다려보자꾸나."

"그럴 것입니다."

홍림이 기어들어가는 목소리로 말했다.

조반을 먹고 밖으로 나오니 춥다는 느낌이 들었다. 간밤에 기온이 뚝 떨어졌던 모양이었다. 앞개울에 나갔던 물금이 몸을 옹송그리며 뛰어왔다.

"저하, 여긴 벌써 겨울이 온 것 같사옵니다."

물금이 손을 호호 불며 엄살을 피웠다.

"허, 물금아. 아직은 가을인데 벌써 춥다 하면 겨울은 어찌 보내느냐."

"저하, 아침만 그렇지 한낮의 햇살은 여름만큼이나 뜨거울 것입니다. 산허리에 안개가 낀 날은 더운 날이거든요."

홍림이 이황에게 말했다.

"저하, 궁인의 말씀이 맞사옵니다. 소신이 보기에도 한낮엔 땀이 날 정도로 해가 뜨거울 듯싶습니다."

역장 권집이 말했다.

"역장의 말씀이 그렇다면 믿어야겠지요."

"감사합니다. 저하, 오늘만 걸으시면 유배소에 도착할 것입니다. 마음을 편히 하소서."

권집이 이황에게 배례를 했다.

"고맙소. 역장의 염려 덕분에 편히 쉬다 가오."

이황이 권집을 일으키며 말했다.

압송관들도 간밤의 호의에 감사를 표하곤 길을 나섰다. 이황 일행이 압송관을 따라나서자 역졸과 역노비들이 이황에게 예를 갖추었다.

도성을 떠난 지 이레 만에 목간과 빨래를 했던 터라 모두의 얼굴과 복색이 훤했다. 빗질을 끝낸 홍림과 물금의 머릿결은 다시 반짝였고 선복과 박치영의 몸에서도 땀 냄새는 더 이상 나지 않았다. 그래서인지 길을 나선 이황 일행의 걸음은 한결 가벼워 보였다.

마을로 나서자 초가집 몇 채가 눈에 들어왔다. 원주를 지날 때만 해도 너른 논이 평야를 이루었지만 정선의 가을은 다른 지역처럼 풍요로워 보이지는 않았다. 마을 중간으로 개울이 흐르는 통에 밭이라고 해보았자 돌밭이 전부였는데, 그것도 다 조막만큼 작았다.

역장 권집은 산과 산으로 이루어진 정선은 지리적으로나 역사적으로 잊힌 고을이라고 했다. 손바닥만 한 논밭이 있다고 해도 몇몇 토반의 차지였고, 비탈진 땅은 애를 쓴다고 해서 기름진 땅으로 변하지 않았다. 따비밭이 전부인 정선에선 한 해 농사가 제아무리 풍년이라 해도 그 소출만으론 지역민의 호구도 채워주지 못했다. 쌀과 기장이 뭔지 모르는 백성이 부지기수이고 모시와 명주가 무엇인지도 모르는 백성이 태반이라고 했다. 그런 이유로 정선은 유배지로도 선택받지 못했으며, 이때까지 정선으로 유배형을 받아 온 자 또한 이황이 처음이었다고 했다.

그러나 산이 아니면 골짜기이고 골짜기가 아니면 개울밖에 없는 정선에도 사람은 살고 있었다. 그들은 누구보다 힘겹게 살았지만 어느 지역보다 따뜻한 마음으로 이황을 맞아주었다. 이황은 걸음을 멈추고 자신을 지켜보고 있는 벽탄역 사람들에게 손을 흔들어주었다.

"저하, 부디 강녕하셔야 하옵니다!"

누군가 이황을 향해 소리쳤다. 이황은 알겠노라며 고개 숙여 감사를 표했다. 밭에서 한 알의 알곡이라도 더 찾으려는 저들이 시강원의 스승보다 더 스승 같은 자들일 것이었다. 백성들을 바라보던 이황의 눈시울이 촉촉해지더니 이내 시야가 흐릿해졌다.

"저하, 찬 공기에 고뿔이라도 드셨사옵니까?"

홍림이 이황의 붉어진 얼굴을 보며 물었다.

"아니다. 백성들의 삶이 애처로워 그러느니라."

이황이 눈물을 훔치며 말했다.

"깜짝 놀랐사옵니다. 아프시면 아니 되옵니다. 아셨죠?"

홍림이 이황의 볼을 타고 흐르는 눈물을 닦아주었다.

그때 벽탄역 인근에서 살아가던 백성들이 하나둘 모여들었다. 이황을 도울 방법이 없는 백성들은 그저 고개만 주억거렸다.

"쯧쯧, 저 어린 저하가 무슨 죄가 있다고……."

백성들의 말이 홍림의 귀에까지 들려왔다. 그 소리를 들은 홍림은 천진한 얼굴로 걸음을 내딛고 있는 이황을 물끄러미 바라보았다.

마을을 벗어난 이황 일행은 강변으로 난 길을 따라 걸었다. 산비탈엔 초가집 몇 채가 붙어 있었다. 주변으로 작은 텃밭이 있었지만 농사가 될 것 같지는 않아 보였다. 주막이 있는 진포 나루와 송정암訟停巖 나루를 지나자 비로소 정선이 보였다. 정선은 초가집들이 옹기종기 모여 있는 작은 마을이었다.

마을 입구에서 마주친 백성들의 표정은 가을임에도 신명나 보이지 않았다. 부실한 입성은 그들의 몸뚱이조차 가리지 못했다. 쭈그리고 앉아 햇살을 받고 있는 사내의 사타구니가 훤히 보이는가 하면 물동이를 이고 가는 아낙의 엉덩짝이 맨살인 듯 보였다. 그것은 부녀지간이나 애어른 할 것 없이 같은 처지여서 저들끼리는 서로 부끄러워하거나 민망한 일도 아닌 듯했다.

빈촌을 지나니 비로소 번듯한 기와집 몇 채가 보였고, 이내 관아 건물이 나타났다. 정선 관아 삼문三門엔 도원선위지부桃源仙衛之府라는 현판이 걸려 있었으며, 관아는 한가로워 보였다. 삼문을 지나 내아內衙로 들어서자 예방禮房이 먼저 뛰어왔다. 예방은 군수가 부재중이라며 이황 일행을 범도헌泛桃軒으로 안내했다.

"저하, 먼 길 오시느라 얼마나 노고가 크셨습니까?"

예방이 이황에게 예를 갖추었다.

"관장官長이 비어 있기에 소신들이 저하를 뵈옵나이다."

이어 뛰어온 좌수座首와 별감, 이방 등이 부복하며 예를 갖추었다. 군수가 없는 데다 유배자 또한 처음 받아보는지라 관속들은 어찌해야 할지 허둥지둥할 뿐이었다.

"명부明府께서 안 계시다는 말은 오는 길에 전해 들었소이다."

이황이 편안한 음성으로 말했다.

"저하께서 계실 곳은 정선에서도 경치가 빼어난 곳입니다. 그 마을 백성들이 고루固陋하고 안일安逸하기는 해도 참으로 어질어서 저하께서 지내시기엔 불편함이 전혀 없을 겁니다."

이방이 고개도 들지 못하고 아뢰었다.

"그러하옵니다. 이곳이 궁벽하고 외진 곳이나 예로부터 정선을 무릉도원이라 칭했으니 그 풍광은 가히 금강이라 해도 지나치지 않사옵니다. 계시기에 적적할 수도 있지만 마음을 다스리기엔 더없이 좋은 곳이니 편히 지내시옵소서."

좌수 신계민申啓敏이 말했다.

그는 군수를 대신해 고을을 다스리고 있는 유향소留鄉所의 우두머리였다.

"마음을 써주어 고맙소."
이황이 가볍게 웃으며 대청을 둘러보았다.
"곧 점심상을 올릴 것이니 찬품이 없어도 젓수시고 떠나시옵소서."
이방이 그렇게 말하고는 호방의 옆구리를 찔렀다. 이방과 호방이 범도헌을 나가자 선복은 홍림을 데리고 뇌옥으로 갔다.
"아부이, 어쩌다 이곳에 계시오?"
홍림이 옥사에 나타나자 놀란 최은석은 차마 말을 잇지 못했다.
"니가, 여긴 어쩐…… 일이냐……?"
"아부이, 소녀 아부이랑 살기 위해 고향으로 돌아왔소."
"잘했구나, 잘했어. 그래, 궁에선 고생이 많았지?"
그렇게 묻는 최은석의 눈가에 물기가 서렸다.
"아니오, 잘 지내다 오는 길이오."
"아비 걱정일랑은 말고 집에 가 있거라. 알겠냐?"
"알았으니 나오는 날까지 몸성히 잘 있으오."
홍림이 솟구치는 눈물을 애써 참으며 뇌옥을 나왔다.
홍림이 아비를 만나는 동안 선복은 관아를 둘러보았다. 관아는 궁에 비하면 비교도 할 수 없을 정도로 작고 아담했다. 담은 그리 높은 편이 아니었지만 그렇다고 훌쩍 뛰어넘을 수 있는 높이는 아니었다.
동헌인 범도헌은 방이 두 칸이며 대청은 네 칸 크기였다. 통인通引들이 사용하는 통인방通引房이 범도헌에 붙어 있으며, 책실冊室과 주방, 호방戶房, 추방秋房, 헐소歇所, 공고工庫 등이 내아에 있고 노방奴房과 이청吏廳, 사령청使令廳, 군기고軍器庫, 장청將廳 등의 건물이 동헌을 중심으로 사방으로 흩어져 있었다. 비봉선방飛鳳仙房을 지난 선복이 객사客舍를 살핀 후 뇌옥으로 향했다. 선복이 뇌옥에 이르자 홍림은 뇌옥담에 기댄 채 울고 있었다.

"아비는 만나뵈었소?"

"예, 무사하더이다."

홍림이 흑, 하며 선복의 가슴에 얼굴을 묻었다.

"정선에 왔는데, 이젠 집으로 가야 하지 않겠소?"

선복이 홍림의 등을 토닥거리며 물었다.

"집에 간다 한들 아무도 없습니다. 그러니 아비가 나올 때까지 저하와 나리 곁에 있을 것입니다. 그리해도 되겠죠?"

말을 마친 홍림이 고개를 들어 선복을 올려다보았다.

"알겠소. 알겠으니 그만 우시오. 이러다 고운 얼굴 다 버리겠소."

선복이 고개를 끄덕이며 눈가에 맺힌 눈물을 닦아주었다.

"나리, 고맙습니다……."

홍림이 울컥 눈물을 쏟으며 선복의 품을 파고들었다. 선복이 자신의 품에 안긴 홍림을 꼭 안으며 머리를 쓸어주었다.

식사가 끝나자 압송관들이 정선 관아에 이황을 인계했다. 이황을 인수받은 이방은 유배소까지 이황을 압송할 책임자를 찾았다.

"내가 가겠소."

이구식이 자진하여 나섰다.

"그래주겠는가?"

"이런 일이야 제가 적임이 아니겠소이까."

이구식이 눈을 가늘게 뜨며 입가에 웃음을 머금었다. 그 모습을 본 이방이 '저 녀석이 무슨 꿍꿍이가 있는 건가?' 하고 고개를 갸웃했다.

이황을 관아에 인계한 압송관들이 이황에게 하직 인사를 하러왔다.

"저하, 소신들은 이제 도성으로 돌아가겠사옵니다. 여기서부터 유배소까지는 정선 관아에서 책임을 맡을 것이옵니다. 부디 강녕하시옵소서."

압송관들이 배례를 했다.

"나 때문에 여러 날 고생이 많았소. 돌아가는 길에도 몸조심하시오."

그간 정이 들었던 모양이었다. 압송관을 떠나보내는 이황의 마음에 아쉬움이 배어나왔다. 압송관들이 이방의 배웅을 받으며 도성으로 떠나자 예방이 어린 관비 하나를 데리고 왔다.

"저하께 음식 수발을 할 아이입니다."

"부들이옵니다."

관비 부들이가 이황에게 배례를 했다.

"잘 부탁하마."

그때 창을 든 나졸들이 우르르 몰려왔다.

"여봐라, 죄인을 압송하라!"

소리친 자는 색리 이구식이었다. 그 소리에 좌수를 비롯해 형방과 호방 등이 놀란 얼굴을 했다.

"저, 저 사람이 왜 저래?"

당황한 형방이 이구식을 향해 손가락질을 했다. 놀라긴 이황 자신과 박치영, 선복도 마찬가지였다. 아무리 폐세자이지만 군신의 예가 있을 것인데, 이구식의 행동은 전혀 뜻밖이었다.

이구식이 이황을 다그치는 것은 이황을 이용해 출세를 해보겠다는 나름의 계산이 깔려 있기 때문이었다. 세상은 바뀌었고, 바뀐 세상에선 발 빠르게 움직이는 사람만이 출세를 할 수 있다는 신념이 그에겐 있었다. 그러하니 이구식에겐 지금의 이 상황이 일생에 있어 다시없을 절호의 기회인 것이었다.

"출발!"

이구식이 말을 타고 관아를 나섰다. 나졸들과 이황이 삼문을 나서자 소식을 들은 백성들이 하나둘 거리로 나왔다. 이구식은 나졸들에게 이황을 사이에 두고 양편으로 늘어서서 걷게 했다. 압송에 참여한 나졸들의 수가 스물이 넘으니 그 행렬만으로도 정선에선 하나의 사건이자 볼거리였다. 선복과 박치영은 손을 검에다 올려놓고 나졸들 뒤를 바싹 따라붙었다. 그 뒤를 홍림과 물금 그리고 관비 부들이가 따랐다.

"이놈들! 죄인을 압송하는 게냐, 상여 꼬리를 따라가는 게냐!"

뒤따르던 이구식이 압송 행렬을 향해 소리쳤다. 이황을 압송하는 나졸들의 표정이나 걸음걸이가 영 마음에 들지 않았던 것이다. 그 소리에 놀란 백성들이 한 걸음씩 물러났다. 이구식의 돌출 행동에 긴장한 것은 압송 모습을 지켜보고 있던 유길만 일행이었다.

"저놈이 압송 책임자로 나설 줄은 꿈에도 몰랐구먼."

이구식의 행동을 지켜보던 김팔발이 말했다.

"거사 날 내 저놈부터 벨 것이니 누구도 말리지 마시오."

덕치가 이구식을 향해 이를 부드득 갈았다.

"형님, 저놈이 이번 반란의 공신 중에 친척이 있다는 소문이 있던데 혹여 도성에서 무슨 밀명이라도 받은 건 아닐까요?"

낙중이 물었다.

"흠, 이미 살수들이 실패한 전력이 있으니 그럴지도 모르지."

김팔발이 고개를 끄덕이며 답했다.

"아무래도 안 되겠군. 내가 덕치와 함께 저하를 따라갈 것이니 자네들은 여기 남아서 일들을 보게."

김팔발이 유길만에게 말했다.

"알겠네. 저하의 호위무사가 둘이나 있으니 안심은 되네만, 자네들도 이구식의 행동을 잘 감시하게. 여차하면 이구식의 목을 꺾어도 되지만 거사가 코앞이니 가능하면 참게. 아시겠나?"

"알겠습니다."

덕치가 유길만에게 고개를 숙였다.

정선은 대음강을 사이에 두고 세 개의 마을이 있고 관아가 있는 읍내는 그 중앙에 위치해 있었다. 한낮이라 나루터엔 배를 기다리는 사람들이 많았다. 이황이 폐세자가 되어 정선에 왔다는 소문은 나루터에서도 들려왔다.

"세자 저하께서 정선으로 유배를 오셨다는데 그 얘기 들었는가?"

"에이, 설마하니 아무리 세상이 바뀌었다고 하나 새 임금이 숙부라고 하던데 이 먼 곳까지 유배를 보내시겠나?"

"허, 이런. 수양도 조카인 노산군을 영월로 유배를 보내 죽였는데 그게 무슨 소린가?"

"그런 일이 있었던가?"

"자네 이제 보니 보기보담 세상일에 둔하구먼."

나루터에 있는 백성들이 그런 이야기를 나누다 나졸과 이황 일행을 발견했다. 그중엔 압송에 나선 나졸과 친분이 있는 사내가 있었다.

"이보게, 세자 저하께서 정선에 오신다고 하던데, 오셨는가?"

"어허, 여기 계신 분이 저하이시네. 어서 예를 갖추게."

나졸이 조금은 우쭐한 표정을 지으며 말했다. 나졸의 말에 나루터에 있던 백성들이 놀란 얼굴을 하면서 땅에 넙죽 엎드렸다.

"저하, 무지한 이놈들을 용서하여주시옵소서."

백성들이 땅바닥에 부복한 채 눈물로 호소했다.

"이 몸은 이제 이 나라의 세자가 아니라 죄인의 몸입니다. 죄인에게 이러면 여러분이 다칩니다. 일어들 나세요."

이황이 백성들을 일으켜 세우며 말했다. 하지만 백성들은 눈물만 흘릴 뿐 일어나지 않았다. 그러는 사이 이황의 눈시울도 붉어졌다.

"이 몸도 이젠 정선 사람입니다. 오늘부터 여러분과 함께 살 것이니 잘 부탁드립니다."

이황이 백성들을 향해 공손히 인사를 했다. 그러자 백성들이 몸 둘 바를 몰라 했다. 물금이 의젓하게 말하는 이황을 보며 눈물을 찍어냈다.

"저하, 잘하셨습니다. 그리하셔야 합니다."

그때였다. 말에서 내린 이구식이 백성들을 향해 검을 뽑아 들었다.

"이놈들, 뭣들 하는 게야! 썩 물러나지 못할까!"

이구식의 서슬 퍼런 검이 허공을 갈랐다. 놀란 백성들이 비명을 지르며 무릎걸음으로 물러났다. 그 모습을 본 선복과 박치영이 검을 감아쥐며 이구식의 행동을 주시했다.

"저놈이 어디서 검을 뽑아! 형님, 목을 날려버릴까요?"

덕치가 표창을 꺼내 들었다.

"아직은 참아보게."

김팔발이 이구식의 행동을 살피며 말했다.

"누구도 죄인에게 호의를 베푸는 자가 있다면 이 검이 춤을 출 것이야. 알겠나?"

이구식이 백성들을 향해 엄포를 놓았다. 김팔발이 그런 이구식을 어이가 없다는 듯 바라보았다.

"으이구, 저놈 저러다 언젠간 천벌을 받지."

"귀신은 뭐하나 저런 놈을 안 잡아가고."

백성들 사이에 그런 말이 흘러나왔다. 그러는 중에 건너편에 있던 배가 강을 가로질러 나루에 당도했다. 배를 타고 온 백성들도 이황을 보자 땅에 넙죽 엎드렸다.

나졸들과 이황이 먼저 배에 올랐다. 이황이 강을 건널 때까지 부복한 백성들은 움직이지 않았다.

정선 갈이 머나먼 길 세자 저하 오셨네.
숙부에게 쫓겨나 정선까지 오셨네.

정선에 오신 분 우리 세자 저하요.
백성들이 눈물로 어린 저하 맞네.

아리랑 아리랑 아라리요
아리랑 고개고개로 나를 넘겨주게.

뱃사공이 노를 저으면서 아라리 가락을 불렀다. 구슬프면서도 애잔한 가락이 물처럼 흘러갔다. 뱃사공의 노래를 들은 백성들이 하나둘 따라 부르기 시작했다. 잠시 후엔 강변에 모인 모든 백성이 합창이라도 하듯 노래를 불렀다. 김팔발과 덕치도 백성들과 함께 아라리를 목청껏 불렀다.

"어라, 이것들 봐라. 당장 그만두지 못해!"

이구식이 다시 검을 뽑았다.

"역모죄로 치도곤을 당해봐야 정신을 차리겠어?"

이구식이 입에 거품을 물며 소리쳤다. 이구식의 입에서 역모라는 말이 나오자 백성들이 움찔하며 입을 닫았다. 강변에 메아리치던 아라리 소리가 뚝 끊기자 잠시 긴장감이 흘렀다. 백성들이 이구식의 눈치만 살피고 있을 때, 고요를 가르며 이황을 건넨 배가 돌아왔다. 이번엔 선복과 박치영 등이 이구식의 말과 함께 강을 건넜다. 김팔발과 덕치는 돌아온 배를 타고 병항甁項으로 갔다.

한낮이 되면서 땡볕이 쏟아졌다. 홍림의 말이 맞았던 것이다. 검게 탄 목덜미가 화상을 입은 듯 화끈거렸다. 선복이 오동나무 잎을 따서는 홍림에게 그늘을 만들어주었다. 홍림이 보조개를 만들며 그러지 않아도 된다는 듯 고개를 저었다.

산길로 접어들자 그늘이 생겨 그나마 걸을 만했다. 이어진 고개는 높지 않았다. 애산산성愛山山城을 지나 철미재에 이르자 와평瓦坪 마을이 보였다.

고개를 내려서자 논이 하나둘 보이기 시작했다. 정선에 온 이후 처음 만나는 논이었다. 논농사를 해서 그런지 마을엔 기와집도 몇 채나 눈에 띄었다. 논에선 농부들이 누렇게 익은 벼를 베고 있었지만 다들 소작인이었다. 그럼에도 낫질을 하는 농부의 얼굴엔 웃음꽃이 환하게 피었다. 참을 이고 논으로 나가는 아낙의 얼굴에도 웃음이 가득했다. 어미를 따라나서는 아이들도 신이 났는지 논둑을 이리저리 뛰었다.

이구식이 말을 멈추더니 낫질을 하고 있던 농부를 향해 소릴 질렀다.

"어이! 농사가 잘되었군. 환곡은 은제 갚을 건가?"

소 잡자 새끼 타령한다고 지주에게 소작료를 주고 나면 먹을 것도 없었다. 거기에다 환곡까지 갚고 나면 남는 것이란 게 풀죽이나 겨우 쑤어 먹을 정도밖에 되지 않았다. 이구식이 그런 사정을 뻔히 알면서도 농부의 염장을 질렀다. 이구식의 말에 환하게 웃던 농부의 표정이 싸늘하게 바뀌었다.

"환곡 떼어먹으면 어떻게 되는지 알지?"

이구식이 한마디 더했다.

"차라리 날 잡아가슈!"

농부가 낫을 홱 집어던지며 소리쳤다.

"허허, 커가는 애들을 생각해야지 그러면 쓰나."

이구식이 능글능글 웃으며 말했다.

와평을 지난 이황은 개울을 건너 월통月通으로 향했다. 주변엔 드문드문 초가집이 보였고, 나졸들은 개울을 따라 여탄 방향으로 걸었다. 이황이 뒤를 돌아보니 서른 가까운 백성이 자신을 따르고 있었다. 그중엔 김팔발과 덕치의 모습도 보였다.

노루목 고개를 넘은 이황은 나졸들과 함께 수십 길 절벽이 있는 풍무골을 따라 걸었다. 골짜기를 빠져나가자 개울이 다시 나타났다. 앞서 가던 나졸들이 미투리를 벗고 개울을 건너기 시작했다.

"저하, 발에 난 상처가 덧날 수 있으니 이년 등에 업히세요."

물금이 엎드리며 등을 내밀었다.

"아니다, 그냥 가마."

이황은 저 혼자 개울을 철벅철벅 건넜다. 물금이 황급히 치마를 걷어 올리곤 이황을 따랐다. 그 뒤를 홍림과 선복이 따르고 박치영이 백성들과 함께 개울을 건넜다. 개울 건너엔 마을 사람들이 모여 있었다. 일대에 사는 백성들로 이황이 온다는 걸 알고 기다린 모습들이었다.

"저하, 이제 조금만 가면 유배소가 나옵니다."

한 나졸이 이구식의 눈치를 살피며 말했다.

"경치가 참 좋소."

이황이 주변을 살피며 말했다.

"여기서부터 동계 팔경이 시작되는 곳입니다. 바로 앞에 보이는 곳이 제월대이고, 그 옆이 낙모암입니다."

나졸이 깎아지른 듯 펼쳐진 절벽을 가리키며 말했다. 제월대면 밝은 달이 두둥실 떠오르는 모습이 장관인 곳이고, 낙모암이면 해가 저무는 모습이 아름답다는 곳일 터였다. 그래서인지 두 물이 하나로 어우러지는 지점은 주변의 경치와 어울려 멋진 풍광을 빚어냈다.

"이 물줄기는 어디로 흘러가오?"

이황이 무심하게 흐르는 물을 바라보며 물었다.

"정선을 거쳐 영월, 충주, 한양을 지나 서해로 간다고 하옵니다."

나졸이 대답했다.

그때 강변에 나와 있던 백성들이 바닥에 넙죽 엎드리며 한 목소리를 냈다.

"저하, 여기서부터는 소인들도 함께하겠나이다!"

"어허, 큰일 날 소리. 다들 집으로 돌아들 가시오!"

나졸들이 이구식을 힐긋힐긋 돌아보며 백성들을 쫓았다. 그러나 백성들은 그 자리를 떠나지 않았다. 정선에서부터 따라온 백성들까지 섞이자 그 수는 더 많아졌다. 당황한 나졸들이 이황과 백성들을 떼어놓으려고 경계를 섰다. 이황이 구운병 고개를 따라 큰 마을大村로 가는 내내 백성들의 외침은 그치지 않았다.

큰 마을에 이르자 백성들이 더 많이 모여 있었다.

"다들 집으로 돌아가시오!"

나졸들이 백성들에게 창을 겨누며 소리쳤다. 나졸들의 위협에도 백성들은 움직이지 않았다. 나졸들과 백성들이 대치하는 지경에 이르자 마을의 촌장이 나섰다.

"나리, 우리는 그저 저하께 따순 밥이라도 한 끼 대접해드리려는 것뿐이오. 그러니 백성들의 바람을 부디 꺾지 말아주시오."

"당장 물러나지 않으면 역모죄로 다스릴 것이야!"

이구식이 촌장의 목에 검을 겨누었다.

"나리, 아무리 세상이 바뀌어도 강상의 도라는 것이 있습니다. 우리 같이 미천한 것들이 정치를 알 턱이 없지만 정치에도 강상의 도가 있다고 들었습니다. 백성들이 저하께 밥을 올리고자 하는 것 또한 백성으로서 강상의 도를 다하려는 것이니 가엾은 백성들의 뜻을 막지 말아주십시오."

촌장이 이구식에게 애원했다.

"이 노인네가 미쳐도 단단히 미쳤구먼. 죄인에게 강상의 도 따윈 없느니!"

"나리, 마을 백성들이 저하를 위해 준비한 음식이 있습니다."

"허어, 썩 물러가지 못할까!"

이구식이 귀찮다는 듯 촌장의 가슴을 냅다 걷어찼다. 촌장이 비명을 지르며 쓰러지자 백성들이 움찔하고 이구식의 눈치를 살폈다. 몸을 일으킨 촌장이 무릎걸음으로 기어와 이구식에게 매달렸다.

"나리, 마을에 오신 분은 죄인이기 이전에 우리의 세자 저하이십니다. 부디 백성들의 바람을 허락하여주시오."

"여기에 세자는 없느니, 죄인을 세자라고 하는 것은 역모와 다르지 않음이야."

“나리, 세자 저하께서 무슨 죄가 그리 크다고 백성과 밥 한 끼 못 드신답니까?”

“이 노인네가 정녕 역적이 되고 싶은 게로군.”

이구식이 나졸들에게 촌장을 당장 포박하라 소리쳤다. 나졸들이 썩 내키지 않는다는 듯 느적느적 촌장을 묶기 시작했다.

“나리, 이러시면 아니 됩니다!”

촌장이 눈물을 쏟으며 하늘을 올려다보았다.

“여봐라! 이 노인네를 당장 압송하라!”

이구식의 명에 나졸들이 멈칫멈칫했다.

“네 이놈들, 관아로 압송하라는 명을 듣지 못했느냐!”

이구식이 나졸들에게 검을 겨누며 소리쳤다. 마을에 모인 백성들은 뜻밖의 일이 벌어지자 이구식을 향해 무릎을 꿇었다.

“나리, 촌장님은 죄가 없습니다. 소인들이 미욱하여 생긴 일이니 촌장님을 풀어주시오.”

“나졸들은 이놈들을 당장 해산시키라!”

이구식이 백성들을 향해 소리쳤다. 그러자 나졸들도 어쩔 수 없다는 듯 백성들을 향해 육모방망이를 휘둘렀다. 몇 사람이 비명을 지르며 쓰러지자 백성들이 천지사방으로 도망쳤다.

“형님, 상황이 심각해지고 있습니다. 막아야 하지 않겠습니까?”

지켜보고 있던 덕치가 김팔발에게 물었다.

“유길만이 말하지 않았느냐. 아직은 때가 아니야.”

김팔발이 그렇게 말하곤 덕치에게 가만히 있으라는 눈짓을 보냈다.

“때가 아니라니요?”

“저하를 위험하게 한다면 이구식을 죽여야 마땅할 것이지만, 지금은 이구식이 백성들을 분노하게 만들지 않느냐. 거사에 도움이 되는 상황이니 지켜보는 게 좋을 것 같구나."

"생각해보니 그렇군요. 백성들이 분노하면 할수록 거사엔 힘이 실리겠군요."

"바로 그거야. 그러니 지금은 때가 아닌 것이네."

"알겠습니다."

나졸들이 나서자 상황은 곧 종료되었고, 마을 촌장은 포박을 당한 채 관아로 끌려갔다.

"유배소엔 죄인과 관노비만 들어갈 수 있소."

이구식이 물금과 홍림, 선복, 박치영을 막아섰다.

"이보시오. 우리는 저하를 모시는 사람들이오."

박치영이 이구식에게 눈을 부라렸다.

"어명이오! 어명을 거역할 셈이오?"

이구식이 어명을 들먹이며 겁박을 했다.

"나는 괜찮으니 다들 그렇게 하라."

이황이 그렇게 말하곤 나졸들과 함께 개울을 건넜다.

"저하, 부디 편히 지내시옵소서. 소신들 곧 저하를 뵈올 것입니다."

물금과 홍림, 선복, 박치영이 부복을 했다. 그들은 이황이 개울을 건널 때까지 일어나지 않았다.

도두터에 도착하니 초가로 만들어진 집 한 채가 보였다. 유배소인 모양이었다. 뒤로는 가파른 산이 자리 잡고 있고, 그 옆으로는 옥순봉이 구름을 뚫고 서 있는 듯 우뚝 솟아 있었다. 앞으로는 맑은 개울물이 도두터를 휘감아 돌았고, 개울 건너편은 수십 길 절벽이라 마을 입구만 막으면 도망갈 곳도 숨을 곳도 없는 듯했다.

"우리 집으로 갑시다. 저하와 가까운 곳이니 여차하면 달려갈 수 있을 것입니다."

김팔발이 선복과 박치영에게 말했다.

김팔발의 집에 도착하니 이황의 유배소가 훤히 보였다. 물금이 손을 흔들면 이황이 손을 흔들어주었고, 소리를 지르면 답도 돌아왔다. 이황을 유배소까지 압송한 나졸들은 관아로 돌아가지 않고 마을 곳곳에서 수직을 섰다. 어둠이 내리자 김팔발은 박치영과 선복을 데리고 이황의 유배소로 몰래 들어갔다.

분노

유배소에서 하룻밤을 보낸 이황은 부들이가 차려준 조반으로 식사를 했다. 부들이가 비록 정성을 다했다고는 하나 찬품은 형편없었다. 이황의 부르튼 발을 치료한다고 했지만 그것도 어설프기만 하여 이황은 자꾸만 홍림과 물금이 그리워졌다. 이황은 그네들을 볼 수 있을까 싶어 개울로 나갔으나 김팔발의 집 마당은 조용했다.

마을을 굽이치며 흐르는 개울은 얼굴이 비칠 정도로 맑았으며 물은 손이 시릴 만큼 찼다. 기분이 시들해진 이황은 개울가에 늘어진 버들잎 하나를 땄다. 버들잎을 보니 아비가 생각났다. 아비 연산은 버들잎으로 풀피리를 즐겨 불었는데, 그 소리는 깊고도 애잔했다. 그런 날이면 세자를 불러 풀피리를 불어보라 했지만 이황의 풀피리 소리는 형편없었다.

경회루에서 연회가 있는 날 어쩌다 흥이 나면 아비는 풀피리를 불었다. 그러면 권신들은 초금 연주가 천한 데다 악기도 아닌 것을 분다며 고개를 돌리거나 미간을 찌푸렸다. 연산은 그런 권신들에게 "거문고만 타서야 어디 풀잎보다 여린 백성들의 마음을 알 수 있겠소?"라며 껄껄 웃곤 했다.

이황은 아비 연산을 떠올리며 풀피리를 불었다.

삐삑…….

풀피리는 생각처럼 불어지지 않았다. 어쩌다 나는 소리도 영 마음에 차지 않았다. 얼굴이 붉어지도록 풀피리를 불고 있는데, 홍림이 개울가로 왔다. 수직을 서는 나졸들이 그런 홍림을 막아섰지만 그녀는 막무가내로 첨벙첨벙 개울을 건넜다. 이황은 반가움에 홍림을 향해 손을 흔들어주었다.

"저하, 간밤 편하게 침소 드셨나이까?"

홍림의 목소리는 낭창낭창 흔들리는 수양버들과 비슷했다.

"곤했던지 푹 잤구나."

"잘하셨사옵니다. 저하, 개울 건너에서 들으니 풀피리가 잘 불어지지 않던걸요?"

"아바마마께선 잘하셨는데 난 재주가 없는 모양이로구나."

이황이 고개를 흔들며 말했다.

"이년이 알려드릴 것이니 걱정 마소서."

홍림이 버들잎을 뚝 따서는 입에 물었다.

"우선은 호흡이 중요하니 단전에 힘을 주시고 이년을 따라 해보셔요."

홍림이 배에다 힘을 주며 시범을 보였다. 이황은 홍림이 일러주는 대로 따라 했다.

"저하, 풀피리는 혀치기와 서치기, 목더름, 서자침 등을 잘해야 원하는 소리를 낼 수 있습니다."

홍림이 이번엔 혀와 목을 이용해 소리 내는 법을 가르쳐주었다. 한 시진이나 지났을까, 발아래로 버들잎이 수북하게 쌓였다.

"저하, 오늘은 이 정도만 하겠사옵니다. 한 번에 너무 많이 하면 입술이 부르틉니다. 아셨사옵니까?"

"이런, 소리가 날 만하니 그만하자는구나."

"저하, 내일 또 하면 되지 않사옵니까."

홍림이 생글생글 웃으며 말했다.

"네 웃음을 누가 당하겠느냐."

이황이 홍림을 따라 웃었다.

"저하, 이제 뭐 하시렵니까?"

홍림이 무슨 놀이가 없을까 하며 두리번거렸다. 주변을 둘러보던 이황이 무슨 생각이 났다는 듯 홍림을 개울가로 이끌었다.

"홍림아, 나졸의 말이 이 개울이 한양을 지나 서해로 흐른다고 하더구나. 한양이면 어마마마와 빈궁이 있는 곳이고, 서해라면 아바마마께서 계신 곳이 아니더냐. 내가 개울에 편지를 띄운다면 두 분과 빈궁이 이 편지를 받아볼 수 있지 않겠느냐."

이황이 낙엽을 물에 띄우며 말했다. 이황이 띄운 낙엽이 물살을 따라 둥실둥실 떠내려갔다.

"보아라, 낙엽이 떠내려가고 있지 않느냐."

이황이 기뻐하며 소리쳤다. 그 모습을 본 홍림이 좋은 생각이라며 손뼉을 쳤다.

"어머, 그렇사옵니다. 낙엽에다 편지를 쓰면 전하와 중전마마 그리고 세자빈마마께 전해질 것이옵니다."

"홍림아, 그러하지? 내가 보낸 편지가 한둘이라도 전해지겠지?"

홍림의 맞장구에 이황의 음성이 들뜨기 시작했다.

"그렇사옵니다. 꼭 전해질 것입니다."

"그럼 어서 낙엽 편지를 쓰자꾸나."

"서해까지 가야 하니 기왕이면 잎이 큰 낙엽이 좋을 것입니다."

"그게 좋겠구나."

이황과 홍림은 신명난 놀이를 발견하기라도 한 듯 낙엽을 찾아 나섰다.

"홍림이 있어 다행입니다."

집에서 이황과 홍림을 지켜보던 김팔발이 말했다.

"허허, 그렇습니다."

박치영이 고개를 끄덕이며 흐뭇한 표정을 지었다. 곁에 있던 선복의 표정도 모처럼 편안해 보였다.

"형님, 큰일 났습니다."

이웃에 사는 덕치가 허겁지겁 뛰어왔다.

"무슨 일이기에 이리 소란인가?"

"마을 사람들이 관아로 몰려가고 있습니다."

"관아로? 거긴 왜?"

김팔발이 영문을 모르겠다는 표정으로 물었다.

"어제 마을 촌장님이 관아로 끌려가셨잖아요?"

덕치가 숨을 몰아쉬며 말했다.

"그랬지."

"마을 사람들이 촌장님을 풀어달라 항의를 하러 관아로 간다는구먼요."

"그래?"

"무슨 일이 벌어질지 모르는 일이니 가봐야 하는 게 아닙니까?"

"그렇지. 이럴 때가 아니지."

김팔발이 덕치와 함께 급히 길을 나섰다.

그 시간 낙중은 김막개를 만나러 갔다. 김막개는 방문을 활짝 열어 놓고 요선과 늦은 조반을 뜨고 있었다.

"막개, 조반이 늦었구먼."

"어, 왔는가."

김막개가 불쾌한 얼굴로 낙중을 맞이했다.

"간밤에 통음이라도 한 모양이로군."

"형방과 새벽까지 펐다네. 아직 식전이면 함께하세."

김막개가 자리를 만들며 손짓을 했다.

"난 했으니 천천히 들게. 그래, 박장은 잘 돌아가는가?"

낙중이 툇마루 끝에 걸터앉으며 물었다.

"박장이야 겨울이 되어야 손님이 많지. 요즘은 바쁜 철이라 그런지 한가하다네."

김막개가 수저를 놓으며 심드렁하게 말했다. 요선이 상을 물리는 김막개에게 숭늉을 건넸다.

"그래, 집까진 어인 일인가?"

숭늉 그릇을 비운 김막개가 물었다.

"자네가 보고 싶어 왔다네."

"허허, 자네가 날 보고 싶어 할 때도 있던가? 오래 살고 볼 일이라는 말을 이때 써야 할까보이."

김막개가 덥수룩한 수염을 쓸며 말했다.

"자네와 난 벗이기도 하지만 친척이지 않은가. 그러니 그 도리를 봐서라도 서로 도울 일은 돕고 살필 일은 살피면서 살아야 하지 않겠나."

말을 끝낸 낙중이 요선에게 물 한 그릇을 청했다. 그러자 요선이 정지로 달려가 물을 내왔다.

"허허, 자네는 산중으로 다니며 호랭이나 잡으며 살고 나는 저자에서 박장이나 열어 먹고사는 주제인데 서로 도울 일은 뭐고 살필 일은 뭐가 있겠나?"

김막개가 먼 산을 바라보며 시큰둥한 표정을 지었다.

"그래도 세상일이라는 게 어디 혼자만 잘 산다고 되는 일이던가. 자네가 형방이 있어 박장을 편하게 열 듯 나도 짐승 가죽이나 쓸개를 비싼 값에 사주는 자들이 있으니 그나마 살아가는 게 아니겠나. 거꾸로 말하면 사람들이 자네의 박장을 찾아주지 않으면 자넨 살아갈 수 없는 것이고, 나도 짐승 가죽을 필요로 하는 이가 없으면 사는 일이 쉽지 않아진다는 것일세. 결국 우리 인간은 누군가의 도움 없이는 살아갈 수는 없는 존재라 이거지."

"낙중이 자네 유식한 자들과 어울리더니 말솜씨가 많이 늘었구먼."

"그래 보이는가?"

"글줄이나 읽은 자들은 말만 앞서지 행동은 늘 뒷전이지 않던가. 주둥아리론 못 하는 게 없는 족속들이지. 그러니 자네도 그자들처럼 알아듣지 못할 말로 빙빙 돌리지 말고 하고 싶은 말이 뭔지 탁 끄집어놓게. 우리 같은 놈들은 직설적인 게 좋거든."

"그게 좋겠군."

낙중이 그렇게 말하곤 잠시 뜸을 들였다가 말을 이었다.

"자네 사람들에게 평판이 좋지 않다는 건 알고 있겠지?"

"허허, 나 좋다는 사람이야 기생들과 우리 요선이밖에 더 있는가."

김막개가 곁에 있는 요선의 허리를 껴안으며 말했다.

"그래서 하는 말이네. 그렇게 된 연유야 많겠지만 가장 큰 이유를 꼽

자면 자네가 형방의 비호를 받으며 위세를 부리고 있다는 데 있지 않겠나. 사람들은 그것이 꼴사납고 싫은 것이지. 형방만 없으면 저놈을 확 죽여버릴 텐데, 하는 사람이 많다는 것 정도는 자네도 알 테고 말야."

"아다마다, 그러나 형방이 있는 한 날 해코지할 사람은 없을 걸세."

김막개가 불편한 심기를 드러내며 말했다.

"만약이지만 형방이 이 순간부터 존재하지 않는다면 자넨 어떡하겠나?"

"그럴 리야 없지만 설령 그런 일이 생긴다면 다른 끈을 잡아야겠지. 나와 손잡으려고 하는 놈은 많으니 그런 걱정은 하지 않아도 되네."

김막개가 대수롭지 않다는 듯 말했다.

"그럼에도 자네가 원하는 끈이 없다면 어찌할 텐가?"

"에이, 그건 있을 수 없는 일이라네. 혹여 정신줄이 박힌 군수가 와서 바른 정치를 펴면 모를까, 관아의 육방권속 중에서 재물이 싫다는 놈은 하나도 없다네."

김막개가 손을 홰홰 저었다.

"그들이 다 사라진다면 어떻게 하겠냐는 말이네."

낙중이 정색을 하며 낮게 말했다. 그 순간 김막개의 눈이 번쩍 뜨였다.

"자네 뭔가 있군. 대체 무슨 일인가?"

김막개가 본능처럼 주변을 살피며 낮게 물었다.

"내 입에서 말이 나오는 순간 자네 목숨은 자네 것이 아니게 되는데, 그래도 들을 텐가?"

낙중이 눈을 가늘게 뜨며 물었다. 김막개가 고개를 갸웃하며 잠시 생각에 잠겼다.

"자네가 날 찾은 건 나 같은 놈을 죽이자고 하는 건 아닐 테고……

그렇다면 내 마다할 일이 아니지. 이럴 게 아니라 방으로 들어가세."

눈치 하난 조선에서 두 번째라고 하면 서럽다 할 김막개였다. 김막개가 밖을 살피며 낙중을 방으로 들였다. 문이 닫히자 낙중이 품에서 장도를 꺼내 방바닥에 꽂았다.

"자네 생각이 나와 다르다면 둘 중 하나는 이 자리에서 죽어야 할 것이네."

"알겠네."

낙중의 성격을 잘 알고 있는 터라 김막개가 고개를 끄덕였다. 낙중은 김막개에게 세자가 유배를 왔다는 것과 그 일과 연결되어 현재 진행되고 있는 일들을 소상하게 말해주었다.

"어찌할 텐가?"

"자네 말을 들어보니 나는 거사가 성공해도 죽고 실패해도 죽는다는 거로군."

"그렇지. 거사가 일어나면 자네를 비롯해 형방과 이구식을 포함한 육방관속들 목부터 벨 것이네."

"지금 이 길로 관아에 가서 자네들이 꾸미는 일을 고변한다면 살 수 있지 않겠나?"

"허허, 내 장담컨대 자넨 하루도 못 가 죽고 말 것이네. 사방에 충의군이 쫙 깔렸거든."

낙중이 김막개의 눈을 쏘아보며 말했다.

"이래도 죽고 저래도 죽는 인생이라니, 이거 더럽게 꼬였군."

"막개, 형방을 버리고 우리와 함께하겠나?"

"허허, 나도 사낸데 형방과 놀다가 개죽음 당할 바에야 의미 있는 일 한 번 하고 죽는 편이 낫지 않겠나."

김막개가 웃으며 말을 이었다.

"그래, 우리 왈짜패는 무엇을 하면 되는가?"

김막개가 방바닥에 꽂혀 있는 장도를 뽑으며 물었다.

"거사가 시작되면 관아 문을 열게."

"나졸들이 지키고 있을 텐데 문을 무슨 수로 열라는 건가?"

김막개의 눈이 휘둥그레졌다.

"방법을 알려주겠네. 자네들은 무슨 짓을 벌이건 간에 뇌옥에 들어가는 거네. 그런 다음 파옥을 한 후, 충의군이 관아로 들어갈 수 있게 관아의 문을 열게. 할 수 있겠나?"

"어려운 일은 아니구먼. 옥졸만 구워삶으면 되는 일이 아니던가."

김막개가 별일 아니라는 듯 말했다.

"그렇지, 그런 건 자네들이 전문 아니던가."

"좋아, 우리가 하겠네."

"고맙네. 내 일정이 정해지면 알려줌세."

"허, 근데 이거 인간 말종 소리 들으며 살던 김막개가 이래도 되는 건가?"

"무슨 말인가?"

"김막개가 갑자기 사람 노릇을 해도 되는가 이 말일세."

김막개가 머리를 긁적이며 말했다.

"허허, 사람답게 사는 게 어떤 건지 이참에 경험해보는 것도 나쁘지 않으이."

그때 밖에서 왈짜패가 김막개를 찾았다.

"두령님 계십니까?"

"무슨 일이냐?"

김막개가 방문을 열고 나갔다.

"관아 앞에 구경거리가 났던데 안 나와보실랍니까?"

"구경거리?"

김막개와 낙중이 동시에 물었다.

"예, 백성들이 관아 앞에서 시위를 하고 있습니다."

"어제 큰 마을 촌장님이 잡혀왔다던데 그 일 때문인가보이."

낙중이 말했다.

"그래?"

그렇게 대꾸한 김막개가 눈동자를 빠르게 굴렸다. 뭔가를 생각하는지 고개도 갸웃거렸다. 그렇게 몇 촌이 흘렀다. 어느 순간 김막개가 무릎을 치며 수하에게 명했다.

"너는 지금 당장 아이들 다섯을 소집하여 관아 앞으로 모이라 하라. 알겠나?"

"무슨 일이십니까?"

"어허, 시키면 당장 실행할 것이지!"

김막개가 소리를 버럭 질렀다. 놀란 왈짜패가 알았다며 패거리를 찾아 뛰었다.

"자네 지금 무슨 생각을 하고 있는 건가?"

낙중이 김막개에게 물었다.

"우리보고 뇌옥에 들어가라 하지 않았나. 길 가는 사람을 이유 없이 팰 수도 없고, 애꿎은 사람을 죽일 수도 없으니 기회를 살려야 하지 않겠나."

"허, 무슨 셈인지 통 모르겠군."

"허허, 재미있는 일이 생길 것이니 자넨 지켜만 보게. 자, 그럼 관아로 가볼까나."

김막개가 집을 나서며 말했다.

백성들이 모여 있는 관아 앞은 긴장감이 흐르고 있었다. 창을 든 나졸들이 관아 앞을 지키고 섰고, 큰 마을에서 온 백성들이 무릎을 꿇은 채 발괄白活을 하고 있었다.

"좌수 나리, 촌장님은 아무런 죄가 없습니다. 풀어주시옵소서!"

백성들이 하나된 목소리로 외쳤다. 관아 앞이 시끄러워지자 읍내 사람들이 하나둘 모여들었다. 잠시 후엔 그 수가 일백을 넘어섰다. 그 모습을 지켜본 이방이 똥 마려운 강아지마냥 한곳에 서 있지 못하고 왔다 갔다 했다.

"허, 좌수께서 사진仕進도 하지 않았는데 이거 큰일 났네. 이구식이 이놈은 왜 늙은이를 잡아 와서 이런 분란을 맹그는 건지 참."

군수도 없는 마당에 아무 일 없이 그저 하루하루를 보내면서 챙길 것만 챙기면 될 일이었다. 그런데 난데없이 촌장을 역모죄로 잡아 왔으니 이건 보통 문제가 아니었다. 나졸들을 시켜 해산을 명할 수도 없으니 이방으로서는 답답하기만 했다. 어떻게든 이구식이 와야만 풀릴 일인데, 오늘은 어쩐지 코빼기도 보이지 않았다.

이방이 지나가던 통인에게 이구식을 빨리 데리고 오라고 소리쳤다. 그러나 통인도 이구식이 어디에 있는지 확인이 되지 않는다고 대꾸하곤 쌩하니 통인방으로 사라져버렸다.

"좌수 나리, 촌장님을 풀어주소서!"

백성들의 외침이 점점 더 커졌다. 이방이 문틈으로 바깥 상황을 빠끔히 살폈다. 관아 앞은 큰 마을 백성들은 물론이고 읍내 사람들까지 가득했다. 백성들의 기세를 확인한 이방이 몸을 후룩 떨었다.

"아무래도 이구식이 이놈이 벌집을 건드린 게야."

이방으로서도 이 상황을 어떻게 대처해야 할지 난감할 뿐이었다. 그렇다고 죄인이라며 잡아온 촌장을 무작정 풀어줄 수도 없는 노릇이었다. 그때 좌수를 데리러 갔던 형방 김여직이 공북문拱北門을 열고 헐레벌떡 들어왔다.

"좌수께선 함께 오시지 않았소?"

"자신은 나서지 않겠다고 하더이다."

김여직이 숨을 헐떡이며 말했다.

"아니, 이런 일은 좌수가 해결해야지 누가 한단 말이오?"

이방이 답답하다는 듯 물었다.

"나서봤자 본전도 찾지 못하는 자리라며 꿈쩍도 않는 걸 낸들 어쩌겠소."

"허참. 이보오, 형방. 그러지 말고 문밖을 보시오. 이 사태를 어찌하면 좋소?"

이방이 김여직에게 하소연하듯 물었다.

"차라리 나졸들에게 해산을 명하면 어떻겠소?"

김여직이 이방에게 되물었다.

"강제로 해산을 시켰다가 문제가 더 커지면 그땐 누가 책임을 지겠소?"

"그거야 이방이 지셔야지요."

"내가 왜 책임을 지오. 난 못 하오."

이방이 고개를 흔들었다.

"그럼 이 몸도 답이 없소이다."

김여직도 이방을 따라 고개를 흔들었다.

그때였다. 왈짜패가 백성들을 가로질러 도원문 앞으로 몰려왔다.

"저, 저 친구들이 저긴 왜 왔어?"

형방이 눈을 동그랗게 뜨며 고개를 갸웃거렸다. 영문을 모르기는 백성들도 마찬가지였다. 춘장을 풀어달라고 외치던 백성들이 무슨 일이냐는 듯 술렁거렸다.

"이보시오들! 공무로 바쁜 관아 앞에서 이러면 되겠소. 백성들이 불편하니 냉큼 돌아가시오!"

왈짜패가 몽둥이를 어깨에 걸치며 백성들에게 소리쳤다.

"네놈들이 뭔데 나서는 거냐! 썩 비키지 못할까!"

백성들 사이에서 누군가 왈짜패를 향해 소릴 질렀다. 그러자 백성들이 물러가라며 한꺼번에 목소리를 높였다.

"이것들이 매타작을 당해봐야 정신을 차리겠구먼."

왈짜패 하나가 "이봐, 쓸어버려!"라고 소리치자 왈짜패가 백성들을 향해 몽둥이를 휘두르기 시작했다. 순식간에 두어 사람이 피를 흘리며 쓰러졌다. 놀란 백성들이 비명을 지르며 이리저리 흩어졌다. 짚신과 미투리가 벗겨지고 핏방울이 여기저기에서 튀었다. 아수라장이 따로 없었다. 왈짜패는 거기서 멈추지 않고 무릎걸음으로 도망치는 백성들을 쫓아가 등허리를 내리쳤다. 순식간에 벌어진 일이라 나졸들도 황망하다는 표정을 지었다. 지켜보던 김팔발과 덕치도 어찌 대처해야 할지 몰라 서로의 얼굴만 바라보았다.

"저놈들은 형방의 개요! 저놈들을 죽입시다!"

도망치던 백성들이 어디서 구했는지 낫과 쇠스랑을 들고 관아로 몰려왔다. 지켜보던 백성들까지 합세하자 왈짜패가 주춤주춤 물러났다.

문밖을 살피던 이방이 파래진 얼굴을 한 채 김여직을 다그쳤다.

"형방, 뭘 하시오. 일이 더 커지기 전에 저놈들을 당장 추포하시오!"

김여직 역시 놀란 얼굴을 하고 뛰어나왔다.

"여봐라, 저놈들을 당장 추포하라!"

도원문을 지키고 섰던 나졸들이 창을 들고 왈짜패를 에워쌌다.

"죽고 싶지 않으면 몽둥이를 버리고 순순히 오라를 받아라!"

나졸들이 왈짜패를 향해 소리쳤다. 왈짜패는 하는 수 없다는 듯 몽둥이를 내려놓았다. 잠시 후 포승줄에 묶인 왈짜패가 관아의 뇌옥으로 줄줄이 끌려갔다.

왈짜패를 잡아 가둔 후에도 백성들의 분노는 가라앉지 않았다. 백성들은 폭력을 행사한 왈짜패를 자신들의 손으로 처단하겠다며 인계를 요구하고 나섰다. 일이 걷잡을 수 없을 정도로 커지자 형방은 첩질을 하고 있던 이구식을 찾아내 촌장을 당장 풀어주라 명했다.

밤이 으슥한 시각, 정선 임방에 충의군이 모였다. 그들은 낙중으로부터 관아 앞에서 일어났던 일에 대해 설명을 듣고 있었다.

"하하, 그런 일이 있었구먼."

김팔발이 어깨가 들썩일 정도로 크게 웃었다.

"이보게, 낙중이. 내 깜박 속았지 뭔가. 미리 운이라도 띄워주지 그랬는가."

덕치였다.

"나도 막개가 그런 머리를 쓸 줄은 상상도 못 했다네."

낙중이 머리를 긁적이며 말했다.

"아무리 좋은 뜻을 가졌더라도 백성들을 다치게 한 것은 지나친 일이라고 생각하오. 그렇지 않소?"

가만히 듣고 있던 훈도 전용길이 나섰다.

"저도 일이 그렇게 진행될 줄은 몰랐습니다. 그 점에 대해선 송구하게 생각합니다. 김막개가 그들을 속이려고 한 일이니 너그럽게 이해해 주셨으면 합니다."

낙중이 답했다.

"어쨌거나 그 일로 촌장이 풀려났으니 왈짜패의 역할이 적지만은 않습니다. 더구나 그들은 형방의 비호 아래 관아에 들어가 있질 않습니까. 그것은 충의군에게 큰 수확이라 할 수 있습니다."

덕치가 나섰다.

"그렇소이다. 이번에 왈짜패가 큰일을 한 것이오. 방법에 있어 다소 무리가 따랐다고 하지만 백성들로부터 욕먹을 줄 알면서도 그런 선택을 한 것은 높이 평가해야 할 것이오."

유길만이 그렇게 상황을 정리했다.

"다친 사람들은 치료를 해주었소?"

전용길이 낙중에게 물었다.

"예, 의원을 불러 조치를 취했습니다."

"잘하셨소. 그 사람들 영문도 모르고 당했으니 마음으로나마 위로를 해주어야 할 것이오."

전용길이 낙중에게 당부했다.

"그리하겠습니다."

낙중이 알았다며 고개를 끄덕였다.

"오늘은 거사 날을 정해야 할 것이니 각자의 의견을 말해보시오."

유길만이 모인 사람들을 둘러보며 말했다.

“부보상들이 내일이면 정선에 집결할 것이고 무엇보다 소금장수가 보낸 미곡이 내일 오후면 정선에 당도한다고 합니다. 그러니 더 이상 미룰 것이 아니라 내일 밤 관아를 쳤으면 합니다.”

딱새가 의견을 냈다.

“포수들도 내일이면 다 모일 겁니다. 그 많은 인원이 자고 먹고 할 수 있는 곳은 관아와 유향소, 호선역밖엔 없습니다. 그러하니 딱새 방수의 말대로 내일을 거사 날로 잡았으면 합니다.”

덕치가 의견을 보탰다.

“다른 분들의 생각은 어떠합니까?”

유길만이 물었다.

“수확철이라 시간이 가면 갈수록 노비들의 참여가 떨어질 것이니 소인도 내일이 좋다고 봅니다.”

석돌개도 동의를 표했다.

“마침 왈짜패도 관아에 들어갔으니 내일이 적시라고 판단하오. 우리 부대도 내일로 하겠소.”

전용길이 합류했다.

“좋소이다. 모두의 의견이 그렇다면 내일을 거사 날로 정합시다. 그럼 낙중 부대장은 관아를 칠 전략을 말해보시오.”

“우리의 피해를 최소한으로 줄이려면 속전속결이어야 합니다. 그러기 위해서는 모두가 잠든 시간을 노려야 할 것입니다. 거사 시간은 긴장이 풀리는 오경五更 인시寅時 정각으로 했으면 좋겠습니다. 지금 관아에 소속된 권속眷屬은 관노비를 포함해 백오십 정도이고 당장 움직일 수 있는 군졸은 이백이 조금 넘습니다. 하지만 야밤에 입번立番을 서는 관리나 군졸은 그 수를 다 합한다 해도 마흔이 조금 넘을 뿐입니다.

그러하니 왈짜패가 관아 문만 제때 열어준다면 두식경二食頃 안에 관아를 장악할 수 있습니다. 만약 약속한 시간이 되어도 문이 열리지 않으면 담을 넘어야 하는데, 그때를 대비하여 가마니와 사다리를 준비해야 할 것입니다."

"가능하면 무혈 입성하는 게 모두에게 좋소이다. 군졸들도 결국엔 우리와 함께해야 할 사람들이 아니겠소."

전용길이 신중한 표정을 지으며 말했다.

"그렇소이다. 그들도 충의군이라 생각하고 가능한 군졸의 살상은 피해야 할 것이오."

김팔발이 고개를 끄덕이며 동의했다.

"내일 입직이나 입번을 서는 군졸들은 아마도 큰 힘을 쓰지 못할 것입니다."

낙중이 웃음을 설핏 머금으며 말했다.

"자네 또 뭔가 꾸미는 게 있구먼."

김팔발이 싱글싱글 웃으며 말했다.

"예, 있습니다. 관아 주방의 주자로 있는 영금에게 시켜 내일 저녁 꽈리 잎으로 찬을 만들게 할 것입니다. 그것을 저녁 찬으로 내놓는 것이지요."

"그게 어쨌다는 건가?"

유길만이 물었다.

"꽈리 열매는 약재로 쓰이나 잎은 설사와 배탈을 나게 만드는 독초입니다. 그걸 먹게 되면 밤새 정낭을 들락거리게 되고 충의군이 관아를 칠 즈음엔 아마도 녹초가 되어 있을 것입니다."

낙중의 말에 모두들 손뼉을 치며 크게 웃었다.

"이거야 원, 말만 들어도 속이 다 시원하구려."

전용길이 가슴을 쓸며 말했다.

"소인도 그러합니다."

석돌개의 음성도 잔뜩 들떠 있었다.

"그럼 이렇게 합시다. 모든 부대는 사경四更 축시丑時 정각까지 의풍정倚風亭 앞으로 모인 후 인시寅時 정각을 기해 관아를 칩시다. 각 부대는 회의가 끝나면 낙중 부대장으로부터 그에 따른 임무를 부여받도록 하시오."

유길만이 말했다.

"미곡과 소금은 어떻게 쓸 요량이십니까?"

덕치가 물었다.

"미곡은 관아를 접수하게 되면 군량으로 쓸 것이고 소금은 백성들에게 고루 나눠줄 것이오. 그러니 관아를 접수한 이후 충의군이 되고 싶은 자나 먹을 것이 없어 굶는 백성들이 있다면 다 관아로 오게 해야 할 것이오."

김팔발이 답했다.

"그러면 자연스럽게 충의군의 수도 늘어나겠소이다."

전용길이 나섰다.

"그러합니다. 명분이 아무리 좋다고 해도 백성들의 도움과 협조 없이는 큰 뜻을 이룰 수가 없을 것입니다. 하여 어떤 일이 있어도 백성을 저버리는 일은 없어야 할 겁니다."

유길만이 모두를 둘러보며 말했다.

"유향소는 어떻게 할 계획입니까?"

덕치가 물었다.

"유향소는 혁파하고 좌수 신계민을 포함해 별감 몇은 목을 베야 할 것이네. 그들은 지역의 토반으로 백성들의 삶을 살펴야 함에도 오히려 권력과 결탁해 백성들을 탐학貪虐의 대상으로 삼았으니 이번에 그 죄를 반드시 물어야 할 것이네."

유길만이 단호하고도 분명하게 답했다.

"소생도 그리해야 한다고 봅니다. 지금의 유향소는 관아 색리들과 그 행태가 다를 것이 하나도 없소이다. 유향소를 그대로 두고선 세상을 바꾼다고 말할 수는 없을 것이외다."

전용길이 유길만의 생각에 힘을 보탰다.

"알겠소이다. 딱새 부대장은 새로운 소식이 없소?"

"물론 따끈한 소식이 있습니다. 지금 저들은 조선의 임금이 바뀐 연유를 명국에 고하기 위해 골몰하고 있다고 합니다. 명으로 가는 승습사承襲使와 사위사辭位使에게 건넬 사목事目을 박원종을 비롯한 삼공과 육조六曹 및 재상들이 함께 의논을 했다는데 그 내용은 이러합니다."

폐왕은 전왕前王이라 칭하기로 했으며, 만약 새 임금이 전왕의 모제母弟인가 여부를 물으면 사실대로 대답하며, 명에서 전왕(연산군)의 소재처를 물으면 별궁에 있다고 대답할 것이며, 명에서 전왕의 병 증세를 물으면 어릴 때부터 풍현증風眩症이 있었는데, 세자가 죽은 뒤 애통과 상심이 정도를 지나쳐서 전의 증세가 다시 도져 심신이 안정되지 못하며, 공연히 놀라고 가슴이 두근거리며 혼미하고 현기증이 나며 방 안에 깊이 거처하면서 창문도 열지 않는다고 대답하라.

만약 세자의 병 증세를 물으면 창진瘡疹으로 요사夭死하였다고 대답하며, 만약 새 임금이 왕비를 책봉했는가 여부를 물으면 전하가 잠저 때

혼례를 치른 부인(단경 왕후)이 병으로 죽었으나 아직 왕비를 들이지 않았다고 대답할 것이며, 전하의 춘추를 물으면 열아홉이라 사실대로 대답하며, 전왕의 아들이 몇 사람이냐고 물으면 다만 딸 하나가 있는데 나이가 어리다고 대답하라.

"이런 나쁜 놈들. 반란의 명분이 없으니 별 걸 다 거짓으로 꾸미는구먼. 전왕을 교동도로 유배를 보내놓고 별궁에 있다? 또 저하께서 뻔히 살아계시는 데도 요사했다고 하고, 왕비가 될 사람을 신수근의 여식이라 하여 쫓아내고도 죽었다고 하니 이런 죽일 놈들이 어디 있소이까?"

전용길이 주먹으로 벽을 치며 분개했다.

"그러니 우리가 갈아엎으려고 하는 게 아니겠습니까?"

김팔발이 어금니를 깨물며 말했다.

"허허, 오늘은 밤도 깊었으니 그 분노를 꾹 참으셨다가 내일 한꺼번에 폭발시킵시다. 이 몸은 충의군이 사용할 깃발을 만들어야 하니 먼저 일어나겠소이다. 각 부대의 임무는 낙중 부대장에게 들으시고, 모두들 내일 의풍정에서 뵙시다."

유길만이 임방을 나와 집으로 향했다.

평등 세상

밤이 깊었다. 서리가 내리려는지 옷 속으로 파고드는 공기가 서늘함을 넘어 춥다는 느낌마저 들었다. 유길만은 직접 만든 각 부대의 깃발을 김팔발과 나눠 들고 삼경三更 자정시子正時가 되어 집을 나왔다. 관아와 호선역은 조용했다. 조금 더 걸어 유향소로 가니 그곳도 깊은 밤이었다. 유길만과 김팔발은 정수리로 쏟아지는 달빛을 받으며 의풍정倚風亭으로 갔다.

의풍정은 마을에서 대음강으로 나가는 길목에 있었다. 의풍정을 중심으로 좌우엔 아름드리 소나무가 숲을 이루고 있고, 그 숲을 지나면 드넓은 모래사장이 아름답게 펼쳐져 있었다. 은빛 모래사장을 지나 대음강을 건너면 연꽃을 닮은 대음산이 우뚝 솟구쳤고, 수백 길 절벽 아래엔 풍혈風穴과 수혈水穴이 있어 신비함을 더해주었다.

지어진 지 이백 년이나 된 의풍정은 군수나 좌수 등 지역 양반들의 연회 장소였다. 평상시엔 군수가 관기를 불러 연회를 즐겼으나 군수가 없는 지금은 좌수가 육방권속과 색리들을 불러놓고 연회를 벌였다. 그들은 의풍정에서 관기를 끼고 술을 마시거나 시를 읊다가 그것도 지루하다 싶으면 대음강으로 나가 뱃놀이를 했다.

연회에 백성이 낄 자리는 없었다. 백성들이 하는 일은 군수나 좌수를 위해 대음강에 배를 띄우거나, 장작을 나르는 일과, 밥을 짓거나 술과 안주를 나르는 일, 붓을 준비하고 먹을 가는 일, 고기를 굽거나 물고기를 잡아 어죽을 끓이는 일 등이었다. 백성이 마음 편하게 의풍정에 오를 수 있는 때는 연회가 끝난 후 청소나 연회에 사용된 물품을 정리하는 순간뿐이었다. 유길만은 그것이 미안하여 의풍정에서 열리는 연회엔 단 한 번도 참석하지 않았다.

또 의풍정은 군사 훈련이 있을 땐 지휘소 역할을 하기도 했다. 군졸들이 열을 지어 서 있으면 군수는 열무당閱武堂 현판 아래에 서서 인원을 점검하고 훈련을 독려했다. 의풍정과 열무당이라는 두 개의 현판이 있는 의풍정은 정선에선 권력의 상징과도 같았다.

고샅길을 지나는데 개 짖는 소리가 한참이나 따라왔다. 의풍정에 도착하니 낙중과 이황의 호위무사 선복, 김막개가 먼저 와 있었다. 유길만과 김팔발이 선복에게 인사를 건넸다.

"잘 오셨습니다."

"저하께서 다녀오라고 하셨습니다."

선복이 낮은 음성으로 말했다.

"막개 자네가 큰일을 했더구먼. 고마우이."

유길만이 곁에 있던 김막개의 어깨를 감싸며 말했다.

"별말씀을요. 소인 같은 놈도 할 일이 있다는 게 대견하기도 하고 뿌듯하기도 합니다."

"여긴 우리 충의군 김팔발 대장군이시네. 잘 알지?"

"그럼요. 팔발이 형님이야 명성이 워낙 자자하시니 모르는 게 이상하지요."

"허허, 이사람 이제 보니 사람 볼 줄 아는구먼."

김팔발이 김막개의 손을 잡으며 껄껄 웃었다.

"그래, 옥에 있는 수하들에겐 시간을 알려주었는가?"

유길만이 김막개에게 물었다.

"예, 인시 정각에 삼문과 영수문迎需門, 공북문 등을 열라고 지시했습니다."

"잘했네. 낙중인 영금에게 꽈리 잎을 전했는가?"

"예, 영금이 잘 처리했을 겁니다."

"수고했네."

그때 석돌개가 이끄는 노비 부대가 의풍정으로 왔다. 유길만과 김팔발이 반가이 맞이하며 일일이 손을 잡아주었다. 노비 부대의 무기는 낫과 쇠스랑, 도끼 등이었고 인원은 쉰일곱이었다.

"모두들 함께해주어 고맙네."

유길만의 말에 노비들이 "나리께서 평등한 세상을 만들어주신다고 해서 졸린 눈을 부릅뜨며 나왔습니다요" 했다.

"암, 그래야지. 이미 천칠백 년 전 중화에 살던 진승陳勝이라고 하는 자가 왕후장상王侯將相의 씨가 따로 없다고 선언했고, 삼백 년 전엔 고려 노비 만적萬積이라는 자가 난을 일으키며 같은 말을 했으며, 이백오십 년 전엔 김준金俊이라는 노비가 정권을 장악하여 고려를 십 년간이나 지배했었네. 그러하니 자네들이라고 해서 군수가 못 되고 관찰사가 못 되고 정승이 못 되고 임금이 못 되라는 법은 없는 것이네. 다만 무엇이 되던 간에 글을 모르면 아무것도 할 수 없으니 시간이 날 때마다 글

공부에 매진하도록 하게. 알겠는가?"

"노비들이 글공부할 수 있는 서당은 소생들이 열겠소이다."

유길만이 소리 나는 곳을 돌아보니 훈도 전용길이 검을 든 교생들을 이끌고 있었다.

"전 훈도, 어서 오시오."

유길만이 전용길과 포옹을 했다.

"유 생원을 흠모하는 교생들이 많아 전원이 다 나왔소이다."

"하하, 이 불초不肖한 자를 흠모해주시니 모두들 고맙고 반갑소이다. 함께 좋은 세상을 만들어봅시다."

그러는 사이 딱새가 물미장을 든 부보상 부대를 이끌고 왔는데, 스물은 이황의 유배소로 보내고 의풍정에 온 인원은 일흔넷이었다. 이어 도착한 덕치 부대는 아흔일곱으로 오는 길에 잡았다며 사슴 다섯 마리와 노루 두 마리, 토끼 열 마리, 멧돼지 두 마리, 표범 한 마리를 메고 왔다.

"내일 이놈들로 잔치 한번 벌여야겠소이다."

전용길이 크게 웃으며 말했다.

"암요, 관아를 접수한 기념으로 백성들과 한판 놀아봐야지요."

유길만이 포수들과 일일이 인사를 나누며 좋아했다.

충의군에 참여한 이들과 악수와 포옹을 나눈 김팔발은 인시가 가까워지자 의풍정에 올랐다. 충의군이 긴장된 얼굴로 김팔발을 맞이했다.

"다들 반갑소. 이 몸은 충의군 대장군을 맡은 김팔발이라 하오. 조선팔도의 씨름판이라면 어디든 안 가본 적이 없는 씨름꾼이라오. 여러분과 함께 세상을 뒤집으려 이 한 몸 충의군에 내놓았소이다."

충의군이 함성을 지르며 김팔발에게 박수를 보냈다.

"오늘 우리는 새로운 역사를 쓰기 위해 이 자리에 모였소이다. 지금 조선은 공신들과 권신들에 의해 썩어가고 있소이다. 이렇게 썩은 조선을 그냥 두고서는 백성들이 힘들어 살 수 없을 것이외다. 다들 아시다시피 지금 정선엔 세자 저하께서 유배를 와 계시오. 우리 충의군은 오늘 정선 관아를 접수한 후 저하를 모시고 도성으로 진격하여 패륜으로 임금에 오른 이역을 폐위한 후 세자 저하를 임금으로 옹립할 것이외다. 더불어 박원종과 성희안, 유순정 일당을 모두 찾아내 그들의 목을 효수하여 광화문에 걸 것을 이 자리에서 천명하외다. 이 역사적인 일을 여러분과 함께할 수 있어 행복하고 감사할 뿐이오. 자, 이제 출군할 시각이 되었소. 여러분 앞에 서 있는 이 사람 김팔발은 충의군 대장군으로서 충의군의 출군을 명하겠소이다. 충의군이여, 출군하라!"

김팔발이 우렁찬 목소리로 출군을 명했다.

출군 명이 떨어지자 충의군이 '충의'를 외쳤다. 유길만은 각 부대장에게 부대 깃발을 전달했다. 충의군이라고 쓰인 깃발을 선두로 각 부대는 부대를 상징하는 깃발을 펄럭이며 관아로 향했다. 유길만은 낙중에게 서른의 군사를 주어 호선역을 장악하고 육방권속과 색리 이구식, 좌수와 별감 등을 추포해 오라고 명했다. 낙중이 군사를 이끌고 마을로 사라지는 모습을 지켜본 유길만이 선복과 함께 충의군의 뒤를 따랐다.

"위솔께서 보시기에 어떻습니까?"

유길만이 선복에게 물었다.

"다들 의기가 넘치니 가히 세상을 도모할 만합니다. 충의군을 조직하느라 애쓰셨습니다."

선복이 답했다.

"이 모든 것이 저하께서 정선에 오셨기에 가능한 일이었습니다."

유길만이 주변을 살피며 말했다.

"아, 도원문을 지키는 군졸들은 소생이 처리할 테니 맡겨주십시오."

"그래주시겠다면 삼문을 맡은 딱새 부대장에게 그 뜻을 전하겠습니다."

유길만이 딱새를 불러 선복을 선봉에 세우라고 명했다.

관아에 이르자 각 부대는 각자의 위치로 이동했다. 관아를 출입할 수 있는 각 문에는 군졸들이 수직을 서고 있었고, 도원문 앞에는 군졸 여섯이 불을 지펴놓고 입구를 지키고 있었다. 가만히 보니 하나는 꾸벅꾸벅 졸고 있고, 하나는 배탈이 났는지 들락날락했다. 정낭에 갔던 군졸이 돌아오자 선복은 품에서 표창을 꺼냈다. 김팔발이 공격 개시 명을 내리자 선복의 손에서 표창이 뿌려졌다. 군졸 둘이 비명도 지르지 못하고 푹푹 쓰러졌다.

"공격하라!"

충의군이 사방에서 함성을 지르자 기다리고 있던 왈짜패가 삼문을 비롯한 관아의 문을 활짝 열었다. 함성에 놀란 군졸과 입직入直 관리들이 황망한 듯 우왕좌왕했다.

"투항하는 자는 죽이지 마라!"

선두에 서서 철추鐵錘를 휘두르던 김팔발이 소리쳤다. 급습을 당한 군졸들은 기선을 제압당한 데다 수적으로도 부족해 파도처럼 밀려드는 충의군을 당해내지 못했다. 간혹 창을 들고 나서보지만 김팔발이 휘두른 철추에 맥없이 쓰러졌다. 사령청使令廳 앞에선 군졸 셋이 포수 부대에 의해 척살刺殺되었고, 형청刑廳 앞에선 선복의 검에 군졸 둘이 쓰러졌다. 군기고 앞에 있던 군졸들이 저항했지만 음식 때문이었던지 강력하지는 못했다. 곧 이어 벽련당碧蓮堂에 있던 군졸들도 포수 부대에 의해 줄줄이 잡혀 나왔다.

충의군이 관아를 기습한 지 일각이나 지났을까. 왈짜패가 파옥한 빈

옥사엔 입직 관리와 군교들로 속속 채워졌다.

"대장군, 충의군이 관아를 접수했습니다."

반 시진이 지나자 덕치가 상황이 끝났음을 알렸다.

"알았네. 지금 당장 충의군을 동헌 앞으로 집결시키게."

김팔발이 덕치에게 지시한 후 동헌으로 갔다.

"여러분, 우리 충의군이 관아를 접수했소. 충의군은 앞으로 관아를 본거지로 삼아 군사를 재정비한 후 도성으로 갈 것이오. 그러하니 긴장을 늦추지 말고 각자 맡은 바 임무에 최선을 다해주길 바라오. 여러분의 노고가 대단히 컸소. 우리 모두 승리의 함성을 크게 지릅시다!"

김팔발이 철추를 흔들며 소리치자 충의군의 함성이 하늘을 찔렀다. 감격에 찬 충의군은 서로를 부둥켜안으며 기쁨의 눈물을 흘렸다. 곳곳에서 만세 소리도 들려왔다. 하지만 할 일이 태산인 유길만으로서는 마냥 기뻐할 수만은 없었다. 유길만은 즉시 부대장들을 소집했다.

"제장들, 모두가 사즉생한 결과 우리가 뜻한 소기의 목적을 달성했소이다. 수고들 하시었소. 지금부터가 중요하니 맡은 바 임무를 완수해주길 바라오."

운을 뗀 유길만이 각 부대에게 임무를 부여했다.

"전용길 부대는 이 시각부터 관아의 업무를 차질 없이 이어갈 것이며, 날이 밝으면 옥에 있는 죄인들을 국문하여 그 죄상을 고하시오. 그와 함께 세상이 바뀌었음을 알릴 방榜을 준비하고, 조선 팔도에 충의군이 기병起兵했음을 알리는 격문을 띄우시오.

석돌개 부대는 충의군의 식량 보급과 식사를 책임지고, 덕치 부대는 군사 훈련과 사냥을 병행하시오. 딱새 부대는 정보 탐지 및 관아의 수비를 맡되, 의원을 불러 부상자들을 치료하시오. 주방은 끝순이와 영금의 책임하에 관기들이 함께할 것이며, 김막개는 날이 밝으면 왈짜패와 함께 읍창邑倉을 열어 백성들에게 환곡과 소금을 나눠주시오. 석돌개는 관노비들에게 지금 당장 관아 내외에 불을 훤히 밝히라 할 것이고, 침방에 전해 충의군임을 확인할 수 있는 표식을 마련하라 하시오.

위솔께서는 충의군이 된 군졸들을 지휘하시고 충의군이 되고 싶은 백성을 모아 군사 훈련을 실시해주시오. 지금까지 명한 것이 제대로 수행되고 있는지는 낙중 부대장이 점검하여 하루 두 차례 보고하시오. 앞으로 행해지는 모든 사안은 군율로 다스릴 것이니 혹여라도 일을 처리함에 있어 부정하는 일이 없길 당부드리오."

유길만의 명이 있자 각 부대장은 자신들의 일을 찾아 분주하게 움직였다. 당장 관아 마당에 불이 훤하게 밝혀지고 충의군의 깃발이 곳곳에서 펄럭였다. 그러는 사이 유향소 좌수와 별감 그리고 형방과 호방 등의 육방권속이 하나둘 추포되어 왔다. 유길만은 그들의 처분은 날이 밝은 후에 하겠다며 옥에 가두라고 명했다.

유길만은 옥에 갇혀 있던 여량역장 최은석을 찾아 필시 강릉에서 군사가 움직일 것이니 여량역에 일차 저지선을 만들어달라고 청했다. 최은석이 흔쾌히 대답하며 말을 몰아 여량으로 떠났다.

최은석이 떠나자 유길만은 동헌으로 돌아와 대청 기둥에 등을 기대 앉았다. 그렇게 잠시 한숨을 돌리고 있는데, 계명시鷄鳴時가 되었는지 어느 집에선가 첫닭이 울었다.

정선 하늘에 새날이 밝았다. 하늘은 높고 주변의 산들은 단풍으로 황홀했다. 날이 밝으면서 충의군이 관아를 접수했다는 소식이 마을에서 마을로 빠르게 퍼져나갔다. 그 소식을 전해들은 백성들은 이제야 살았다며 춤을 덩실덩실 추었다. 사정시巳正時가 되어 폐세자 이황이 관아에 도착했다는 소식까지 전해지자 백성들이 관아로 구름처럼 몰려들었다.

"저하, 감축하옵니다. 충의군과 정선의 백성들이 저하를 뵙습니다."

동헌 앞마당을 가득 메운 충의군과 백성들이 이황에게 하례賀禮를 올렸다. 감격한 이황의 눈에 물방울이 맺혔다. 곁에 있던 물금과 홍림의 눈도 촉촉이 젖어들었다. 그 모습을 지켜보고 있는 선복과 박치영도 눈시울이 붉어졌다.

"고맙소, 이렇게 좋은 소식을 여러분과 함께 나눌 수 있게 되어 무척 기쁘오. 이제 정선은 잘난 사람 못난 사람, 상전上典과 하례下隷가 없으며, 반상의 구별과 차이가 없는 공평하고 평등한 세상이 되었소. 부디 충과 효와 예를 근본으로 서로를 존중하며 살아가기를 바라오. 내 여러분이 꿈꾸는 새로운 조선, 평등한 조선을 반드시 이루어줄 것이오. 여러분의 소중한 꿈이 이루어질 때까지 그 의기를 지켜주길 바라오."

이황이 충의군과 백성들을 향해 말했다.

"감읍하옵니다, 저하."

하례를 끝낸 충의군과 백성들은 동헌을 나와 잔치가 벌어지고 있는 의풍정으로 갔다.

"저하, 좋으십니까?"

홍림이 눈가를 훔치며 물었다.

"좋다마다, 아바마마와 한 약속을 지킬 수 있게 되었다는 사실만으로도 뛸 듯이 기쁘구나."

"그럼 참지 마시고 마음껏 기뻐하소서."

"알겠느니, 너도 그리하거라."

그때 선복이 왔다.

"저하, 의풍정에서 잔치를 벌인다고 합니다. 가시어 백성들을 위로하시지요."

"아니다, 나는 쉬고 싶으니 너희들이나 다녀오거라."

이황이 손을 저으며 말했다.

"그러시면 소신 다녀와서 말씀 올리겠나이다."

관아를 나선 선복과 홍림이 의풍정으로 향했다. 길에서 만난 백성들은 너나 할 것 없이 밝은 표정들이었다. 누구라도 억압하고 강제하는 사람이 없는 탓일 것이었다.

"백성들의 표정이 참으로 편안하고 행복해 보입니다."

홍림이 의풍정으로 향하는 백성들을 보며 말했다.

"백성들의 삶과 군주의 정치 철학은 밀접한 관계가 있습니다. 군주가 어떤 정치를 펴는가에 따라 백성들의 삶의 질이 결정되기 때문이지요. 역사상 가장 평화롭고 행복했던 시대를 요순 시대로 꼽고 있는데, 그 나라 백성들은 황제가 누군지도 모르고 살았다 합니다."

선복이 말했다.

"군주가 백성을 위한 정치를 편다면 백성이 굳이 군주를 찾을 일이 없겠지요."

"저하께서 다스리는 조선도 백성을 위한 조선일 것이라 믿소."

선복과 홍림이 말을 주고받으며 호선역 앞을 지났다. 딱새 부대가 접수한 호선역엔 충의군과 딱새 부대의 깃발이 펄럭이고 있었다.

"저하께서 궁으로 돌아가시면 홍림도 함께 갈 건가요?"

선복이 물었다.

"아닙니다. 이년은 이곳에 남아 아비와 살 것입니다."

홍림이 고개를 저으며 물었다.

"나리께선 저하 곁을 지키셔야지요?"

"그렇소. 하지만 나 혼자 가게 되면 홍림이 많이 그리울 것이오."

선복이 쓸쓸한 표정을 지었다.

"아마…… 이년도…… 그러할 것입니다……."

홍림이 선복의 등에 업혔을 때를 떠올리며 볼을 붉혔다.

"기다려주시오. 내 꼭 돌아오리다."

선복이 홍림의 손을 잡으며 말했다.

"……."

"그리할 수 있겠소?"

선복의 물음에 홍림은 말없이 고개를 끄덕였다.

의풍정에선 잔치가 한창이었다. 북소리가 둥둥 울리는가 하면 취라吹囉 소리도 들려왔다. 고각鼓角을 부는 백성이 있는가 하면 징을 치거나 생우笙竽를 부는 백성도 있었다. 관아에서 꺼내온 관주官酒 단지가 비워지고 소리꾼은 목청을 높였다. 한편에선 영금과 끝순이 옷소매를 걷어붙이곤 음식을 만들었고, 포수 부대에 의해 멧돼지도 구워지고 있었다.

세상이 바뀌자 의풍정은 노인들의 차지가 되었다. 똑바로 올려다볼 수도 없어 힐긋힐긋 훔쳐보던 의풍정이었다. 생전 처음 의풍정에 오른 노인들은 정자에서 바라보는 풍경이 이토록 아름다운 줄 몰랐다며 신기해했다.

의풍정에 음식상을 차리는 것은 관기들의 몫이었다. 앉아서 음식상을 받아본 일이 없었던 노인들은 황송해하며 어쩔 줄을 몰라 했다.

"이걸 먹어도 되는 거여?"

노인들이 서로 눈치를 보며 물었다.

"충의군이 마련한 것이니 마음껏 드세요."

관기들의 말에 노인들이 함박꽃을 피웠다.

"이렇게 감사할 데가 있나."

노인들이 눈시울을 붉혔다.

소나무 그늘 아래서는 김막개가 왈짜패와 함께 환곡과 소금을 나눠 주고 있었다.

"자자, 환곡과 소금이 넉넉하니 마음껏 가지고 가셔도 됩니다."

김막개가 바가지로 소금을 퍼주며 말했다.

"막개, 이거 공짜로 주는 거 맞는가?"

아낙들이 무슨 꿍꿍이가 있을지도 모른다는 생각에 선뜻 소금을 받지 않았다.

"그럼요, 공짜 맞습니다."

김막개의 말에 아낙들이 믿을 수 없다는 표정을 지었다.

"말만 그렇지 난중에 몇 곱절로 갚으라고 하는 거 아녀?"

"맞어. 이 귀한 소금을 공짜로 줄 막개가 아녀. 괜히 막개 말만 믿고 가져갔다간 난중에 큰 봉변을 당할지도 몰라."

김막개가 어떤 사람인지 모르지 않는 데다 한두 번 당해본 아낙들이 아니었다. 하루 전만 해도 백성들에게 몽둥이까지 휘둘렀던 전력이 있는 터라 아낙들의 의구심은 좀처럼 풀리지 않았다.

"허, 이놈 예전의 김막개가 아닙니다. 그리고 우리 왈짜패도 이젠 당당한 충의군의 일원이라구요. 간밤에 관아 문을 연 것도 우리 패거리였다니까요."

김막개가 팔에 찬 충의군 표식을 보여주며 말했다.

"그걸 누가 믿누."

아낙의 말에 홍림이 끼어들었다.

"저분들 충의군이 맞으니 걱정 없이 받아 가셔도 됩니다."

"그게 정말이우? 아유, 막개가 충의군이라니 해가 서쪽에서 뜰 일이로세."

아낙들이 그제야 안심을 했다는 듯 환곡과 소금을 다투어 받아갔다.

모래사장에서는 김팔발이 충의군에 자원한 백성들과 씨름판을 벌이고 있고, 강에서는 뱃놀이를 하거나 천렵을 하는 이도 여럿 있었다. 강변으로 간 선복과 홍림은 빈 배에 올랐다. 대음강을 오르내리며 이야기를 나누고 있는 두 사람의 얼굴엔 웃음꽃이 연신 피어났다.

"형님, 이구식을 끝내 찾지 못했다고 합니다."

낙중이 관아로 뛰어들며 말했다.

"이구식이 벌써 정선을 빠져나갔단 말인가?"

유길만이 물었다.

"벽탄역과 여량역에도 알아보았는데 이구식을 본 자가 없다고 합니다."

간밤 낙중이 이구식의 집을 급습했을 때 이구식은 집에 없었다. 이구식이 즐겨 찾는 기생집에도, 이구식의 첩 집에도, 가끔씩 간다는 동네 과부 집에도, 이구식은 보이지 않았다. 집에서 저녁까지 먹었다는 사람이 어느 순간 감쪽같이 사라진 것이었다. 아침이 되고 한낮이 될 때까지 읍내를 이 잡듯 뒤졌지만 이구식을 찾기는커녕 보았다는 이조차 만날 수 없었다.

"이구식이 도망친 게 사실이라면 우리의 거사를 사전에 알았다는 게 아닌가?"

유길만이 팔짱을 끼며 물었다.

"그럴 가능성이 있습니다."

낙중이 고개를 끄덕이며 답했다.

"그렇다면 충의군 중 누군가가 이구식을 빼돌렸다는 건데 그 이유가 무엇일까?"

유길만이 고개를 갸웃하며 생각에 잠겼다.

"충의군에 이구식과 친분이 있는 자가 있는지 은밀히 알아보겠습니다."

"느낌이 좋지 않아. 그러니 이구식을 도망치게 한 자만큼은 반드시 찾아야 할 것이네."

유길만이 그렇게 명하고는 동헌으로 갔다. 그 시간 동헌에서는 훈도 전용길의 책임 아래 국문鞫問이 진행되고 있었다.

"그대들의 목을 쳐 삼문 앞에 효수하라는 백성들의 요구가 빗발치고 있으나 우리 충의군은 죄의 경중을 분명하게 가려 그 죄에 합당하는 벌을 줄 것이니 숨김없이 말해야 할 것이오. 다시 말하지만 그대들의 죄를 발고發告한 백성이 수십이니 허위로 토설하여 본인의 죄를 더 무겁게 만들지 않길 바라오."

전용길이 죄인들을 향해 추상같이 말했다.

가장 먼저 국문 장에 불려나온 건 좌수 신계민이었다.

"그댄 유향소 우두머리로서 군수와 색리들의 탐학을 규찰할 의무가 있음에도 오히려 그들과 결탁하여 백성을 도탄에 빠지게 했소. 그 죄가 결코 가볍지 않으니 죄를 남김없이 토설하시오."

전용길이 신계민에게 말했다.

"전 훈도, 나 신계민이오. 우리 사이에 이럴 게 뭐 있겠소. 어리석은 백성들이 뭘 안다고 그들의 말을 듣소. 충의군이 비록 관아 정치를 대신한다 해도 이 사람의 협조 없이는 아무것도 돌아가지 않을 것이니 이쯤해서 풀어주시오. 좋은 게 좋은 거 아니겠소."

신계민이 살려달라고 읍소를 하기는커녕 전용길을 회유하려 들었다. 신계민의 말을 가만히 듣고 있던 전용길이 빙글 웃으며 말했다.

"그런 제안이 김인후金麟厚나 정광보鄭光輔 같은 자가 군수를 할 때만 해도 통했을 것이오. 허나 이젠 그런 게 통하지 않소. 그대가 아직도 정신을 못 차린 모양이니 내 정신이 번쩍 들게 해드리이다."

전용길이 신계민에게 대두경 2분 7리의 나무로 태형 쉰 대를 치라고 명했다. 한참 후 신계민이 초주검이 되어 옥으로 돌아오자 김여직이 부들부들 떨며 자신의 죄상을 낱낱이 고했다. 이어서 호방이 불려 나왔고, 이방, 병방, 예방, 공방, 별감 등이 뒤를 이었다.

김팔발의 난

화창하던 하늘에 갑자기 먹구름이 일었다. 세상이 어두워지는가 싶더니 거센 바람이 불어왔다. 낙엽이 날리고 기왓장도 들썩거렸다. 바람을 견디지 못한 가마꾼들은 걷기를 멈추었고, 아녀자들의 치마가 뒤집혔다. 시전市廛에 진열해놓았던 물품들이 날아가고 쌓아두었던 옹기마저 넘어지며 와장창 소리를 냈다. 그 사정은 궁궐도 다르지 않아 떨어진 낙엽이 떼를 지어 이리저리 몰려다녔고, 곳곳에서 흙바람이 일었다. 또 세답방洗踏房 마당에 널어놓았던 빨래가 하늘로 날았고, 전각의 문들이 덜컹거렸다.

궁인들도 갑작스런 일이 괴이쩍다 싶었다.

"상궁마마, 변괴가 난 게 아닐까요?"

"괜한 방정떨지 말고 가서 수나 마저 놓게."

궁에서 쓰이는 흉배나 베갯모, 치마 등에 수를 놓는 수방繡房의 상궁과 나인이 밖을 내다보며 말을 주고받았다.

그때 어전 회의를 끝낸 조정의 신료들이 대전을 나섰다. 대전을 나서는 신료들의 표정은 극명하게 갈렸는데, 호탕하게 웃는 자가 있는가 하면 화를 참으려 어금니를 악무는 자도 있었다. 박원종과 성희안 그리고 유순정은 후자에 속했는데, 근정전 계단을 내려서던 그들에게 때마침 맞바람이 훅 들이쳤다. 그 순간 세 사람의 관모가 바람을 이기지 못하고 동시에 훌떡 벗겨졌다. 땅에 떨어진 관모는 멈추지 않고 바람을 타고 여기저기로 굴러갔다.

"이놈의 바람이!"

놀라기도 하고 당혹스럽기도 한 박원종과 성희안, 유순정이 자신의 관모를 따라 허둥지둥 뛰었다. 그 모습을 본 윤형로와 윤여필 등이 손가락질까지 해가며 파안대소破安大笑했다. 가까스로 관모를 주운 세 사람은 흙먼지를 털지도 못하고 서둘러 관모를 썼다.

"에잇, 이런 낭패가 있나."

셋 중 체구가 가장 작은 성희안이 중얼거렸다.

"허허, 우상의 체면이 말이 아니외다."

유순정이 박원종의 흙 묻은 관모를 보며 말했다.

"관모가 벗겨져 체면이 구겨진 것보다 기실 자순 대비의 전교가 체면을 더 구기게 했소이다!"

박원종이 끓어오르는 화를 참기 어렵다는 듯 거칠게 말했다.

어전 회의가 있기 바로 전이었다. 자순 대비가 삼정승을 불러들여 전교를 내렸다. 일방적인 결정이었다.

자순 대비가 말했다.

"후비后妃의 덕은 얌전하고 착한 것이 제일이오. 지금 중궁 자리가 비어 있다고 하여 서둘러 간택한다면 용모밖에 볼 수 없는데, 이는 왕실이나 궁내명부를 위해서도 바람직하지 못하오. 그러하니 대비인 내가 먼저 두세 처녀를 간택하여 후궁의 자리에 두었다가 시간을 두고 그 행실을 지켜본 후 그중 한 명을 주상의 배필로 삼고자 하오. 사정이 이와 같으니 중전의 간택 문제에 대해선 두 번 다시 거론하지 마시오. 아시겠소?"

자순 대비의 전교는 단호했다. 이미 조선 팔도에 간택령까지 내렸는데 자순 대비가 중전 문제는 자신이 알아서 하겠다고 나선 것이었다. 이는 중전을 임금의 외척인 파평 윤씨로 앉히겠다는 선언과 다를 바 없는 일이었다.

그 자리에 있던 영의정 유순과 좌의정 김수동은 우의정 박원종의 눈치부터 살폈다. 박원종이 불같이 성을 내며 자리를 박차고 일어나면 자신들은 어떻게 해야 하는지 그 생각이 먼저 들었던 것이다. 그러나 박원종은 자리를 박차고 일어나지도 화를 벌컥 내며 따지려 들지도 않았다. 박원종이 순간 쓴웃음을 짓긴 했지만 그 속을 겉으로 드러내지는 않았다. 이미 후궁으로 들일 양녀가 준비되어 있는 데다 박원종 자신이 외척인 윤씨 일파를 제거한다는 흉흉한 소문까지 돌고 있기 때문이었다.

"왕실과 내명부를 염려하시는 바를 잘 알겠습니다. 대비의 분부가 이와 같으시니, 바로 신들의 뜻과 부합합니다. 이는 실로 종사와 백성의 복이라 할 수 있습니다."

박원종을 비롯한 삼정승이 그렇게 인사를 하곤 자리에서 물러났다. 그런 후 어전 회의가 있었고, 임금 또한 중전 문제는 자순 대비에게 맡겨두는 게 좋겠다고 한 것이다. 그 일로 윤씨 일파는 웃으며 대전을 나왔고, 박원종은 어금니를 깨물며 대전을 나선 것이었다.

"대비께서 한 치의 물러남도 없어 보이지요?"

성희안이 물었다.

"우릴 견제하려는 뜻이 매우 강력하더이다."

박원종이 미간을 찌푸리며 답했다.

"대비께서 혹여 인수 대비나 정희 왕후를 닮아가려는 것은 아니겠지요?"

성희안이 걱정스런 표정으로 물었다.

"그렇게 되면 임금과 대비를 동시에 갈아야겠지요."

박원종이 입술을 질끈 깨물며 말했다.

"거, 이판은 폐왕의 외척만 정리하지 말고 새 임금의 외척도 좀 정리하시구려."

유순정이 성희안에게 다그치듯 말했다.

어전 회의 때 이조판서 성희안이 "전하, 함안군咸安郡은 폐왕 연산의 외향外鄉인 고로 부府로 승격하였고, 거창현居昌縣도 중궁이었던 신씨의 고향이기 때문에 군郡으로 승격하였으니, 청하건대 모두 옛 칭호로 강등시키소서"라고 아뢰었고, 임금 이역이 그리하라 윤허를 내렸던 일을 두고 하는 말이었다.

"허허, 윤씨 일파야 당연히 제거를 해야지요."

성희안이 손으로 목을 치는 시늉을 했다.

"왕실 외척으론 뿌리가 깊은 가문이외다. 파평 윤씨를 대충 생각하다간 큰코다치니 치밀한 계략이 있어야 할 것이오."

"계략이야 무령부원군武靈府院君을 따라올 자가 있겠소이까. 말이 나온 김에 부원군 댁에나 가봅시다."

성희안이 자신과 친분이 두터운 유자광의 집으로 두 사람을 이끌었다. 유자광은 이번 반란에 가담한 대가로 정국 일등 공신이 되어 무령부원군에 봉해졌다. 서자 출신인 유자광은 애초 경복궁의 동쪽 출입문인 건춘문建春門을 지키는 갑사甲士였다. 그러던 중 1467년(세조13년) 이시애의 난이 일어나자 자진 출군하여 당시 임금이던 세조의 눈에 들어 정5품 병조정랑 자리에 올랐다. 그 이듬해인 1468년엔 예종이 즉위하자 남이南怡와 강순康純 등이 역모를 꾀한다고 고변하여 그 둘을 제거했다. 그 공으로 익대공신翊戴功臣 일등에 올라 무령군으로 봉해졌다.

훈구파였던 그는 1498년(연산군4년)엔 조선 최초의 사화인 무오사화를 일으켜 신진 사림 세력을 제거한 공로를 인정받아 숭록대부崇祿大夫에 올랐다. 무오사화를 계기로 권력의 중심에 섰지만 갑자사화에 연루되면서 관직에서 물러났다. 이후 내직으로 돌아오지 못한 유자광은 자신에 대한 임금의 관심이 줄어들자 가차 없이 등을 돌렸다. 세조로부터 새 임금 이역까지 다섯 임금을 모신 유자광은 같은 궁지기 출신으로 입신양명한 한명회와 비교될 정도로 지략과 책략이 뛰어나다는 평가를 받았지만 그만큼 부침도 많았다.

반란 삼대장이 유자광의 집에 당도하자 청지기가 뛰어나왔다.

"부원군께선 계시는가?"

성희안이 물었다.

"전갈을 받고 기다리고 계시옵니다."

청지기가 유자광의 별당으로 안내했다. 별당에 들어서니 아리따운 기녀들은 물론이고 흥청 출신 궁인들과 사옹원司饔院 소속의 임금 요리사인 대령숙수待令熟手까지 와 있었다.

"어서 오시오, 우상."

유자광이 박원종에게 예를 차렸다. 유자광은 박원종보다 스무 살 이상 연상이었으나 박원종이 조선을 움켜쥐고 있는 터라 깍듯하게 대할 수밖에 없었다.

"날도 그렇고 해서 한잔하러 왔소이다."

박원종이 유자광에게 말했다.

"잘 오시었소이다. 이 사람도 마침 술 생각이 나던 참이었으니 마음이 통했나봅니다."

유자광이 호탕하게 웃으며 말했다.

곧 음식이 차려졌다. 임금과 같이 십이첩 반상은 아니어도 요리 수준이나 재료는 임금이 받는 주안상보다도 격이 높았다. 분위기를 돋우기 위해 흥청 출신들이 악기를 연주했고 기녀들이 술을 채웠다.

"우리 세상일일랑 잠시 내려놓고 한번 대취해봅시다."

박원종이 잔을 높이 들며 말했다.

"누추한 집을 찾아주시어 큰 광영입니다."

유자광이 상전을 모시듯 겸손하게 화답했다.

잔이 비워지고 채워지기를 반복했다. 취기가 오르자 유자광이 한마디 했다.

"우상, 그래도 우린 반정 동지 아닙니까. 좋은 일이 있으면 함께합시다."

"허허, 부원군께서야 이만큼 사시면 되었지 더 큰 걸 바라십니까?"

"물도 흐르다보면 바다로 빨리 가고 싶어 한다지 않습니까?"

유자광이 술잔을 비워내며 말했다.

"허허, 부원군께선 암만 해도 욕심이 지나치십니다. 그러다간 북망산도 먼저 오르는 수가 있소이다."

두 사람이 가시 있는 말을 주고받자 성희안이 "허, 이런 술맛 떨어지겠소이다. 그런 얘긴 그만하고 우리 거방지게 놀아봅시다"라며 술잔을 높이 들었다. 유자광이 손님께 실례를 했다며 한발 물러나자 박원종이 괜찮소, 하고는 웃어넘겼다.

시간은 흘러 어둔 밤이 왔다. 그때까지도 술자리의 흥은 좀처럼 나지 않았다. 술자리 눈치를 살피던 성희안이 옷 벗기 내기를 하자고 제안했다.

"승경도升卿圖(주사위)를 던져 임금까지 먼저 올라가는 사람이 이기는 걸로 하고 나머지는 직급에 따라 기녀의 옷을 하나씩 더 벗기기로 합시다."

성희안의 말에 모두들 재미있겠다며 찬동을 했다. 승경도와 말이 준비되고 유자광이 종이에다 종9품에서 영의정을 거쳐 임금까지 올라가는 말판을 그렸다. 정한 순서에 따라 승경도가 던져지니 가장 먼저 임금에 오른 사람은 유자광이었다. 유자광 옆에 앉은 기녀가 뛸 듯이 기뻐했지만 이등인 박원종은 자신의 곁에 있는 기녀의 저고리를, 삼등인 유순정은 기녀의 저고리와 치마를, 꼴찌를 한 성희안은 기녀의 저고리와 치마 그리고 다리속곳을 벗겼다.

"아잉, 이년 부끄럽사옵니다. 대감께서도 임금 한 번 해보시와요."

승경도 놀이에서 정6품에 머물러 꼴지를 한 성희안의 기녀가 콧소리를 냈다.

"허허, 알았느니라."

성희안이 머쓱하게 웃으며 기녀의 잘록한 허리를 감았다.

그러나 이어진 판에도 유자광이 가장 먼저 임금이 되었는데, 또 꼴찌를 한 성희안은 기녀의 속속곳과 단속곳까지 벗겨 벌거숭이로 만들었다. 사내 넷이 낄낄거리며 술을 한 잔씩 비운 후 다시 판을 벌였지만 그때도 유자광이 임금의 자리에 올랐다.

"이러다간 부원군께선 장차 임금 자리에까지 오르시겠소이다."

박원종이 떨떠름한 표정을 지으며 말했다.

"허허, 농도 지나치면 화가 되는 법이오. 우상이라면 모를까 그게 어디 나 같은 서출이 꿈이라도 꿀 자립디까."

박원종의 말에 유자광은 순간 뜨끔했으나 웃으면서 넘겨버렸다. 말은 곧 씨가 되는 법. 박원종이 어느 순간이라도 역모로 엮으면 꼼짝없이 당할 수도 있는 세상이기 때문이었다.

"무슨 말씀을요. 따지고 보면 전하께서도 서출이 아니던가요."

박원종이 유자광을 곁눈질하며 그렇게 떠보았으나 유자광은 못 들은 척 대꾸도 하지 않았다.

"자자, 그런 농은 그만들 하시고 이번엔 기녀들에게 승경도를 주고 우리를 벗기게 합시다. 그럼 되지 않겠소."

성희안이 승경도를 기녀들에게 넘겨주며 말했다.

기녀들의 말판엔 관기에서부터 정1품 정경부인에 이어 중전에 이르기까지의 벼슬이 그려졌다. 승경도를 잡은 기녀들이 놀이를 시작하면서 사내들의 옷도 하나씩 벗겨져갔다. 박원종의 기녀가 중전에 한 차례 오른 후엔 유순정의 기녀가 연이어 두 차례나 중전 자리에 올랐다. 이어 유자광의 기녀가 중전에 올랐고 박원종의 기녀가 또 중전에 올랐다. 그렇게 몇 판이 지난 후엔 남녀 모두가 벌거숭이가 되어 엉겨 뒹굴기 시작했다. 술잔이 돌고 기녀들의 엉덩이가 돌고 세상이 핑핑 돌고 난 후에야 박원종 등은 대기하고 있던 교자轎子를 타고 각자의 집으로 향했다.

이튿날 아침이었다. 오위장五衛將 박이온朴而溫이 박원종의 집을 급히 찾았다.

"이보게, 우상."

박이온이 박원종의 방에 들자, 그는 첩비가 떠다준 꿀물로 쓰린 속을 달래고 있었다.

"형님께서 이른 아침부터 어쩐 일이오?"

박원종이 눈을 게슴츠레 뜨며 물었다.

박이온은 박원종의 숙부인 박숙선朴叔善의 아들로 둘은 사촌지간이었다. 박원종이 박이온보다 여섯 살 적은 탓에 박이온을 형님이라 부르고 있었다. 박원종은 사촌인 박이온과 그의 친아우 박이검朴而儉 등을 공신록에 올려 정국공신으로 만들었다. 공신이 된 박이온은 박원종의 후광으로 궁궐 수비대인 오위도총부를 총괄 지휘하는 종2품 오위장에 앉았다.

"반란이 일어났네."

"반란이라니요?"

박원종의 눈이 번쩍 뜨였다.

"강원도 정선에서 김팔발이라는 자가 반란을 일으켰다는 급보가 올라왔네."

"허, 이거. 그래 반란군의 수는 얼마나 된답니까?"

박원종이 몸을 일으키며 물었다.

"오백이 넘는다는구먼."

"오백이라…… 가만, 정선이라면 폐세자가 유배를 간 곳이 아니오? 폐세자가 반란에 가담했다고 하던가요?"

"그렇다네. 아마 폐세자를 임금으로 옹립하려고 난을 일으킨 듯하네."

"그래요?"

박원종이 관복을 챙겨 입으려다 말고 첩비에게 갑주와 검을 준비하라 일렀다.

"갑주는 왜?"

"하하, 형님은 참. 세상을 그리 읽지 못해서야……."

박원종이 어깨가 들썩일 정도로 웃으며 말했다.

"난 걱정이 되어서 달려왔는데 자넨 우상씩이나 되어가지고 웃음이 나오는가?"

박이온이 이해가 되지 않는다는 표정을 지으며 물었다.

"나오다마다요. 어차피 폐세자를 죽여야 하는데 반란까지 일으켜주니 이 얼마나 기쁜 소식입니까?"

"반란이 일어났다는데 기쁜 소식은 또 뭔가?"

"허, 갈수록 태산입니다. 형님은 그러니 큰일을 못 하는 겁니다. 생각해보세요. 소문이다 상소다 해서 내가 요즘 자순 대비를 비롯한 윤씨 일파로부터 견제를 얼마나 심하게 받고 있습니까. 그 일로 인해 머릿골이 딱딱 아팠는데, 폐세자가 그 문제를 한 번에 해결해주고 있지 않습니까. 그러니 기쁠 수밖에요."

박원종이 첩비가 가지고온 갑주를 챙겨 입으며 말했다.

"아하, 그렇군."

박이온이 그제야 이해가 간다는 듯 자신의 이마를 쳤다.

"서출인 무령부원군이 벼락출세를 할 수 있던 것도 다 반란이 있었기에 가능한 일이 아니겠습니까. 무인에게 반란은 곧 조정을 움켜쥘 기회와 같습니다. 이번 기회를 잘 살려야 하니 형님께서도 정신을 바짝 차리셔야 할 겝니다."

"알겠네."

박이온이 무슨 뜻인지 알겠다며 고개를 끄덕였다.

"하하, 겁먹은 주상이 벌벌 떨고 있을 생각을 하니 웃음이 절로 나옵니다."

박원종이 덩실덩실 춤이라도 출 기세였다.

"그럼 어서 입궐을 하세."

박이온이 채근을 했다. 갑주를 차려입은 박원종은 청지기를 불러 말을 준비하라 일렀다. 저택을 나온 박원종과 박이온이 궁으로 급히 말을 몰았다.

궁에 든 박원종은 비상사태를 선포하고 긴급히 어전 회의를 소집했다. 임금 이역과 영의정 유순, 좌의정 김수동, 무령부원군 유자광, 능천부원군 구수영 등의 대신들이 영문도 모른 채 어전으로 달려나왔다.

"우상, 갑주까지 입으시고…… 대체 무슨 일이오?"

임금 이역이 불안한 감정을 애써 감추며 박원종에게 물었다.

"전하, 반란이 일어났사옵니다."

박원종의 말에 임금은 물론이고 대신들의 낯빛이 하얘졌다. 이어 술렁거림이 이어졌고, 임금 이역이 창백한 얼굴로 물었다.

"반란이라니, 대체 누가 반란을 일으켰단 말이오?"

"강원도 정선으로 유배를 간 폐세자 이황이옵니다."

박원종의 입에서 폐세자가 거명되자 대신들이 또 다시 술렁거렸다.

"뭐요? 황이가 반란을 일으켰단 말이오?"

이역이 믿을 수 없다는 표정을 지었다.

"그러하옵니다."

"우상, 어찌된 일인지 자세히 말씀을 해보시오."

임금 이역의 입술이 바작바작 타들어갔다. 그 모습을 본 박원종이 옅은 웃음을 지으며 답했다.

"저하, 반란군은 스스로 충의군이라 칭하며 그 수가 오백을 넘었다고 하옵니다. 그러나 반란군의 수가 앞으로 얼마나 더 불어날지는 신도 짐작하기 어렵사옵니다. 이미 정선 관아가 반란군의 수중에 들어갔으며 육방관속과 유향소 좌수 등의 목이 베어졌다 하옵니다. 그들은 폐세자 이황을 임금으로 옹립한 후 반상의 차별이 없고 모두가 평등한 새로운 조선을 세우겠다며 백성들을 선동하고 있다 하옵니다."

박원종의 말에 여기저기에서 수군거리는 소리가 들려왔다.

"반란군의 수괴는 누구라고 합디까?"

그렇게 묻는 이역의 음성이 심하게 떨렸다.

"반란군의 수괴는 정선인 김팔발이라는 자이옵고, 생원 유길만이라는 자가 군사를 맡고 있으며 정선 향교의 훈도 전용길과 포수 덕치와 낙중, 부보상 방수 딱새라는 자와 노비 출신 석돌개 등이 산하 부대장으로 있으며, 관동 포수와 부보상을 비롯하여 노비들과 일반 백성들뿐 아니라, 관아의 군졸은 물론이고 벽탄역과 여량역, 호선역 등의 역장과 역졸들까지 반란군에 가담하였으며, 반란군의 기세 또한 하늘을 찌른다 하옵니다."

박원종이 그렇게 아뢰자 이역의 몸이 부들부들 떨렸다. 임금의 자리에 오른 지 한 달도 되지 않았는데 반란이 일어났다는 것이었다. 이역은 밀려오는 두려움과 공포를 어쩌지 못하고 박원종의 입만 바라보았다.

"전하, 지금 정선군수 자리가 비어 있사옵니다. 선전관宣傳官 김유金裕를 병마도총사兵馬都摠使로 장령將領 박이건朴而健을 정선군수 겸 토포사討捕使로 삼아 반란군의 토벌에 나서야 할 것이옵니다. 토벌군은 강원에서 오천의 병사를 징발하고 경기 삼천, 충청 이천 총 일만을 징발하여 반란군을 토벌하라 전교하시옵소서."

"그렇사옵니다. 반란군의 수가 지금은 비록 오백에 불과하다 하지만 인근 지역으로 번지면 그 수가 얼마나 늘어날지 짐작키 어려우며, 더욱이 이와 같은 사실이 명나라에 알려지기라도 하면 큰일이오니 급히 토벌군을 보내야 하옵니다."

성희안이 박원종을 도왔다.

"전하, 신 유자광, 세조 임금 시절 이시애의 난을 토평討平한 경험이 있사옵니다. 신께 군사 오천만 내어주시면 수일 내로 반란군 수괴의 목을 참斬하여 오겠나이다."

유자광이 낮게 부복하며 청했다.

"경들의 생각은 어떠하오?"

울상이 된 이역이 대신들에게 물었다.

"무령부원군께서 이시애의 난을 토벌한 것이 벌써 사십 년 전의 일이옵니다. 부원군이 비록 책략이 좋다 하나 정선은 멀고 길이 험한 데다가 부원군의 연치 또한 많으니 이번 일은 신께 맡겨주시지요."

박원종이 눈을 부릅뜨며 목소리를 높였다. 반란의 발발은 임금의 외척과 자신에 대한 불만 세력을 정리할 수 있는 절호의 기회였다. 그런 기막힌 기회를 여우 같은 늙은이에게 넘길 수는 없는 노릇이었다.

"이와 함께 조정 내부에 반란군과 내통한 자가 반드시 있을 것이오니 발본색원拔本塞源하여 이참에 조정의 기강 또한 바로 세워야 할 것이옵니다."

박원종의 말에 대신들의 표정이 굳어졌다. 상황에 따라선 궐내에 피바람이 불 수도 있기 때문이었다. 당연히 유자광의 입도 꾹 닫혔다. 임금으로서도 박원종의 말을 무시했다간 무슨 사단이 일어날지 모를 일이었다. 임금 이역은 서둘러 전교를 내렸다.

"상황이 그러하다면 반란군을 토벌하는 일과 반란군과 내통한 자를 찾는 일 모두를 우상께 일임할 것이니 그렇게 하시오. 아울러 선전관 김유를 병마도총사로 삼고 장령 박이건을 정선군수 겸 토포사로 삼을 것이니 김유와 박이건은 사은숙배謝恩肅拜도 하지 말고 정선으로 떠나라 이르시오. 또한 경기관찰사 윤금손尹金孫은 군사 삼천을, 충청도관찰사 김호金浩는 군사 이천을 징발하여 정선으로 보내도록 하시오."

이번엔 영의정 유순과 좌의정 김수동, 우의정 박원종, 청천부원군 유순정, 능천부원군 구수영 등이 한입으로 아뢰었다.

"전하, 반란을 일으킨 폐세자 이황을 비롯하여 창녕 대군 이성, 양평군 이인 및 이돈수, 이들을 이대로 두어서는 아니 되니, 모름지기 지금 처단하소서."

"황이야 반란에 가담했다 하니 죽이는 것이 마땅하나 나머지 조카들은 나이가 모두 어리고 연약한데 꼭 그래야 하오?"

박원종을 비롯한 정승들이 다시 아뢰었다.

"창녕 대군과 양평군이 비록 어리다 하나 폐왕의 피붙이들이옵니다. 그들을 살려두었다간 언제 무슨 일이 또 일어날지 모르오니 이참에 처단하여야 하옵니다."

"알겠소. 알겠으니, 그리하시오."

임금의 전교가 떨어지자 박원종은 폐세자 이황을 비롯하여 창녕 대군과 양평군 그리고 군호도 받지 못한 이돈수를 사사하라 명했다. 또한 선전관 김유와 장령 박이건을 불러들여 정선으로 급히 떠나라 명하고 강원 감영에도 이 같은 사실을 알렸다.

가자, 도성으로!

지독한 악몽이었다. 사약을 마시고 죽는 꿈이었다. 이황 자신뿐 아니라 아우들과 아비 연산도 함께 죽는 꿈이었다. 그 뒤로 박원종, 성희안 등이 지켜보고 있었다. 그들은 고개가 젖혀질 정도로 마음껏 웃더니 '이제 그대들의 세상은 끝났소'라고 말했다. 사약을 마신 이황은 깊은 늪에 빠진 사람처럼 허우적거리다 꿈에서 깨어났다.

꿈에서 깨어난 이황은 차마 눈도 뜨지 못한 채 이것이 현실인가 싶어 자신의 옆구리를 꼬집어보았다. 통증이 느껴지는 걸 보니 현실은 아니었다. 꿈이었지만 언제든 현실이 될 수 있는 일이라는 생각이 들자 이황의 몸이 부르르 떨렸다.

정신을 차린 이황이 눈을 번쩍 떴다. 밖은 훤했으나 아침인지 한낮인지 가늠이 되지 않았다. 얼마나 잤는지도 알 수 없었다. 이부자리와 입고 있던 옷은 땀에 젖어 축축했다. 무슨 일이 있었을까. 이곳은 어디일까. 아무리 살펴도 낯선 공간이었다. 이황이 몸을 일으키려고 부스럭거리자 곁에서 졸고 있던 물금이 화들짝 깨어났다.

"저하, 깨어나셨사옵니까?"

"물금아, 여긴 어디냐?"

"관아 객사입니다."

물금의 말이 있자 이황은 그제야 정선 관아에 온 것을 기억해냈다.

"저하, 괜찮으시옵니까?"

물금이 이황의 이마에 난 땀을 닦아내며 물었다.

"괜찮다니? 내가 언제 아팠더냐?"

악몽이지만 꿈을 꾼 기억밖에는 없었다.

"저하께선 혼절하듯 쓰러지신 후 사흘 만에 깨어나셨습니다."

물금이 걱정스런 눈으로 이황을 살폈다.

"사흘이나? 이런, 나 때문에 마음고생이 컸겠구나."

"아니옵니다. 이렇듯 아무렇지 않게 깨어나시니 이년 눈물이 앞을 가리옵니다."

물금이 옷소매로 눈물을 찍어냈다. 이어 물금은 부들이를 불러 타락죽駝酪粥을 끓이라 명하고, 객사를 지키고 있던 병사에게 저하께서 깨어났음을 속히 알리라고 했다. 그 사이 물금은 이황의 젖은 옷을 갈아입히고 이부자리도 갈았다.

이황이 깨어났다는 소식이 전해지자 의원이 먼저 당도했고, 김팔발과 유길만이 뒤를 이었다. 의원이 진맥을 하며 이황의 몸 상태를 살폈다.

"저하, 소신들 많이 놀랐사옵니다. 이렇듯 강녕하시니 하늘이 도우심입니다."

김팔발과 유길만이 낮게 부복하며 말했다.

"내가 제장들께 걱정을 끼쳐드렸소이다."

사실 궁에서 정선까지 여러 날 걸은 데다 낯선 유배소에서 지내기까지 이황의 몸과 마음은 지칠 대로 지쳐 있었다. 그런 와중에 충의군이 정선 관아를 접수했고, 이황은 그간의 긴장이 풀리면서 쓰러진 듯했다.

"아니옵니다. 소신들 저하께서 반드시 깨어나시리라 믿었기에 맡은 바 소임을 다하고 있었사옵니다."

"고맙소, 충의군의 사기는 어떠하오. 내 그들이 보고 싶소."

이황이 몸을 일으키자 의원이 "저하, 아직은 무리이옵니다. 탕제를 올릴 것이니 적어도 이틀은 더 요양을 하셔야 하옵니다"라며 만류했다.

"충의군의 사기는 하늘을 찌를 듯하니 우선은 의원의 말을 따르시는 게 좋을 듯하옵니다."

유길만도 나섰다. 그때 주방에 갔던 부들이가 타락죽을 끓여 왔다.

"저하, 저하께서 좋아하시던 타락죽이옵니다."

"이 귀한 것이 정선에도 있었더란 말이냐?"

이황이 신기한 듯 물금이 떠주는 죽을 받아먹었다.

"궁에서 먹던 것처럼 맛있구나."

궁에 있을 때 이황은 입맛이 없거나 몸이 아픈 날이면 타락죽을 먹곤 했다. 타락죽은 물에 불린 멥쌀을 맷돌에 갈아서 끓이다가 타락駝酪을 넣어 다시 쑨 죽을 말했다. 타락은 소에서 짜낸 젖으로 궁에서만 먹을 수 있는 귀한 음식이었다. 타락은 고려 말에 설립된 관청 유우소乳牛所에서 공급하기 시작했는데, 유우소는 조선이 개국된 후에도 그 명칭으로 남아 궁에 타락을 공급했다.

"마침 새끼를 낳은 소가 있어 타락을 마련할 수가 있었사옵니다."

물금이 말했다.

"그런데 홍림이 보이지 않는구나."

주변을 둘러보던 이황이 물금에게 물었다.

"아비가 동헌에 들어 있어 만나러 갔사옵니다."

"홍림의 아비는 지금 무얼 하고 있느냐?"

"여량이 강릉에서 정선으로 오는 길목이라 군사들과 여량역을 지키고 있사옵니다."

유길만이 답했다.

"충의군은 다들 제 몫을 하는데 나만 이렇게 누워 있구려. 미안하오."

"아니옵니다. 어서 쾌차하시어 충의군과 백성들을 살펴주시옵소서."

김팔발이 말했다.

"그러리다. 내 어서 자리를 털고 일어나 백성들의 삶을 들여다보리다."

이황이 김팔발의 손을 잡으며 말했다.

객사를 나온 김팔발은 제장 회의를 소집했다.

"저하께서 깨어나셨소이다. 그러나 기력을 회복하시려면 이틀은 더 있어야 한다니 충의군의 출정은 그 이후로 미뤄야 할 것이오. 그러하니 그 이틀 동안 도성으로의 출정에 만전을 기해주시오. 그 문제로 건의할 일이나 어려운 일이 있으면 기탄없이 말해주시오."

"읍창에 있던 환곡이 관속들에 의해 많이 빼돌려졌습니다. 환수할 수 있는 방안은 없겠습니까?"

김막개가 물었다.

"그건 목을 벤 유향소 관리와 육방관속들의 가산을 적몰하여 처리하면 될 것이오."

유길만이 답했다.

"올해 백성들이 갚아야 하는 환곡은 어찌하고 공물과 세곡은 또 어찌할까요?"

석돌개가 나섰다.

"공물은 받지 말고 세곡은 받아서 내년 봄 환곡으로 쓰면 어떻겠소. 세곡을 받는 대신 환곡을 면해주면 백성들의 부담이 크게 덜어질 것 같은데 어떠시오?"

전용길이 의견을 냈다.

"그거 좋소이다. 공물이야 충의군이 받는다 해도 쓸 일이 없으니 백성들에게 돌려주고 환곡은 면해주되 세곡만 받아 내년 봄을 대비합시다."

김팔발이 그렇게 정리했다.

"아직까지 추수를 하지 못한 논밭이 있다고 들었소. 곧 출군을 해야 하니 수확을 앞당겨야 할 것이오. 김막개는 그러한 가구를 파악하여 인원 지원을 하시오."

유길만이 김막개에게 말했다.

"알겠습니다."

"지금까지는 덕치 부대의 애씀으로 고기를 원 없이 먹을 수 있었소. 하지만 전투가 시작되면 그 일이 쉽지 않을 것이니 고기를 비장하여 만일의 사태를 대비해야 할 것이오."

유길만이 낙중을 보며 말했다.

"그리하겠습니다."

낙중이 고개를 끄덕였다.

그때 상보가 숨을 헐떡거리며 뛰어왔다.

"대장군, 큰일 났습니다. 토벌군이 정선으로 오고 있다고 합니다!"

"뭐라, 토벌군이?"

김팔발이 자리에서 벌떡 일어났다. 예상한 일이긴 했지만 조정의 대처가 생각보단 빨랐다.

"그러합니다."

상보가 가쁜 숨을 몰아쉬며 대답했다.

"자세히 말해보라."

유길만이 상보를 자리에 앉히며 말했다.

"토벌군은 선전관 김유를 병마도총사로 삼고 장령 박이건을 정선군수 겸 토포사로 삼아 군사 일만을 정선으로 출군시킨다 합니다."

"군사 일만?"

제장들의 눈이 휘둥그레졌다.

"강원에서 오천, 경기에서 삼천, 충청에서 이천을 징발할 것이라 합니다."

상보가 손을 꼽아가며 말했다.

"흠, 징발이라면 아직은 일만이 되지 않았다는 거로군."

김팔발이 말했다.

"지금은 수확철이라 1만을 채우긴 쉽지 않을 것이오."

유길만의 말에 상보가 한마디 보탰다.

"그래서인지 도총부에서 방을 붙였는데 '한량閑良이나 천구賤口들 가운데 종군하기를 자원하는 자는 그 논상論賞을 이시애의 난에서 공을 세운 사람의 예例와 같이 할 것이다. 또한 충의군 대장군의 목을 베는 자는 지위와 신분에 상관없이 집은 물론 토지와 노비를 하사할 것이며, 직급은 정3품 당상관으로 삼을 것'이라는 내용이 있었습니다."

"허허, 내 목이 고작 정3품의 당상관급이라니 불쾌하구먼."

김팔발이 어깨가 들썩일 정도로 웃으며 말했다.

"그뿐이 아닙니다. 박원종이 지금 충의군과 내통한 자를 찾는다며 조정을 발칵 뒤집어놓고 있답니다. 그 일로 의금부에 잡혀간 자가 이미 십수 명에 이른다고 합니다."

"위기를 기회로 만드는 걸 보면 박원종이 역시 만만한 상대는 아니구먼."

유길만이 말했다.

"도총사 김유와 토포사로 온다는 박이건은 어떤 자인가?"

김팔발이 심각한 얼굴로 물었다.

"김유는 비록 선전관이지만 무인으로 삼대장과 막역한 사이이고, 박이건 역시 훈구파로 이조좌랑을 거쳐 사헌부 정4품 장령에 오른 자일세. 박이건은 사헌부 대간으로 있을 때 임금의 처남이자 좌의정 신수근을 탄핵할 정도로 거침이 없는 자이니 그에 대한 대비 또한 잘해야 할 것이네."

유길만이 답했다.

"붙어볼 만한 자들이로군. 그나저나 토벌군은 정선으로 향한다 하고 저하께선 아직 거둥을 못 하시니 어찌하면 좋은가?"

김팔발이 답답하다는 표정을 지었다.

"지금 상황으로선 이곳에서 격전을 치러야 할 듯싶네."

유길만이 말했다.

"정선이야 우리만큼 지형지세를 잘 알고 있는 사람들도 없으니 이곳에서의 싸움은 우리가 유리할 것이오. 괜히 벌판에 나섰다가 패하면 회복하기 어려우니 저하께서 계시는 정선에서 붙읍시다."

전용길이 부대장들을 둘러보며 그렇게 말했다.

"도성으로 한 번에 진군하지 못할 바엔 오는 토벌군을 이곳으로 불러들여 섬멸하는 것도 좋은 방법입니다. 군량을 비롯한 보급 물자를 전투 지역까지 옮기지 않는 것만도 충의군 전력에 큰 도움이 될 것입니다."

낙중이 전용길의 의견에 동조했다.

"좋소이다. 그럼 정선에서 토벌군을 맞이하는 것으로 하고 그에 따른 전략을 짜봅시다."

김팔발의 결정이 있자 유길만은 즉시 작전 회의를 시작했다.

다음 날 토벌군이 정선으로 온다는 소문이 돌며 저자가 술렁거렸다. 백성들은 일손을 놓고 앞으로 일어날 일에 대해 추측도 하고 억측도 하며 새로운 소문을 만들어냈다.

"토벌군 일만이 온다며?"

"에이, 내가 듣기론 이만이라고 하던걸."

"이만이면 정선 사람 다 잡겠구먼."

"이보게, 김팔발 대장군 수급을 가지고 오면 토지와 노비에다 당상관 자리까지 준다는 얘긴 들었나?"

한 사내가 갑자기 생각났다는 듯 곁에 있던 사내에게 물었다.

"그래? 당상관이면 군수보다 높은 자리 아닌가. 김팔발 대장군 목값이 대단하구먼."

"그 때문에 우의정 박원종이 원주 감영까지 직접 온다는 얘기도 있던데?"

"박원종이면 반란을 일으켜 임금을 바꾼 자가 아니던가."

"그런 자가 직접 오는 거 봐선 충의군의 세가 만만하지 않다는 거 아닌가."

"암튼 정선에서 큰 싸움이 생기는 것만큼은 분명한 것 같으이."

"충의군이 우릴 잘 지켜줄지 걱정이로구먼."

"그러게 말여."

말을 주고받던 사내들의 얼굴이 점점 어두워져갔다. 농가에서 타락을 받아오던 홍림이 저자를 지나다 사내들이 나누는 대화를 들었다. 흘러가고 있는 소문이 심상치 않다고 생각한 홍림은 서둘러 유길만에게로 갔다.

"대장군, 토벌군이 온다는 게 알려지면서 민심이 요동치고 있습니다."

"알겠소. 대책을 마련하겠소이다."

유길만은 전용길에게 토벌군을 반드시 물리칠 것이니 동요하지 말라는 내용의 방을 급히 붙이라 일렀다.

타락을 부들이에게 건넨 홍림은 의풍정으로 나갔다. 의풍정에서는 오늘도 끝순이와 영금이 관기들과 함께 밥을 짓고 음식을 만들고 있었다. 의풍정에 앉아 음식을 받던 노인과 아이들도 토벌군에 관한 이야기를 나누고 있었다. 아이들이 토벌군의 수가 충의군보다 많다고 하자 노인들은 음식도 마다한 채 땅이 꺼져라 한숨을 내쉬었다. 노인들의 푹 꺼진 눈매에 근심이 차오르자 끝순이가 소릴 질렀다.

"할무이, 토벌군 걱정일랑 마세요. 도성에서 정선까지 오는 길이 좀 멉니까. 설령 온다 해도 충의군이 성마령과 벽파령을 지키고 있으니 정선은 끄떡없을 겁니다. 그러니 걱정 말고 차린 것이나 얼른 드세요."

"그려, 놈들이 아무리 세다 해도 성마령과 벽파령을 넘긴 힘들겠지?"

"그럼요, 저렇게 열심히 훈련 중인 충의군이 있잖아요."

끝순이가 강변을 가리키며 말했다.

의풍정 너머 모래사장에서는 선복이 충의군에게 창술槍術을 가르치고 있었다. 홍림이 선복을 발견하고는 모래사장으로 갔다.

"어서 오시오."

선복이 동작을 멈추며 홍림을 맞았다.

"아휴, 다들 땀범벅이시네. 좀 쉬었다 하세요!"

홍림이 땀으로 번들거리는 충의군을 보며 소리쳤다.

"혹여 흙피리 연주라도 들려주면 모를까. 그러기 전엔 쉴 시간이 없습니다."

선복이 웃음을 머금으며 말했다.

"호호, 그거야 어렵지 않지요."

"좋습니다. 그럼 일다경一茶頃 만 쉬겠습니다."

선복이 훈련 중인 충의군에게 휴식을 명했다. 휴식이라는 말에 충의군이 함성을 지르며 모래 위에 털썩 주저앉았다.

"이년이 흙피리를 연주해드릴 테니 이거 들으시고 토벌군을 꼭 물리쳐야 합니다. 아셨죠?"

홍림이 애교 섞인 말투로 사내들의 마음을 흔들었다. 그러자 충의군이 일제히 손을 모아 알았소, 하고 소리쳤다.

흙피리를 입으로 가져간 홍림이 눈을 감으며 연주를 시작했다. 흙피리 소리가 은은하게 퍼지자 수런대던 충의군이 하나둘 숨을 죽였다. 그때 산자락에서 한 줄기 바람이 불어왔고, 그 바람은 홍림이 만들어낸 흙피리 소리를 대음강 너머까지 실어갔다. 단풍이 흐드러진 대음산 절벽에 닿았던 흙피리 소리는 다시 대음강을 건너와 마을로 퍼져나갔다.

홍림의 흙피리 소리는 명주실을 뽑아내듯 애절하게 이어졌다. 그러던 어느 순간 강풍이 휘몰아치듯 빨라지더니 충의군의 가슴을 거칠게 쓸고 지나갔다. 슬픈 듯 아픈 듯 격정적으로 이어지던 흙피리 소리는 어느덧 고요하게 흐르더니 다시 애잔한 가락으로 변해 훈련 중인 충의군의 애간장을 녹였다.

시간이 흐르자 홍림을 바라보던 충의군이 하나둘 눈을 감기 시작했다. 홍림 곁에서 흙피리 연주를 듣던 선복 또한 눈을 지그시 감은 채 홍림의 신들린 연주에 흠뻑 빠져 있었다. 시간은 흘러 홍림의 손놀림이 조금씩 느려졌다. 구슬프게 이어지던 흙피리 소리 또한 흩어지는 바람처럼 아득하게 멀어져갔다. 그렇게 홍림의 흙피리 연주가 끝났음에도 충의군은 눈을 감은 채 움직이지 않았다. 충의군이 다시 눈을 뜨고 환호와 함께 박수를 치기 시작한 것은 몇 촌寸이 더 흐른 후였다.

토벌군의 움직임이 딱새 부대에 의해 속속 감지되었다. 도총사 김유와 토포사 박이건은 군사 이천을 모아 강원 감영을 출발했다. 토벌군엔 감영의 병사와 각 역에 소속된 병사들이 급하게 차출되었고, 포상을 노린 포수나 이참에 한몫 잡아보겠다는 천민 등도 토벌군에 가담했다. 방림까지 온 토벌군은 군사 일천씩을 각각 나누어 성마령 방면과 벽파령 방면으로 진군하게 했다. 이와 함께 강릉 관아에서 출발한 군사 오백이 삽현鈒峴을 넘어 여량으로 오고 있다는 보고도 들어왔다.

토벌군이 정선으로 향하는 그 시간 정선 관아 앞엔 수백의 충의군이 출군을 기다리고 있었다. 짐승 가죽으로 무장한 포수 부대는 보기만 해도 힘이 불끈 솟아오를 정도로 강렬해 보였고, 부보상으로 이루러진 딱새 부대는 하룻밤에 천릿길도 달릴 수 있는 날렵함이 돋보였다. 창으로 무장한 석돌개 부대는 우직해 보였으며, 후방을 책임진 낙중 부대는 힘이 좋아 보였다. 그들 사이에 낀 전용길 부대는 도포 자락을 휘날리며 선비의 위엄을 마음껏 과시했다.

"저하, 출군 준비를 끝냈사옵니다."

유길만이 이황 앞에 부복했다.

"알겠소."

누워 있던 이황이 몸을 일으켰다. 이틀이면 나을 것이라 생각했던 이황의 병증이 생각보다 길어지고 있었다. 이황이 물금과 홍림의 부축을 받으며 도원문을 나섰다. 갑주를 입은 김팔발과 유길만이 따랐고, 낙중을 비롯한 제장들이 그 뒤를 이었다.

이황이 나타나자 도열한 충의군이 함성과 함께 '충의'를 외쳤다. 김팔발과 유길만이 이황의 좌우에 차례로 섰고, 각 부대장들은 자신이 지휘해야 할 부대 앞으로 이동했다. 출군 명은 이황이 아픈 탓에 김팔발이 대신하기로 했다. 김팔발이 철추를 높이 들며 충의군을 향해 소리쳤다.

"용맹하고 자랑스런 충의군 군사들이여! 우리는 오늘 반란 괴수 박원종이 보낸 토벌군과 일전을 벌이기 위해 이 자리에 섰소이다. 우리 충의군은 토벌군을 물리치고 도성으로 진군하여 패륜아 이역을 보위에서 끌어내린 후 조선 만백성의 이름으로 이황 저하를 임금으로 옹립할 것이외다. 그런 다음, 공신들의 재산을 적몰할 것이며, 과거 제도를 개혁하여 모든 백성이 능력만 있으면 관리가 될 수 있도록 할 것이외다. 또한 양전법을 실시하여 토지를 과다하게 보유한 자들의 땅을 백성들에게 돌려줄 것이며, 장적에 등록된 사람만이 세금을 내는 인정세人丁稅를 토지세土地稅로 전환하여 국가 재정을 튼튼히 할 것이외다. 이와 더불어 외침을 대비하여 국경의 경비를 강화할 것이며, 반상의 차별 철폐는 물론이요, 노비를 면천免賤시켜 몇몇 권신들의 조선이 아닌 모든 백성이 주인 되는 조선을 건설할 것이외다. 이 모든 일을 충의군과 함께할 것이니 죽음을 두려워하지 말고 진군합시다! 자랑스런 충의군 군사들이여, 토벌군이 목전에 왔소이다. 모두 출군하시오!"

김팔발이 명을 내리자 각 부대장들이 부대를 움직이기 시작했다. 가장 먼저 출군한 부대는 포수들로 이루어진 덕치 부대였다. 덕치는 벽탄역으로 이동하여 역장 권집과 합류한 후 군사를 둘로 나누어 성마령과 벽파령을 사수하라는 명을 받았다. 성마령과 벽파령은 정선으로 오는 관문으로 어느 한 곳 포기할 수 없는 군사적 요충지였다. 그 다음 관아를 떠난 부대는 노비 출신으로 구성된 석돌개 부대였다. 석돌개는 여량역으로 이동하여 최은석과 합류한 후 강릉에서 넘어오는 토벌군을 막으라는 명을 받았다. 유길만은 홍림을 석돌개에게 딸려 보내 전투 중 다친 부상자들을 수발하라 일렀다. 선복과 함께 있고 싶었던 홍림은 눈물을 뚝뚝 흘리며 관아에 남겠다고 했으나 유길만은 그 명을 거두지 않았다.

유길만은 김막개에게 왈짜패와 충의군 군사 일백을 주어 덕치와 석돌개가 패할 경우를 대비하여 정선으로 이르는 길목에 매복을 하고 있으라 명했다. 김막개는 관아에서 군사를 두 패로 나눈 후 유길만이 지시한 장소로 이동했다. 딱새 부대는 토벌군의 움직임을 파악하는 일과 관아가 있는 읍내를 사수하라는 임무를 명받았고, 낙중 부대는 전투에 필요한 보급품을 지원해주는 역할을 명받았다. 훈도 전용길 부대는 박원종을 탄핵하는 상소와 조선 팔도에 보낼 격문을 만들라는 명을 받아 관아에 남았다. 물금과 부들이는 이황을 시중들게 하고 선복과 박치영은 만약의 사태를 대비해 이황을 호위하라 명했다.

"충의군이 잘해주어야 할 것인데……."

김팔발이 각 처로 떠나는 군사들을 보며 걱정스런 표정을 지었다.

"지리적인 조건을 활용하는 것은 우리가 앞서니 충의군을 믿게. 작전대로만 된다면 토벌군을 충분히 물리칠 수 있을 걸세."

유길만이 승리를 장담한다는 듯 주먹을 불끈 쥐었다.

"이 철추로 토벌군을 박살내야 하는데, 관아에 남아 있으려니 답답해서 그런 거 아닌가."

"허허, 자넨 충의군을 책임지는 대장군이 아닌가. 토벌군이 양쪽에서 몰려오는데 저하께서 계시는 관아를 지켜야지 어딜 간다는 건가."

"좀이 쑤셔서 그런다네."

김팔발이 손마디를 우두둑 꺾으며 말했다.

첫 전투는 벽파령에서 토포사 박이건이 이끄는 토벌군과 덕치 부대 사이에서 일어났다. 벽파령에서의 전투는 충의군의 대승으로 끝났다. 지형을 잘 알고 있는 덕치는 토벌군이 오르는 길목을 지키고 있다가 준비한 돌과 격목통을 이용하여 토벌군을 물리쳤다고 보고했다. 이어 권집이 이끄는 성마령에서도 전투가 있었고, 여량에서도 석돌개 부대와 토벌군의 전투가 있었으나 모두 승리했다는 보고가 들어왔다. 유길만은 토벌군이 충의군의 위치를 파악하기 위한 위장 공격일지 모르니 주변을 물 샐 틈 없이 지키라는 명을 보냈다.

밤이 그렇게 흘러갔다. 더 이상 전투가 있었다는 보고는 들어오지 않았다. 충의군이 승리를 거뒀다는 소식이 전해지자 정선의 백성들이 크게 기뻐하며 관아로 몰려왔다.

"대장군, 우리가 도울 일은 없겠소?"

"여러분이 충의군을 돕는 길은 각자의 일에 최선을 다하는 것이오. 그러하니 댁으로 돌아가 하던 일에 매진하시오."

김팔발이 백성들을 돌려보내며 말했다.

해가 떨어지고 밤이 깊어갔다. 생기를 잃은 하현달이 대음산 꼭대기에 올라앉은 건 삼경三更이 지난 후였다. 그 늦은 시각 성마령과 벽파령에서 동시에 전투가 벌어졌다. 덕치 부대와 권집 부대는 토벌군이 모습을 나타내면 본능적으로 표창을 던지거나 격목통을 발사했다. 그러면 토벌군은 짐승처럼 쿵쿵 쓰러져 아래로 굴러떨어졌다. 예상치 못한 공격에 당황한 토벌군은 많은 희생자를 내곤 산 아래로 후퇴했다.

날이 새자 딱새와 상보가 급히 관아로 달려왔다.

"토벌군 삼천이 증군되어 정선으로 급파되었답니다."

"길을 어느 쪽으로 잡았는지 확인은 되었는가?"

유길만이 물었다.

"방림까지 왔다는 소식만 받았습니다."

상보가 답했다.

"대책을 세워야 하니 토벌군의 움직임을 계속 주시하게."

유길만의 명을 받은 상보는 말을 달려 벽탄역으로 갔다. 어둠이 내리자 석돌개 부대와 토벌군이 아우라지를 사이에 두고 치열한 전투를 벌이고 있다는 보고가 들어왔다. 한 시진 넘게 이어진 전투에서 충의군은 다섯이 죽고 십수 명이 부상을 당하는 피해를 입었다. 그 후 전투가 곳곳에서 벌어졌으며 충의군의 피해도 점차 늘어났다. 상황이 급박해지자 유길만은 후방을 맡고 있던 낙중 부대를 둘로 나누어 석돌개 부대와 덕치 부대를 돕도록 했다. 낙중 부대가 여량으로 간다는 소식을 전해들은 선복은 급히 서신을 써내려갔다.

그쪽 상황이 급박하다 들었소. 꼭 살아남아 주시오. 바람이 불고 풀피리 소리가 들려오면 그대가 온 것이라 생각하겠소.

선복은 서신을 낙중의 품에다 찔러 넣었다.

"홍림에게 전해주시오."

"그리하겠습니다."

낙중이 선복에게 예를 갖추곤 말을 몰았다. 관아를 떠난 낙중은 군사 절반을 덕치에게 인계하고 나머지 절반을 인솔하여 석돌개 부대가 있는 여량역으로 이동했다.

그렇게 밤이 가고 낮 동안은 전투도 소강상태였다. 각 진영은 부상자를 치료하거나 무기를 점검하며 하루를 보냈다. 밤엔 어김없이 전투가 벌어졌으며, 성마령을 넘은 토벌군 일부가 읍내로 향하다가 매복하고 있던 김막개에 의해 주살되는 일도 벌어졌다.

배신

전투가 동시다발적으로 일어나던 밤이었다. 야음을 틈타 성마령에서 멀리 떨어진 마전치麻田峙를 넘는 군사들이 있었다. 그들은 방림에서 평창을 거쳐 미탄에 와서는 성마령으로 향하는 척하다가 반대 방향인 백운白雲으로 길머리를 잡았다. 잰걸음으로 백운을 지난 토벌군은 주왕지맥에서 갈라진 마전치를 넘었는데, 그 수는 삼천에 이르렀다. 토벌군이 마전치의 아랫마을 마전麻田에 이르자 병사 하나가 불화살을 날렸다. 불화살이 밤하늘을 날자 사내 둘이 어둠 속에서 나타났다.

"우린 정선에서 왔소. 도총사는 어디 계시오?"

사내들이 토벌군 도총사 김유를 찾았다.

전갈을 받은 김유가 사내들을 만나러 갔다.

"내가 도총사 김유일세. 그대들은 누구신가?"

"소생들은 관아 색리 이구식과 교생 홍기문洪基文이라고 합니다. 전 훈도께서 보내서 왔습니다."

"전 훈도가 우상 대감께 보낸 밀지는 잘 받았네. 전하께서 크게 기뻐하시며 큰 상을 내릴 것이라 말씀하셨네."

김유가 말했다.

"감사합니다."

이구식과 홍기문이 허리를 숙였다.

"허허, 전 훈도 때문에 큰 공을 세우게 되었으니 감사는 내가 해야지. 그래 반란군의 작전은 어떻게 진행되고 있는가?"

김유의 말에 이구식이 충의군의 작전 지도를 품에서 꺼냈다.

"여기에 충의군의 위치와 매복 지점, 작전 계획 등이 자세히 기록되어 있습니다."

"애썼네."

"충의군은 성마령과 벽파령 그리고 여량을 사수하기 위해 절반 이상의 병력을 투입했습니다. 지금 관아와 읍내를 지키는 반란군의 수는 많아야 삼백이니 충의군을 궤멸시키는 것은 시간문제입니다."

이구식이 작전 지도를 보며 설명했다.

"좋군, 그럼 지금부터 토끼몰이를 시작해볼까. 자, 앞장서게."

김유가 입가에 미소를 머금으며 말했다.

이구식과 홍기문이 토벌군을 이끌고 광석廣石과 군언君彦을 지나 대음강을 건넜다. 강변을 따라 벽탄으로 간 도총사 김유는 군사 일천을 떼어내 벽탄역을 접수하고 성마령과 벽파령을 지키고 있는 충의군을 배후에서 치라고 명했다. 홍기문이 군사 일천을 이끌고 벽탄역으로 떠나자 김유는 나머지 이천의 군사를 인솔하여 정선 관아로 향했다.

달이 기울고 있었다. 곧 첫새벽이 열릴 것이었다. 서리가 내리며 단풍잎에도 얼음이 엷게 잡혔다. 입김이 하얗게 피어오르고 손발도 시려왔다. 추위가 엄습하자 충의군은 낙엽을 모아 옷 사이로 쑤셔 넣었다.

하루 전 이 시간엔 성마령을 넘은 토벌군 수십 명이 이들의 손에 죽임을 당했다. 그러나 오늘 밤은 조용했다. 이대로 아침이 올 것 같았다. 시간이 더 흐르자 충의군이 긴장을 풀며 하나둘 하품을 늘어놓았다.

김막개의 눈도 가물가물 감기는 참이었다. 김막개가 졸음을 쫓기 위해 기지개를 한껏 켰다. 그때였다. 멀리서 자글자글 하는 소리가 끝도 없이 들려왔다. 낙엽이 부스럭거리는 소리는 분명 아니었다. 그것은 마치 자갈돌이 굴러가는 소리나 봄철 떼를 지어 우는 개구리 울음소리처럼 들리기도 했다.

김막개가 곁에 있던 충의군의 옆구리를 찔렀다.

"이것 봐. 이게 무슨 소리지?"

김막개의 말에 충의군이 귀를 쫑긋 세웠다.

"누군가 오고 있소이다."

"이 시각에 누가 와?"

김막개가 고개를 갸웃거렸다.

"강변을 따라 걸어오는데, 한둘이 아니라 엄청나게 많은 수가 움직이고 있는 것 같소."

"그럼 지금 들려오는 소리가 토벌군의 발소리라는 건가?"

"그런 거 같습니다."

"어이쿠! 그렇담 당장 퇴각을 해야지!"

김막개가 몸을 벌떡 일으키며 퇴각을 명했다. 토벌군이 강을 따라온다면 매복지에 남아 있을 이유가 없었다. 김막개의 명이 있자 충의군의 움직임이 바빠졌다. 매복지를 벗어난 충의군은 길을 봉쇄한 후 관아로 뛰었다.

"대장군! 토벌군이 오고 있습니다!"

숨이 턱까지 차오른 김막개가 김팔발을 찾았다.

"토벌군? 토벌군이 나타난 곳이 어디인가?"

김팔발이 철추를 집어들며 소리쳤다.

"대음강을 따라 올라오고 있는데, 그 수가 짐작도 되지 않습니다."

김막개가 숨을 토해내며 말했다.

"그럼 성마령과 벽파령이 뚫렸단 말인가?"

김팔발이 거칠게 물었다.

"많은 수의 토벌군이 오고 있다면 뚫렸다고 봐야 하지 않겠나. 그렇다면 이럴 때가 아니네. 어서 비상을 걸고 석돌개 부대에도 이 사실을 전하게."

유길만이 딱새에게 명하고는 객사로 달려갔다.

"박 내관 있소?"

"무슨 일이오?"

박치영이 눈을 번뜩이며 객사를 나왔다.

"급한 일이오. 위솔과 물금을 깨우시오."

"대체 무슨 일이기에 그러오?"

"토벌군이 벽탄역을 지났소. 저하를 지금 당장 배소配所로 모셔야 하오."

"지금 말이오?"

박치영이 어둑한 하늘을 올려다보며 물었다.

"그렇소이다. 만약 충의군이 패하더라도 저하께선 충의군과 연루되었다는 혐의만큼은 받지 않아야 되오. 그러니 지금 배소로 떠나야 하오. 무슨 말인지 아시겠소?"

"알겠소이다."

"충의군 스물을 객사로 보낼 것이니 준비하시오."

유길만이 박치영에게 그렇게 말하곤 동헌으로 돌아왔다.

"토벌군의 선두가 누리대를 지나고 있답니다."

딱새가 유길만에게 토벌군이 움직이는 상황을 보고했다.

"토벌군의 수는?"

"자세히 알 수는 없으나 강변이 까맣게 덮였다고 합니다."

"증군되었다던 토벌군 삼천이 벌써 정선까지 왔단 말인가?"

유길만이 있을 수 없는 일이라는 표정을 지었다.

"그런가봅니다."

"덕치 부대와 벽탄역은 소식이 없는가?"

유길만이 물었다.

"그쪽과는 선이 닿지 않고 있습니다."

딱새도 답답하다는 표정을 지었다.

"형님과 덕치가 당했다는 것인가……."

유길만이 그렇게 중얼거리며 하늘을 올려다보았다.

"이런 역적 놈들! 오너라, 내 덕치의 원수를 갚아주마."

김팔발이 철추를 흔들며 어금니를 으드득 갈았다.

유길만은 남아 있는 충의군을 추슬러 군사를 재배치했다. 관아를 지키던 전용길 부대는 딱새 부대와 함께 읍내를 방어하라 명하고, 매복지에서 돌아온 김막개는 작전 지역인 관음동觀音洞 협곡으로 보낸 다음 관기들에겐 화공에 쓸 동물 기름을 나르게 했다.

어둠이 물러날 즈음 깃발을 든 토벌군의 선두가 관음동 협곡에 이르렀다. 협곡은 읍내로 오는 길목으로 토벌군이 반드시 통과해야 하는 곳이었다. 토벌군이 나타나자 관기들은 가지고 간 동물 기름을 잡목과 낙엽 더미에 뿌렸다. 낙엽 더미와 나뭇단을 쌓는 일은 유길만이 화공을 하기 위해 딱새에게 은밀히 명한 일이었다. 바람이 강한 협곡의 성질을 살리면 효과적인 공격을 할 수 있으리라는 기대 때문이었다.

토벌군이 협곡 양편으로 갈라져 대음강을 거슬러 오르고 있었다. 선두가 관음대觀音臺 앞을 지날 즈음이었다. 날이 밝아오면서 바람은 더욱 세차게 불었다. 읍내로 진군하던 토벌군이 협곡을 가로막고 있는 잡목 더미를 들추기 시작했다. 그 순간을 기다리던 김막개가 소리쳤다.

"불화살을 쏴라!"

김막개의 명에 수십의 불화살이 기름을 먹은 낙엽 더미와 나뭇단으로 날아들었다. 불화살이 낙엽 더미와 나뭇단에 닿자 검은 연기가 피어오르는가 싶더니 이내 불길이 하늘 높이 솟아올랐다. 솟구친 불길은 바람을 타고 토벌군을 그대로 덮쳤다. 불길이 날아들자 토벌군이 비명을 지르며 하나둘 쓰러졌다. 토벌군을 이끌던 이구식도 얼굴을 감싼 채 뒹굴었다. 바람은 더욱 거세지고 불티와 재는 토벌군의 후미까지 날아갔다. 여기저기에서 비명이 들려왔으며, 역겨운 냄새가 코를 찔렀다. 급습을 당한 토벌군의 본대는 노랗게 질린 얼굴을 하고 물로 뛰어들거나 산으로 도망쳤다.

순식간에 벌어진 일이었다. 토벌군의 전열은 급격히 허물어졌으며 통제도 되지 않았다. 얼굴에 화상을 입은 도총사 김유 역시 정신을 잃었다가 수하의 도움이 있은 후에야 깨어날 수 있었다. 가까스로 정신을 차린 김유는 토벌군에게 강물로 뛰어들라 소리쳤다. 토벌군들이 일제히 강물로 뛰어드는 모습을 본 김막개는 서둘러 관아로 돌아갔다.

"대장군, 성공입니다!"

"잘했네. 이번엔 강물을 이용한 화공이니 준비하게."

유길만이 김막개에게 또 다른 작전을 명했다. 명을 받은 김막개가 말을 몰아 송정암 나루로 달렸다.

"이게 어찌된 일인가?"

당황한 김유가 이구식에게 노기 어린 표정으로 물었다. 이구식이 가지고 온 작전 지도에는 화공에 대한 언급이 전혀 없었기 때문이었다. 화공을 받아 얼굴이 흉하게 일그러진 이구식은 말도 제대로 하지 못했다.

"도, 도총사! 유, 유길만의 간계입니다. 하지만 과, 관아가 목전입니다. 토, 토벌군의 수가 훨씬 많으니 그냥 밀어붙여도 하, 한 시진이면 관아를 되찾을 수 있을 겁니다."

"바람의 방향은 언제 바뀌는가?"

도총사 김유가 이구식에게 물었다.

"오, 오정시는 지나야 바뀔 것입니다."

"하는 수 없군. 모두 물길을 따라 진군하라 명하게."

도총사 김유가 휘하 장수에게 명했다.

김유의 명에 토벌군이 강으로 뛰어들었다. 물이 허리까지 차는 데다 가을이라 하지만 서리가 내릴 정도로 추운 날이라 토벌군의 입술이 금세 새파래졌다.

토벌군이 오리정五里亭 앞에 나타났다는 보고를 받은 김팔발과 유길만은 대음강변으로 나갔다. 잠시 후엔 토벌군의 선두가 시야에 들어왔다. 유길만은 대기하고 있던 관기들에게 동물 기름을 대음강에 흘려보내라고 명했다.

송정암 나루 양편으로 낙엽 더미와 나뭇단이 또 쌓여 있자 도총사 김유는 멈칫 군사를 세웠다.

"이곳만 뚫으면 반란군을 토벌할 수 있다. 신속히 벗어나라!"

김유의 명에 토벌군이 물을 가르며 속도를 냈다. 그때를 기다리던 김막개가 이번에는 나뭇단과 강을 향해 불화살을 날렸다. 강에 떨어진 불화살이 동물 기름에 붙으면서 불길이 강 전체로 번져나갔다. 강을 거슬러 오르던 토벌군이 한순간에 불길에 휩싸였다. 급한 김에 물속으로 몸을 숨겨보지만 고개를 들면 불길이 활활 타올랐다. 여기저기에서 비명이 터져 나오고 시신이 떠올랐다. 공포에 질린 토벌군이 비명을 지르며 강을 뛰쳐나갔다. 검은 연기가 자욱하게 퍼지며 역한 냄새가 읍내까지 날아왔다. 그 모습을 지켜보고 있던 충의군이 승리의 함성을 질렀다.

관아로 돌아온 김막개가 유길만을 은밀히 사령청使令廳으로 이끌었다.

"무슨 일인가?"

"암만 해도 충의군에 배신자가 있는 것 같습니다."

"배신자라니?"

놀란 유길만의 눈이 휘둥그레졌다.

"토벌군에서 색리 이구식을 보았습니다."

"그게 무슨 말인가. 자세히 말해보게."

유길만의 목소리가 다급해졌다.

"불화살을 쏠 때 이구식이 토벌군에 있는 걸 똑똑히 보았습니다. 잘못 보았나 싶었지만 이구식의 걸음걸이와 복색이 분명했습니다."

"그렇다면 도망친 이구식이 토벌군에 합류했단 말인가?"

"확실합니다."

"이구식이 토벌군 길잡이를 한다…… 혹, 간밤에 특이한 사항은 없었나?"

유길만이 물었다.

"전 훈도 수하인 홍기문이라는 자가 대장군의 명이라며 벽탄역으로 간 일 밖에는 없었습니다."

"대장군이 명을?"

유길만이 눈을 번쩍 뜨며 물었다.

"예, 급히 벽탄역에 전할 명이 있다면서 매복지를 지났습니다."

"대장군이 전 훈도의 수하에게 나도 모르는 명을 내렸다? 뭔가 이상하군."

유길만이 고개를 갸웃거렸다.

"대장군께 확인을 해보면 알 수 있지 않겠습니까?"

"어서 대장군께 가보세."

유길만과 김막개가 사령청을 나섰다.

그 시간 전용길이 수하를 시켜 김팔발을 유향소로 모시게 했다.

"전 훈도가 무슨 일로 날 보자는 것이오?"

"토벌군을 물리칠 수 있는 기막힌 계책이 있다고 합니다."

전용길의 수하가 김팔발의 귀를 빌리더니 귀엣말로 속삭였다.

"그런 사안이라면 전 훈도께서 이곳으로 오시든가 유 군사와 상의를 하면 될 일이 아니오. 보다시피 충의군의 승리가 목전에 있는데 여길 어떻게 뜬단 말이오?" "보안이 중요하다고 하니 일단 가보시죠."

"허, 알겠소."

김팔발이 딱새에게 충의군의 지휘를 맡기곤 전용길의 수하를 따라 유향소로 갔다.

유길만과 김막개가 관아를 나서고 있는데, 부상을 당한 상보가 비틀거리며 걸어오고 있었다. 상보를 발견한 두 사람이 그에게로 뛰었다.

"이보게, 상보! 대체 어찌된 일인가?"

유길만이 상보를 안으며 물었다.

"나리, 벽탄역은 물론이고 성마령과 벽파령에 간 충의군들이 몰살을 당했습니다. 다 죽고 소인만 겨우 살아 도망쳤습니다……."

상보가 피를 울컥울컥 토하며 대답했다.

"몰살? 무슨 일이 있었는가?"

유길만의 목소리가 커졌다.

"마전치를 넘은 토벌군이 벽탄역을 급습한 후에 성마령과 벽파령을 쳤습니다……."

"마전치?"

유길만은 토벌군이 마전치로 들어올 줄은 상상도 하지 못했다는 듯 멍한 표정을 지었다. 마전치가 정선과 평창의 경계이기는 하나 역원이 있는 것도 아니고 사람이 넘나들 정도로 길이 만들어진 것도 아니기 때문이었다.

"토벌군이 마전치를 넘었다는 것은 충의군내에 토벌군과 내통하는 자가 있다는 반증이 아니겠습니까?"

"그렇군. 우리의 작전이 저들에게 넘어가고 있는 게 틀림없네."

"토벌군이, 충의군의…… 움직임을 알고 있는 듯 보였습니다……."

상보가 숨을 헐떡이며 힘겹게 입을 뗐다.

"알았네."

유길만이 김막개에게 상보를 업어 딱새에게 데려가라 했다. 그 사이 유길만은 의원을 찾아 강변으로 갔다.

"상보야! 어느 놈이 널 이렇게 만들었어!"

딱새가 상보를 받아 안으며 소리쳤다.

"방수님, 토벌군 놈들이…… 이놈 원수 좀 갚아주십시오……."

상보가 감기는 눈을 억지로 뜨며 숨을 헐떡거렸다.

"그려, 내가 다 갚아줄 것이니 염려 말고 기다려!"

딱새가 눈시울을 적시며 말했다.

"방수님 하고…… 좋은 세상 한번 만들어…… 볼라 했는데 다 틀렸네요……."

"승리가 눈앞에 있는데 그게 무슨 소리냐. 상보야, 눈을 떠! 눈을 뜨란 말야!"

딱새가 상보의 귀에 대고 소리쳤다.

상보의 숨이 가빠지자 의원이 딱새에게 "위험하니 말을 그만 시켜야 하오"라며 뒤로 물러나 있으라 했다. 몇 걸음 물러난 딱새가 눈을 부릅뜨며 전열을 정비하고 있는 토벌군을 노려보았다.

"이보게 딱새. 대장군은 어딜 갔는가?"

상보의 상태가 다소 진정되는 듯하자 유길만이 김팔발을 찾았다.

"대장군은 전 훈도를 만나러 유향소로 가셨습니다."

토벌군과 일전을 준비하고 있던 딱새가 그렇게 말했다.

"지금 토벌군을 밀어붙여야 하는데, 전 훈도가 대장군을 찾아?"

유길만의 목소리가 커졌다.

"전 훈도의 수하가 긴히 할 말이 있다며 왔었습니다."

"전 훈도와 이구식…… 홍기문……?"

유길만이 그렇게 되뇌더니 뭔가 짚이는 것이 있다는 듯 김막개를 잡아끌었다.

"이런, 전용길이 배신자였어."

유길만이 전 훈도가 보인 그간의 행적을 떠올리며 말했다.

"예?"

"분명하네. 낙중 부대장도 여량으로 떠나기 전, 전 훈도를 경계해야 한다는 말을 내게 했다네. 그땐 설마했지만 지금 생각해보면 토벌군이 마전치를 넘은 것도, 이구식과 홍기문이 토벌군과 접촉한 것도, 다 전용길이 꾸민 짓이네. 충의군의 정보를 전용길만큼 속속들이 아는 자도 없거든."

"그럼 당장 전용길을 추포해야 하는 거 아닙니까?"

"추포가 아니라 지금은 대장군이 더 위험하네. 어서 유향소로 가세."

유길만과 김막개가 검을 뽑아 들고 유향소로 뛰었다. 유향소에 도착하니 유길만의 예상대로 읍내를 지켜야 할 전용길의 수하들이 유향소에 모여 있었다. 유길만과 김막개가 유향소로 뛰어들자 김팔발이 전용길의 수하들과 일전을 벌이고 있었다. 그 형국은 마치 호랑이 한 마리를 두고 살쾡이 수십 마리가 달려드는 꼴이었으나 어느 쪽도 안심할 수 있는 형편은 아닌 듯 보였다.

"어이, 길만이 어서 오게!"

유길만을 발견한 김팔발이 철추를 휘두르며 소리쳤다.

"호, 부르지도 않았는데 이렇듯 제 발로 찾아와주니 고맙기 그지없는 일이군."

전용길이 유길만에게 검을 겨누며 말했다.

"전 훈도, 이게 무슨 짓이오!"

김막개가 앞으로 나서며 소리쳤다.

"이제 다 끝났으니 순순히 목들을 내놓지."

전용길이 검을 번득이며 말했다.

"이구식을 도망치게 한 것도 당신이고, 토벌군과 내통한 자도 당신이었군. 왜 그랬소?"

유길만이 검을 세우며 물었다.

"내 명색이 향교 훈도인데, 저렇게 무식한 자를 대장군으로 모시는 게 여간 고통스러운 일이 아니어서 말이네. 반상의 구별이 엄연한 조선에서 모두가 평등한 세상이라는 게 언감생심 가당키나 한 일이던가?"

전용길이 입가에 웃음을 달며 답했다.

"네 이놈! 충의군을 배신하고도 살아남을 수 있을 성 싶으냐!"

김팔발이 입에 거품을 물며 소리쳤다.

"하하, 곧 정3품 당상관이 될 사람에게 그런 막말을 해서야 쓰나. 아무리 천한 놈이라고 해도 예는 지키며 살아야지. 안 그런가?"

전용길의 말에 김팔발이 "전용길, 네 이놈!" 하며 철추를 휘둘렀다. 그와 동시에 유길만과 김막개의 검도 허공을 갈랐다. 전용길의 수하들 몇이 순식간에 쓰러졌다. 하지만 상대의 공격도 만만치 않아 유길만과 김막개가 여기저기에 상처를 입었다.

"대장군, 여긴 이놈이 맡을 터이니 군사를 모시고 유향소를 빠져나가십시오."

김막개가 나섰다.

"허허, 이런 조무래기들은 나 혼자서도 해치울 수 있으니 자네들이나 나가서 충의군을 지휘하게."

김팔발이 자신을 향해 날아오는 검을 살짝 피하며 철추로 상대의 머리통을 내리쳤다. 퍽, 하는 소리와 함께 피가 사방으로 튀었다. 무참히 쓰러지는 모습을 본 전용길의 수하들이 멈칫했다.

"승리가 목전에 와 있습니다. 토벌군을 지금 치지 않으면 충의군이 위험합니다. 대장군이 가셔야 합니다."

김막개가 전용길 앞을 막아서며 말했다.

"뭣들 하느냐! 이놈들은 역도들이니라. 이놈들의 목을 베는 자에겐 관직과 재물을 줄 것이니 놈들의 목을 베어라!"

전용길이 수하들에게 소리쳤다.

"이보시오 전 훈도! 우리에게 검을 겨누다니, 백성들에게 부끄럽지도 않소!"

유길만이 전용길에게 소리쳤다.

"허허, 아직도 백성 타령인가. 미안하지만 내게 있어 백성은 사람이 아니라네. 그들은 그저 우리를 대신해 나라를 지키고 세금을 내고 논밭을 갈아 씨를 뿌리고 추수를 하고 가끔 양반의 노리개가 되어주고 청소와 설거지를 하거나 장작을 패고 짐을 나르고 아이를 키우고 빨래를 하고 밥이나 하는 존재일 뿐, 그 이상도 그 이하도 아니네."

"박원종을 그리도 욕하던 전 훈도가 아니오?"

유길만이 믿을 수 없다는 듯 물었다.

"하하, 아직 세상이 어떻게 돌아가는지 모르시는군. 지금은 박원종의 도포 끈이라도 잡아야 출세를 할 수 있다는 건 모두가 다 아는 사실! 시골 향교 훈도로 끝날 것 같은 내 인생에 이처럼 좋은 기회가 왔는데 내가 왜 그걸 마다하겠는가. 그러하니 어서 목을 내놓게."

말을 마친 전용길이 재빨리 검을 날려 김막개의 등허리를 벴다. 눈 깜짝할 사이에 공격을 받은 김막개가 피를 쏟으며 그 자리에 고꾸라졌다.

"안 돼, 막개!"

김팔발이 소리치며 철추를 휘둘렀다. 그러나 전용길 수하들의 공격도 만만치 않았다. 김팔발이 전용길의 수하들을 막아내는 사이 유길만이 김막개를 유향소 대청에 뉘였다. 한숨을 돌린 김팔발은 전용길의 수하들을 헤아려보았다. 하나 둘 셋 넷…… 아직 남은 상대는 서른이나 되었다. 거기에다 김막개는 쓰러졌고, 부상을 입은 유길만이 많아야 다섯 정도를 상대할 수 있다고 본다면…… 남는 놈이 스물댓……, 토벌군이 밀려오고 있는데 저들과 마냥 시간을 보낼 수도 없는 노릇이었다.

김팔발은 자신에게 달려드는 자를 일격에 쓰러뜨린 후 숨을 몰아쉬었다. 멀지 않은 곳에서 토벌군의 함성이 들려왔다. 쫓기는 발소리와 쫓는 발소리가 급박하게 들려오기도 했다. 충의군이 밀리고 있는 모양이었다.

어떻게든 유향소를 빠져나가야만 했다. 김팔발이 유길만과 눈짓을 주고받으며 조금씩 이동했다. 둘이 동시에 공격을 하면 길은 만들어질 것이었다. 유길만이 검을 감아쥔 두 손에 힘을 모을 때였다. 검을 휘두르지도 않았는데, 전용길의 수하 몇이 가슴을 움켜쥐며 쓰러졌다. 놀란 전용길이 주변을 두리번거리고 있을 때 수하 몇이 또 비명을 지르며 바닥을 뒹굴었다.

"위솔께서 와주셨구려!"

선복을 발견한 유길만이 반갑게 소리쳤다.

"토벌군이 몰려오고 있소이다!"

"딱새가 무너졌단 말이오?"

김팔발과 유길만의 목소리가 크게 흔들렸다.

"그러합니다. 토벌군이 곧 이곳으로 몰려올 것이니 어서 피해야 합니다."

선복이 앞장을 섰다.

"전용길, 네 이놈!"

이를 으드득 간 김팔발이 철추를 휘두르며 전용길과의 거리를 좁혀 나갔다. 앞을 막아섰던 수하 몇이 순식간에 쓰러지자 전용길의 수하들이 슬금슬금 물러나기 시작했다.

"대장군, 이럴 시간이 없소이다. 어서 여길 벗어나야 합니다!"

선복이 다급하게 외치자 유길만이 김막개를 들쳐업었다. 김팔발과 선복이 길을 열며 유향소를 나섰다.

"저들을 쫓아라!"

전용길이 수하들에게 소리쳤다.

"강 건너에 말을 준비해놓았습니다."

선복이 김팔발과 유길만에게 소리쳤다. 의풍정을 지난 유길만은 곧장 나루로 가 나룻배에 올랐다. 김팔발과 선복이 뒤따르는 전용길의 수하들을 차례로 쓰러뜨리며 배에 올랐다. 그때였다. 토벌군이 함성을 지르며 강변으로 몰려왔다. 유길만과 김팔발이 노를 부지런히 저었지만 맞바람 때문인지 배는 앞으로 나아가지 않았다. 함성이 가까워지더니 어느 순간 화살이 비 오듯 날아왔다.

"피해야 하오!"

선복이 물로 뛰어들며 소리쳤다. 하지만 미처 움직이지 못한 유길만과 김팔발의 등에 몇 발의 화살이 꽂혔다. 화살을 맞은 유길만과 김팔발이 비명을 지르며 그 자리에 쓰러졌다. 노가 멈추자 배는 물 흐르는 대로 흘러갔다. 화살은 계속해 날아왔고 몇 발의 화살을 더 맞은 김막개는 숨이 완전히 끊어지고 말았다. 선복이 배를 밖으로 끌어보려 했지만 나룻배는 속수무책으로 토벌군이 있는 곳으로 떠내려갔다.

"우, 우리는 틀렸소. 어서 저하를 뫼시러 떠나시오."

유길만이 숨을 몰아쉬며 말했다.

"아니오, 두 분과 함께 갈 것이오."

선복이 유길만과 김팔발을 물로 끌어내렸다. 두 사람이 첨벙 떨어지자 선복이 유길만과 김팔발을 양팔에 끼고 헤엄을 쳤다. 나룻배는 숨을 거둔 김막개를 태우고 흔들흔들 하류로 떠내려갔다. 그때쯤 날아오던 화살이 멈추더니 토벌군이 와아, 하며 강물로 뛰어들었다.

토벌군에 밀린 딱새 부대는 낙중 부대와 합류하기 위해 여량역으로 후퇴했다. 관아를 장악한 도총사 김유는 군사를 둘로 나누어 토포사 박이건에게 여량역을 치라 명했으며, 자신은 나머지 군사를 이끌고 이황의 유배소가 있는 도두터로 향했다.

"선복이 많이 늦는구나."

이황이 불안한 듯 안절부절못했다.

"저하, 곧 당도할 것이니 심려 놓으시옵소서."

물금이 떨고 있는 이황의 손을 잡아주며 말했다.

"선복인 무술이 뛰어나니 반드시 오겠지?"

"그럼요, 꼭 올 것이니 심신을 편히 하소서."

물금이 이황을 꼭 안아주었다.

그때 배소 문이 열리며 박치영이 소리쳤다.

"저하, 위솔께서 오고 있습니다."

이황과 물금이 밖으로 나오니 유길만과 선복을 태운 말이 뚜벅뚜벅 도두터로 걸어왔다. 그 뒤로 말 한 마리가 또 따랐는데, 김팔발이 피를 흘리며 말안장에 엎드려 있었다.

"살아 돌아왔구나."

이황이 눈물을 글썽이며 선복을 맞았다.

"저하, 위솔 선복 충의군을 구하라는 저하의 명을 다하지 못했습니다."

선복이 이황 앞에 무릎을 꿇었다.

"그 죄는 나중에 물을 것이니 어서, 어서 저들을 말에서 내리거라!"

이황이 소리쳤다. 이황의 명에 선복과 박치영이 두 사람을 내려 바닥에 뉘였다.

"유 군사, 괜찮소?"

이황이 유길만의 상처를 살피며 물었다.

"저하, 모두가… 평등… 한… 조선은… 다음 세상… 에서나… 만… 들어야… 할까… 봅… 니다……."

유길만이 숨을 가쁘게 몰아쉬며 말을 이어갔다.

"유 군사, 정신 차리시오! 이대로 눈을 감으면 아니 되오!"

이황이 유길만을 흔들며 소리쳤다.

"저… 하…… 충… 의군… 을… 기억… 하여… 주시옵……!"

유길만이 말을 맺지 못하고 숨을 거두었다. 이황이 유길만을 부둥켜 안고 소리 내 울었다. 그러는 사이 곁에 누워 있던 김팔발도 눈을 부릅뜬 채 조용히 숨을 거두었다. 물금과 선복이 무릎을 꿇으며 소리 죽여 울었다.

"유 군사……!"

"대장군……!"

박치영은 분노가 치밀어 오르는지 하늘을 향해 소리쳤다. 도두터를 지키고 있던 부보상들도 슬픔을 참지 못하고 눈물을 주룩 흘렸다.

선복이 김팔발의 눈을 쓸어주고 있을 때 물금이 비명을 지르며 소리쳤다.

"저하! 토벌군이 몰려왔습니다!"

하나둘 보이던 토벌군은 잠시 후 수백의 군사로 불어났다. 맨 앞에는 도총사 김유가 있고 그 옆에는 훈도 전용길과 색리 이구식이 입가에 미소를 머금은 채 도두터를 내려다보고 있었다.

"저, 저놈들이 기어코……!"

이황이 몸을 부들부들 떨며 중얼거렸다.

"저하, 선복과 치영 죽음으로 저하를 지키겠나이다. 부디 옥체를 보존하소서."

선복과 박치영이 이황 앞에 무릎을 꿇었다. 마지막일 것이었다. 선복과 박치영이 눈물을 삼키며 주먹을 불끈 쥐었다.

"아니 된다, 죽지마라! 죽지 말고 살아서 날 지키라!"

이황이 선복과 박치영을 붙잡고 소리쳤다. 배례를 마친 선복과 박치영이 검을 뽑아 들었다. 도총사 김유가 공격 명령을 내리자 창을 든 토벌군이 개울을 건너왔다.

"오냐, 오거라. 이 역적 놈들아!"

박치영과 선복이 뭍으로 올라선 토벌군을 하나둘 베어나갔다. 이황을 지키던 부보상들까지 합세하자 토벌군이 멈칫하며 물러섰다.

"도총사, 제게 토벌군 일백을 주시면 저놈들의 목을 베어 오겠습니다."

전용길이 도총사 김유에게 허리를 숙이며 청했다.

"그리하게."

김유의 허락이 있자 전용길이 토벌군을 이끌고 개울을 건너왔다.

"전 훈도, 어서 오너라. 네놈 목부터 베어주마."

선복이 전용길을 노려보며 중얼거렸다.

개울을 건넌 토벌군이 선복과 박치영의 검에 하나둘 쓰러졌다.

"내가 저놈의 목을 베리라!"

전용길이 선복을 향해 소리치며 검을 세웠다. 전용길이 땅을 차며 날자 선복이 기다렸다는 듯 허공을 날았다. 전용길의 검이 선복의 얼굴을 스치고 지나는 순간 전용길의 목에서 피가 튀었다. 전용길이 억, 하는 비명과 함께 바닥으로 쓰러지자 박치영이 몸을 날리며 토벌군을 베어 나갔다. 전용길과 토벌군이 쓰러지자 뒤따르던 토벌군이 주춤주춤 뒤로 물러났다.

"저, 저런!"

도총사 김유가 혀를 끌끌 찼다.

"도총사, 저 둘은 조선 최고의 검술을 자랑하는 자들입니다. 검으로는 저들을 상대할 자가 없으니 궁수弓手를 준비시키는 게 나을 듯합니다."

부총사 민무호閔武鎬가 김유에게 말했다.

"그렇게 하게."

도총사 김유가 궁수들에게 공격을 명했다. 그러자 창을 든 토벌군이 뒤로 빠지며 궁수들이 두 줄로 도열했다.

선복과 박치영도 검을 버리고 활을 잡았다. 선복이 화살 하나를 걸고 시위를 당겼다. 선복의 화살이 천천히 움직이더니 흉측하게 일그러진 이구식의 얼굴에서 멈추었다.

'백성을 괴롭히고 저하를 능멸한 네놈을 용서치 않으리라…….'

박치영의 화살은 도총사 김유의 목을 향했다. 눈짓을 주고받은 선복과 박치영은 숨을 크게 들이쉰 후 텅 하고 활시위를 놓았다. 선복의 시위를 떠난 화살은 눈 깜짝할 사이에 이구식의 이마에 꽂혔다. 순간 이구식의 머리가 뒤로 젖혀지는가 싶더니 몸 전체가 쿵 하고 쓰러졌다. 그와 동시에 박치영의 화살을 맞은 김유의 몸도 휘청하며 고꾸라졌다. 이구식과 김유가 쓰러지자 부보상들이 환호를 질렀다. 선복과 박치영이 또 하나의 화살을 시위에 걸자 부총사 민무호가 황급히 공격 명령을 내렸다.

"저놈들을 쏴라!"

민무호의 명이 떨어지는 것과 동시에 궁수들의 손에서 화살이 뿌려지기 시작했다. 허공을 가르며 날아든 화살이 선복과 박치영의 가슴과 배, 다리 등으로 무차별 꽂혔다. 박치영이 피를 토하며 절명하고 이어 선복도 무릎을 꿇었다.

"박 내관!"

"선복아!"

물금과 이황이 두 사람을 부르며 울부짖었다.

"저하… 저하와 함께 궁으로… 돌아가겠다는… 약속을 지키지 못했사옵니다… 이 불충을… 용서하시옵소서……."

선복이 눈꺼풀을 힘겹게 걷어 올리며 말했다.

"아바마마의 명을 받지 않았느냐! 살아라, 반드시 살아야 한다!"

이황이 선복을 흔들며 소리쳤다.

"저하… 먼저… 가… 옵니… 다……."

선복이 어렵게 입을 떼며 하늘을 올려다보았다. 하늘은 푸르렀다. 구름도 두둥실 흘러갔다. 바람이 싸아하게 불어오며 낙엽이 우수수 흩날렸다. 선복에게 그 소리는 마치 피리 소리처럼 들려왔다.

'이 소리는……? 그래… 홍림이 왔어…….'

선복이 희미하게 미소를 지으며 눈을 감았다.

박치영과 선복이 쓰러지자 토벌군이 와아, 하며 개울을 건넜다. 부보상들이 토벌군을 막아보지만 그들은 얼마 못 가 목이 베이거나 포로가 되었다.

"폐세자 이황은 무릎을 꿇고 어명을 받으시오!"

부총사 민무호가 이황을 향해 소리쳤다.

드디어 올 것이 왔다고 생각한 이황은 입을 굳게 다물고 무릎을 꿇었다. 이황이 무릎을 꿇자 부총사 민무호가 두루마리를 펴더니 큰 소리로 읽어 내려갔다.

"폐세자 이황은 죄인의 신분으로 은인자중하여 과인의 심기를 편케 하기를 바랐으나 오히려 역도들과 결탁하여 과인의 심기를 어지럽혔도다. 이에 과인은 종묘사직을 평안케 하고자 폐세자 이황에게 역모의 죄를 물어 사약을 내리노라."

어명이 내려지자 상위로 사약이 놓였다.

"마지막으로 할 말은 없소이까?"

민무호가 물었다.

"역도들을 위한 군주가 아니라 부디 백성들을 위한 군주가 되어달라 전해주시오."

"알겠소이다."

이황은 아비인 연산과 어미 폐비 신씨, 길례조차 올리지 못한 세자빈의 얼굴을 차례로 떠올렸다. 그런 다음 선복과 있었던 일들을 떠올리고 풀피리를 연주하던 홍림을 생각하고 군주가 가야 할 길을 제시했던 박치영의 얼굴을 떠올리고 김팔발과 유길만, 낙중, 덕치, 딱새, 상보, 석돌개, 김막개 등의 충의군 군사들을 한 사람씩 머릿속에 그려본 후 천천히 사약을 들이켰다.

그 모습을 지켜보던 물금이 "저하, 드시면 아니 되옵니다!"라고 소리치며 뛰어나왔다. 그러자 군사들이 급히 물금의 팔을 낚아챘다. 잠시 후 이황은 괴로운 듯 몸을 부들부들 떨더니 피를 토하며 쓰러졌다.

"저하, 아니 되옵니다. 저하……!"

물금이 군사들의 손을 뿌리치며 이황에게 달려갔다. 물금이 이황의 몸을 일으켜 안았다.

"저하, 저하! 눈을 뜨시옵소서!"

이황이 눈을 가늘게 뜨며 입을 들썩였다.

"저하, 말씀하소서!"

물금이 이황의 귓전에 대고 크게 소리쳤다.

"아바마마…… 소자… 황… 소자의… 조선을… 만들지도… 못했고… 조선의… 역사를… 바로잡지도… 못했사… 옵니… 다……!"

어렵게 말을 마친 이황이 가늘게 떴던 눈마저 감았다.

"저하! 정신을 차리셔야 하옵니다! 저하!"

물금이 소리쳤지만 이황의 눈은 더 이상 떠지지 않았다. 물금이 이황을 안고 울부짖자 포승줄에 묶여 있던 부보상들이 "세자 저하 만세! 충의군 만세!" 하고 외쳤다.

취적

이황이 죽자 백오담白烏潭에 머물던 흰 까마귀 떼가 울음소리를 내며 일제히 하늘을 날았다. 이황이 머물던 유배소는 불태워졌고, 무덤은 만들어지지도 않았다. 버려진 시신을 그나마 거둔 것은 마을 사람들이었다. 그들은 밤 시간 몰래 도두터로 넘어와 시신들을 챙겨 허술하게나마 무덤을 만들어놓았다.

그날 이후 정선에선 폐세자에 관한 이야기는 물론이고 충의군이나 김팔발을 입에 올리는 자는 참형에 처해졌으며 가족은 관노비로 전락했다. 이역이 임금으로 있는 한 그 일은 영원히 이어질 것이었다.

그해의 핏빛 가을은 그렇게 가고 눈보라가 휘몰아쳤다. 새순이 돋아나는 봄이 오는가 싶더니 그 봄이 가고 폭풍우를 동반한 여름이 왔다. 한 차례 큰 홍수가 지나자 어김없이 가을이 돌아왔다.

곱게 물든 단풍이 하나둘 떨어지던 어느 날이었다. 쪽빛 하늘엔 구름 한 점 보이지 않았고 바람은 잔잔하게 불어왔다. 다리를 절룩거리며 개울을 건넌 한 여인이 금표禁標를 넘어 도두터로 왔다. 여인은 도두터를 한참이나 바라보더니 잡초가 무성한 무덤 앞에 무릎을 꿇었다. 무덤은 낮았으며 한없이 초라했다. 여인은 무덤을 덮고 있는 잡초를 손으로 뚝뚝 뜯어냈다. 무심하게 잡초를 뜯던 여인이 복받치는 슬픔을 참지 못하고 소리 죽여 울기 시작했다. 한참을 그렇게 울던 여인이 눈물을 훔치며 입을 뗐다.

"저하, 어찌 이리 오래 누워 계시옵니까? 바닥이 차지도 않사옵니까? 어서 일어나시어 저하의 조선을 열어가셔야지요……!"

여인이 가슴을 쥐어뜯으며 통곡했다. 그 모습을 본 마을 사람들이 눈물을 찍어내며 푸른 하늘을 올려다보았다.

"그러고 보니 오늘이 저하께서 가신 지 일 년째로구먼."

"팔발이도 오늘이 기일일 것인데, 그 사람이 갑자기 보고 싶구먼."

"어이 이 사람, 팔발이 이름 함부로 올리다간 잡혀가는 거 모르남?"

"이런 니미럴, 굶어 죽으나 맞아 죽으나 매한가지인데 잡아갈 테면 가라고 혀!"

"허긴, 지금이 어디 사람 사는 세상인가. 난 팔발이뿐 아니라 충의군 모두가 보고 싶다네."

"그려, 이 지랄 같은 세상에 사는 백성치고 충의군이 그립지 않은 백성이 어디 있겠나."

"자네 말이 맞네. 그래도 충의군이 관아를 접수했던 며칠은 정말로 사는 맛이 났었는데, 이젠 그때가 꿈인가 싶네."

마을 사람들이 그렇게 말을 주고받으며 코를 팽 풀었다.

여인은 개울가에 앉아 흘러가는 물을 멍하니 바라보았다. 그때 바람이 휑하니 불었다. 옥순봉에서 날아온 낙엽이 하늘을 가득 덮었다. 허공을 떠돌던 낙엽이 여인의 얼굴로 하나둘 날아들었다. 하염없이 눈물을 흘리던 여인이 품에서 무엇인가를 꺼냈다. 흙피리였다.

여인은 그것을 한참이나 만지작거리더니 입으로 가져갔다. 흙피리 연주가 시작되자 애잔한 선율이 주변으로 퍼져나갔다.

'나리… 이 소리가 들리시옵니까? 제가 왔습니다… 나리……!'

에필로그

폐세자 이황이 사약을 먹고 세상을 뜬 날은 1506년 음력 9월 24일이었다. 이황이 폐세자가 된 지 23일 만이고, 유배 길에 오른 지 19일 만의 일이었다. 정선을 잠시나마 해방 공간으로 만들었던 충의군도 이황의 죽음과 함께 소멸되었다. 백성들은 다시 억압과 착취를 당했으며, 그 일은 사백오십 년이나 이어졌다.

폐세자 이황이 죽고 그의 아비 연산은 그해 음력 11월 6일에 죽었다. 박원종 등의 반란 세력은 그가 역질로 죽었다고 발표했으나 그 말을 믿는 이는 드물었다. 연산이 죽은 때는 음력 11월이라 역질이 발생하기 쉽지 않았기 때문이었다. 독살이 의심되는 일이었지만 이역의 치세가 삼십구 년이나 이어졌기에 그냥 묻히고 말았다.

이황과 연산이 죽자 조정에선 명나라에 이역을 임금으로 인정해달라는 고명주청을 보냈다. 그러나 그때까지도 연산은 죽은 자가 아닌 산 자로서 명나라에 고해졌다. 살아 있으되 병이 깊으니 임금 자리를 아우인 진성 대군에게 물려주어야 한다는 거였다.

반란 세력의 주청에도 명나라는 그 청을 들어주지 않았다. 급기야 반란 세력은 명국에 보낼 뇌물을 준비하는 것과 동시에 왕실의 종친들과 문무 관리 등 1,300여 명이 연서한 주청서奏請書를 만들어 고명을 재청再請하였다. 이에 명나라는 "현 임금(연산은 이미 죽었으나 조선은 명에 그 사실을 고하지 않았음)이 살아 있으므로 진성 대군 이역은 임금을 대신하여 국사를 돌보라"며 이역을 임시서리臨時署理로 임명했다.

명이 이역을 임시서리에 임명하자 조정은 "현재 임금(연산군)이 고질痼疾의 병에 걸려 낫지 않고 있는데, 새 임금에 대한 고명이 내려지지 않으면 장차 인심人心이 흉흉하고 국사國事가 흔들릴 것입니다. 혹 간악한 무리들이 그 틈을 타서 선동하고 나라가 불안에 빠지면 이는 대국(명나라)에 근심을 끼치는 것이 아니겠습니까"라며 주청을 다시 올렸다.

몇 번의 거듭된 주청 끝에 이역은 임금이 된 지 삼 년 만인 1508년(중종3년)에 고명첩을 받았다. 이때 이역은 명에서 온 고명사신 앞에 무릎을 꿇고 명황제가 내린 면류관과 곤룡포를 하사받았다. 편법과 사술이 동원된 고명첩 받기는 그렇게 막을 내리고 이역은 왕권과 백성을 포기한 대가로 장수 임금이 되었다.

임금 이역의 치세 초기 무소불위의 권력을 휘두른 반란공신 3인방은 차례로 영의정에 올랐으나 몇 개월 만에 앞서거니 뒤서거니 세상을 떠났다.

박원종은 1509년(중종4년) 9월 영의정에 올랐다. 그러나 육 개월 후 1510년(중종5년) 4월 44세의 나이로 세상을 떴다.

한편 박원종의 양녀로 이역의 후궁이 된 경빈 박씨는 이역의 첫 아들

복성군을 낳으며 임금의 총애를 한 몸에 받았으나 양부 박원종의 죽음으로 인해 복성군을 세자로 만들진 못했다. 경빈 박씨는 복성군을 세자로 만들기 위해 절치부심했으나 결국 왕세자(인종)를 저주한 죄로 1533년(중종28년) 복성군과 함께 죽음을 맞았다.

유순정은 박원종에 이어 영의정에 올랐으나 오 개월 만인 1512년(중종7년) 54세의 나이로 세상을 떠났다.

성희안은 유순정에 이어 영의정에 올랐으며 영의정이 된 지 삼 개월 만인 1513년(중종8년) 53세의 나이로 세상을 떴다. 성희안은 생전 『연산군일기』의 편찬 책임을 맡았다. 그는 자신들의 반란을 정당화하기 위해 실록을 왜곡했다는 의혹을 사고 있는 인물이기도 하다.

무인으로 반란군의 선봉에 섰던 신윤무와 박영문은 1513년(중종8년) 반란을 일으켜 성종의 열세 번째 아들 영산군寧山君(당시 23세)을 임금으로 옹립하려고 했으나 사전에 발각되어 역모 죄로 죽음을 맞았다.

유자광은 임금 이역이 즉위한 초기부터 대간들의 탄핵을 받기 시작했다. 연산 치세에 있었던 일로 간신이 된 유자광은 강원도 평해로 유배를 떠났다가 유배지에서 1512년(중종7년) 73세의 나이로 병사했다. 서출로 태어나 다섯 임금을 모시며 한 시대를 풍미한 유자광. 그를 생각하면 희극과 비극이 동시에 떠올려지니 괴이한 인물임엔 틀림없다.

반란 세력에 의해 폐비가 된 연산군 부인 폐비 신씨는 1537년(중종32년) 62세의 일기로 세상을 떴다. 남편 연산과 세자 이황 등을 다 잃은 신씨는 서른한 해를 홀로 살았으며, 죽어서도 왕후가 되지 못하여 거창군부인居昌郡夫人으로 남았다.

반란 세력에게 축출된 임금 이역(중종)의 첫 번째 부인 신씨는 스무 살에 궁을 나와 오십 년을 홀로 살다가 1557년(명종12년) 70세의 나이로 세상을 떴다. 후에 단경 왕후가 되었으며 인왕산 치마바위 전설의 주인공이기도 하다.

임금 이역의 생모인 자순 대비는 아들을 보위에 올린 후 정현 왕후가 되었으며 1530년(중종25년) 68세의 나이로 세상을 떴다.

장경 왕후는 임금 이역의 1계비로 파평 윤씨 윤여필의 여식이며 왕세자(후에 인종)를 낳고 칠일 만인 1515년(중종10년) 스물다섯의 나이로 죽었다.

문정 왕후는 임금 이역의 2계비로 파평 윤씨 윤지임의 여식이며 장경 왕후의 죽음으로 왕비가 된 행운의 여인이었다. 중종의 승하로 30세(1545년)에 보위에 오른 인종이 팔 개월 만에 의문의 죽음(독살설이 끊이지 않음)을 맞자 문정 왕후는 자신의 열두 살짜리 아들 환峘(명종)을 보위에 올렸다.

연산의 계모가 중종의 어미 자순 대비였듯 인종의 계모가 명종의 어미 문정 왕후였다는 사실만으로도 그녀는 인종의 죽음에 대한 의혹을 받기에 충분했다.

아무려나 문정 왕후는 장경 왕후가 죽음으로써 중전이 되는 영광을 누렸고, 아들은 이복 형 인종의 죽음으로 보위에 오르는 영광을 누렸다. 1565(명종20년) 64세에 세상을 떴다. 이 시기 권력을 장악한 파평 윤씨는 소윤과 대윤으로 갈라져 치열하게 싸웠다. 그것이 곧 을사사화이니 일백 명이 넘게 죽었다.

임금 이역은 삼십구 년간이나 재위했지만 군주로서 제 역할을 다하지 못했다. 조선의 왕권은 급격히 약화되었고 권신들의 힘은 강해졌다. 신하들끼리 권력 다툼을 하는 사이 국력은 쇠잔해졌으며 주변국의 정세를 살피지도 않았다. 그 결과 정묘호란과 병자호란을 불렀으며 임진왜란을 겪었다. 잇따른 외침으로 인해 백성들이 큰 참화를 겪었으나 권력을 쥔 자들의 본성은 끝내 변하지 않았고, 백성들만 죽어났다.

반란으로 보위에 오른 이역은 재위 동안, 열두 명의 부인에게서 9남 11녀를 얻었다.

*참고문헌

『왕이 못 된 세자들』(김영사 / 함규진 지음)

『조선의 왕세자 교육』(김영사 / 김문식. 김정호 지음)

『시인 연산군』(선 / 신봉승 편저, 최동호 해설)

『연산군을 위한 변명』(지식산업사 / 신동준 지음)

『공자』(새벽이슬 / 나준식 옮김)

『연산군』(글항아리 / 김범 지음)

『연산군 그 허상과 실상』(일지사 / 변원림 지음)

『조선왕조실록』(태조실록, 정종실록, 태종실록, 문종실록, 단종실록, 세조실록, 예종실록, 성종실록, 연산군일기, 중종실록 등)

『조선왕조 궁중음식』(사단법인 궁중음식연구원 / 황혜성 지음)

『정선군지』(정선군)

『정선총쇄록』(정선문화원 / 오횡묵 지음)

『세종실록지리지』

『여지도서』(디자인흐름 / 문용식 옮김)

『비변사등록』(국사편찬위원회)

김팔발의 난

연산의 아들, 이황

1판 1쇄 발행	2020년 8월 30일
지은이	강기희
발행인	윤미소
발행처	(주)달아실출판사
편 집	박제영
디자인	전형근
마케팅	배상휘
법률자문	김용진
주소	강원도 춘천시 춘천로17번길 37. 1층
전화	033-241-7661
팩스	033-241-7662
이메일	dalasilmoongo@naver.com
출판등록	2016년 12월 30일 제494호

ISBN 979-11-88710-75-1 03810

* 이 도서의 국립중앙도서관 출판예정도서목록(CIP)은 서지정보유통지원시스템 홈페이지 (http://seoji.nl.go.kr)와 국가자료공동목록시스템(http://www.nl.go.kr/kolisnet)에서 이용하실 수 있습니다.(CIP제어번호 : CIP2020032949)
* 잘못된 책은 구입한 곳에서 바꿔드립니다.
* 책값은 뒤표지에 표시되어 있습니다.